Guy de Maupassant

Contes du jour
et de la nuit

Édition présentée et annotée
par Pierre Reboul
Professeur émérite
à l'Université Lille III

Gallimard

© Éditions Gallimard, 1984.

PRÉFACE

> Je vis dans une absolue solitude de pensée et je n'ai guère que des amis littéraires avec lesquels je cause surtout du côté technique de l'art. Je ne pense comme personne, je ne sens comme personne, je ne raisonne comme personne.
>
> Lettre à Gisèle d'Estoc
> (janvier 1881)

Croire, tout de go, ce qu'un homme écrit à une femme serait naïf. Mais je me révèle mieux, peut-être, dans mes prudences, mes dissimulations ou mes mensonges qu'à proférer mes quatre pauvres vérités. N'oublions pas les phrases mises ainsi en épigraphe : les Contes du jour et de la nuit *nous y ramèneront quand les montages, les collages, les frottages de Maupassant, quand le parfum composite et bizarre des « textes » évoqueront, à notre flair de lecteurs, le labeur hâtif et attentif de celui qui, dans cette lettre à une Gisèle d'Estoc encore inconnue, revendique une intime originalité, comme un irrécusable don de sa nature et de sa volonté.*

Des contes : à côté de ses romans, sans oublier un volume de vers ni même des pièces de théâtre, Maupassant a publié des centaines d'œuvres fictives courtes et des centaines de chroniques,

le tout, en quelques rares années. « *Il s'assied, chaque matin,
devant son bureau, avec la régularité d'un employé* », *écrit
méchamment* Champsaur (*repris dans* Le Massacre, *en
1884*).

Il n'en attendait pas moins plus de gloire de ses romans que
de ses histoires courtes : quand il eut acquis fortune et
considération, il en diminua, sensiblement, le débit. Ce
journalisme de la création assure l'aisance d'un jeune écrivain
qui a connu longtemps, sinon la misère, une médiocrité
dépourvue d'or : « *Tout journal qui se respecte paye aujourd'hui
deux cents à deux cent cinquante francs une chronique de cent
cinquante à deux cent cinquante lignes signée d'un nom en
vedette* » (Gil Blas [1], *24 nov. 81*). Les chiffres emplissent la
correspondance de l'auteur, qui savait que « *le talent est
marchandise* » (Le XIXᵉ Siècle, *mai 86*). S'en indigner serait
sottise et hypocrisie : le besoin n'exclut pas le soin, non plus que
l'âpreté au gain n'écarte le génie. Ces publications abondantes
(jusqu'à trois ou quatre par semaine...) manifestent le plus
souvent la clarté et la sûreté d'un projet, la saveur unique d'un
plat préparé avec minutie, la ferveur d'un talent mûri par cet
entraînement ininterrompu, qui conserve la liberté et les
bonheurs d'une grandeur simple, cultivée dans une quasi-
solitude.

Pas question, ici, d'opposer les histoires courtes et les romans.
Mais on doit, après André Vial et Louis Forestier, s'interroger
sur ce qui distingue le conte de la nouvelle et, après Matthew
Mac Namara, sur ce qui unit la chronique aux short
stories. Sans excès de conviction, je retiendrai que l'écrivain,
en tant que tel, prend la nouvelle en charge, qu'elle est, comme le

---

1. Dorénavant nos références au *Gil Blas* et à *Le Gaulois* seront
signalées respectivement par *G.B.* et *L.G.* Dans ces références, le
millésime ne comportera que ses deux derniers chiffres.

roman, l'unité d'une diversité successive, tandis que le conte (une histoire qu'on raconte...) manifeste souvent une oralité, *délé-guée à l'un des personnages ou assumée, semble-t-il, par l'auteur — travesti en une sorte de personnage anonyme. Ainsi que l'avait fait Jean-Paul Sartre, Matthew Mac Namara a judicieusement insisté sur cette oralité,* ce telling with audience, *qui permet à Maupassant, comme l'écrit Philippe Bonnefis, de* cadrer son récit, *de le situer dans un cadre social de bavardage accidentel, plus ou moins longuement esquissé ou détaillé. Le contraste entre le cadre et le récit, entre le passé évoqué, ressuscité et le présent, procure à l'œuvre son relief. Cette vision binoculaire évite la simplicité naïve d'un rapport pseudo-objectif. Le regard du lecteur vacille de son œil droit à son œil gauche. Dans le* tremblé *qui résulte de cette incitation à un strabisme convergent ou divergent, s'instaurent, malgré la certitude objective des faits, une incertitude et une inquiétude sur leur sens. Le personnel effort d'accommodation permet, seul, d'assumer la responsabilité d'un* message *que l'écrivain n'a pas énoncé, mais qu'on ne peut éviter de pressentir, puis de chercher.*

Au Gaulois, au Gil Blas, Maupassant faisait, d'abord, fonction de chroniqueur. Cette position, ce regard jeté sur un monde en mouvement, ces faits rapportés, qui métamorphosent la chronique en histoire qu'on raconte, cette personnalité qu'elle impose à l'écrivain de choisir, ce dialogue qu'elle apprête entre lecteurs et journaliste — tout fait de ce labeur une école décisive. Certes, « elle n'est pas près de finir la grande querelle des romanciers et des chroniqueurs. Les chroniqueurs reprochent aux romanciers de faire de médiocres chroniques et les romanciers reprochent aux chroniqueurs de faire de mauvais romans » (G.B., 11 nov. 84). Qui dit roman ne dit pas conte ou nouvelle. L'opposition, selon Maupassant, provient de ce que le romancier tâche à créer une continuité méthodique dans une atmosphère élue, tandis que la chronique « doit être courte et hachée, fantaisiste, sautant d'une chose à une autre et d'une idée à la suivante sans la moindre transition, sans ces préparations minutieuses qui demandent tant de peine aux faiseurs de livres ». L'auteur des contes et des nouvelles n'est pas, tout à fait, un faiseur de livres. Le chroniqueur lui fournit le regard, le matériau, l'indécence d'une pensée indiscrète, dont il s'emploie à faire une œuvre d'art.

*

Le plus ancien des Contes du jour et de la nuit parut dans Le Gaulois le 14 avril 1882 ; le plus récent, dans le même journal, le 16 mars 1884. Sept seulement des vingt et un contes parurent dans le Gil Blas sous la signature balzacienne de Maufrigneuse. Le recueil fut publié chez Marpon et Flammarion, en 1885 — la même année que Yvette. 1884, 1885, 1886 : des années d'une fécondité folle. L'auteur a bien assuré succès et fortune.

Son séjour dans les ministères de la Marine, puis de l'Instruction publique, a pris fin en 1880 : à partir de cette année-là, il multiplie les congés, avec traitement, demi-traitement, puis sans traitement, avant d'être rayé des cadres en 1882 : journalisme et littérature suffisaient, dès lors, à le faire vivre. Mais il a passé huit années de sa courte existence dans les administrations ministérielles. Nos Contes, ainsi que tant d'autres œuvres, utilisent et révèlent la connaissance qu'il a acquise de ce milieu et le mépris dans lequel il tient les employés, du plus petit jusqu'au plus grand. Malgré les absences, les joies du canotage et les performances de tous ordres, Maupassant vit, dans son métier et dans son temps, en un état ininterrompu d'indignation et de dégoût : « Je ne comprends plus qu'un mot de la langue française, parce qu'il exprime le changement, la

*transformation éternelle des meilleures choses et la désillusion
avec énergie : c'est merde »* (à Flaubert, 3 août 78). *L'expérience de ses humbles débuts culmine dans une condamnation
grossière de la société, sur laquelle il ne reviendra pas, mais qui
n'atteindra plus la même virulence. Cet énoncé scatologique
exprime un état d'âme durable et constitue, en quelque sorte, le
substrat de sa création ultérieure. Maupassant ne se lasse pas,
dans ses lettres à Flaubert, de chercher les expressions les plus
grossières de cette irrémédiable rupture avec une société dévote,
morale, hypocrite, qui, au hasard de l'Histoire, le conduit à des
invectives sur lesquelles il reviendra, mais dont on pressent la
présence sous tout ce qu'il écrit :* « Je demande la suppression
des classes dirigeantes, de ce ramassis de beaux messieurs
stupides qui batifolent dans les jupes de cette vieille traînée
dévote et bête qu'on appelle la bonne société. Ils fourrent le doigt
dans son vieux cul en murmurant que la Société est en péril, que
la liberté de la presse les menace.

« Eh bien — je trouve maintenant que 93 a été doux ; que
les septembriseurs ont été cléments ; que Marat est un agneau ;
Danton un lapin blanc, et Robespierre un tourtereau. Puisque
les classes dirigeantes sont aussi inintelligentes aujourd'hui
qu'alors ; aussi viles, trompeuses et gênantes aujourd'hui
qu'alors, il faut supprimer les classes dirigeantes aujourd'hui
comme alors ; et noyer les beaux messieurs crétins avec les belles
dames catins »* (10 déc. 77). *Je ne retiens pas ces phrases
comme un programme électoral, ni même comme une prise de
position politique, mais comme le signe d'un refus. L'améliora-
tion de ses finances ôtera à ce refus une partie de sa véhémence.
Mais Maupassant demeurera l'homme des refus. Dans les joies
du canotage et du sexe, il est l'esprit qui nie. Dieu, l'amour, la
morale, la justice, rien ne résiste à cette démoniaque puissance de
refus, rien, sinon l'art et les sens.

Il est vrai que la période n'a rien pour l'enthousiasmer...*

*

Maupassant admirait Flaubert et Tourgueniev : « *Ils
restent toujours enveloppés dans l'idée, comme les sommets dans
les nuages* » *(L.G., 23 août 80). Mais il savait que ce n'était
pas son affaire. De là, une certaine humilité : il pense, bien sûr,
mais ne se veut pas penseur. Même dans ses chroniques, il ne
se réfère pour ainsi dire pas à des philosophies. Aux nuages,
qui font un halo de vérité aux phrases de Flaubert, il préfère, en
ce qui le concerne, la surprise que cause l'indiscutable rendu
d'un fait, d'un geste, d'un objet, d'une impression, d'une
atmosphère. Il connaît, fort bien, les Pensées et fragments
de Schopenhauer, traduits et présentés par Burdeau. Il
connaît encore, de plus loin, telle œuvre de Spencer. Mais il ne
cherche, dans la philosophie, que la légitimation hâtive de ses
attitudes, de ses goûts et dégoûts, de ses refus. Pierre Cogny a
justement intitulé une profonde étude Maupassant :
l'homme sans Dieu. Peut-être, en ce temps-là, le sentiment
d'une solitude irrémédiable provient-il, chez lui comme chez
d'autres, de cette dépersonnalisation de l'univers, qu'il était, à
la date, plus facile d'énoncer que de vivre. La tristesse de
Maupassant est là, ainsi que la nausée, déjà sartrienne, qu'il
éprouve et exprime au ras des expériences de la vie. Elle est là,
dans ce vide proclamé, que la science ne comble pas (nul
scientisme chez lui), que l'homme ne camoufle pas sous un
optimisme délirant, qui ne laisse appréhender que le grouille-
ment de nos désirs, de nos besoins, de nos brefs plaisirs et de nos
pensées fades.*

*Avec Dieu, l'Homme ; avec l'Homme, la Société. Elle
existe, certes, mais ne mérite que mépris. Maupassant veille si
jalousement sur sa propre indépendance que nul, parmi nous, ne
saurait l'annexer. Il demeure irrécupérable, parce qu'il*

n'énonce aucun espoir : « 1er *principe — Le gouvernement d'un seul est une monstruosité. 2e principe — Le suffrage restreint est une injustice. 3e principe — Le suffrage universel est une stupidité* » (L.G., 2 août 80). *Maupassant n'a rien d'un démocrate :* « *Le peuple ! Certes, il mérite l'intérêt, la pitié, les efforts ; mais le vouloir tout-puissant, le vouloir dirigeant équivaut à réaliser le vieux dicton populaire : mettre la charrue avant les bœufs* » (L.G., 9 nov. 83). *Il refuse toute idée d'égalité, fût-elle des droits. L'un des arguments qu'il objecte à Catulle Mendès, en 1876, pour ne pas entrer dans la F.·.M.·., c'est, précisément, le refus de l'égalité :* « *J'aime mieux payer mon bottier qu'être son égal.* » *Affaires et politique, souvent confondues, lui lèvent le cœur :* « *Nous vivons sous le règne du pot-de-vin, dans le royaume de la conscience facile à genoux devant le veau d'or. [...] Qu'y faire ? Rien. C'est le courant de l'époque. Les mœurs américaines sont venues chez nous, voilà tout* » (L.G., 28 déc. 81). *Ce voilà tout n'implique aucune acceptation, aucune résignation. Il signale le deuil qu'on doit se faire d'une certaine idée de la vie publique. Plus de dignité. Plus d'honneur. Les duels, qui se multiplient dans ces années de bavardage, marquent l'effacement de l'honneur véritable.*

L'une des chroniques a pour titre Causerie triste. *Cette tristesse, faite de dégoûts et non pas d'amertume, n'est-elle pas au fond de la plupart des contes ? C'est plutôt une expérience, un fait de vie, une épreuve qu'une pensée ou le résultat d'une pensée ; une tunique de Nessus et non le flamboiement d'un discours. Dès le 24 septembre 1873, il écrivait à sa mère :* « *Je me trouve si perdu, si isolé, si démoralisé que je suis obligé de venir te demander quelques bonnes pages. J'ai peur de l'hiver qui vient, je me sens seul, et mes longues soirées de solitude sont quelquefois terribles. J'éprouve souvent, quand je me trouve seul devant ma table avec ma triste lampe qui brûle devant moi, des*

moments de détresse si complète que je ne sais à qui me jeter. »
Que la lampe, qui se consume, devienne triste comme l'est celui
qu'elle éclaire, que la lumière, parmi les abîmes de la nuit, ne
soit qu'un accablement de plus, n'est-ce pas le signe clair d'une
incurable et noire tristesse ? En janvier 1881, de nouveau à sa
mère : « Je sens cet immense égarement de tous les êtres, le
poids du vide [je souligne]. Et au milieu de cette débandade
de tout, mon cerveau fonctionne lucide, exact, si éblouissant avec
le Rien éternel. » L'objectivité fictive des contes, leur impassi-
bilité apparente, la tristesse lézardante des créations littéraires
de Maupassant font écho à ce chagrin intime, à ce vertige d'une
douleur à la fois personnelle et universelle, irrémédiable,
puisqu'il ne peut diagnostiquer aucune cause positive. Douleur
et chagrin ne sont pas, seulement, les siens (de ses yeux, d'une
dilution d'un tout qui s'effrite, de l'insupportable poids de
l'absence de Dieu) : ils culminent dans une pitoyable sympathie
avec le dérèglement de tous et de tout, avec cette fêlure au cœur de
chaque être et de chaque chose, avec la peine irrécusable, non
rachetable (pas d'agneau qui tollit peccata mundi), de tous,
hommes, animaux, végétaux. Partout, la mort insidieuse est
tapie, dans chacun, dans tout acte, dans un geste. L'exacte
lucidité dont se vantait Maupassant aboutit, quand elle
s'exerce, à l'ébranlement, à l'effondrement de tout, c'est-à-dire
au sentiment d'une solitude absolue. Ni Dieu, ni maître, ni
amour, pas même, peut-être, d'amitié, mais, dans cet océan de
vanités et d'ignominies, quelques havres de grâce, comme la
pitié, l'exactitude, la sensualité, l'Art.

   Maupassant ne redoute pas vraiment la mort, vers laquelle il
manquera trois pas. Mais elle ôte à tout toute valeur. Quand,
par hasard et par malheur, l'homme s'interroge, elle donne la
seule et unique réponse, à tous les instants de la vie : « Respirer, dormir, boire et manger, marcher, aller à ses affaires,
tout ce que nous faisons, vivre enfin, c'est mourir » (L.G.,

25 fév. 84). Au-delà de la vérole, de la paralysie générale, de l'inaltérable douleur des yeux, Maupassant, qui ne pose jamais au penseur, qui n'organise aucune Weltanschauung, *éprouve et exprime la misère de l'homme. Il l'exprime, parce que, d'abord, il l'éprouve, malgré toutes ses performances, en dépit de tous ses succès, littéraires, financiers, mondains et autres. L'image du tunnel, on la retrouve partout, un tunnel sans bord visible, sans issue prévisible. Il annonce la formule du Gauguin de Boston :* « *Où allons-nous ? Où sommes-nous ? Où sont les berges ?* » *(L.G., 30 juin 84).*

Prudemment adossé au désespoir, Maupassant ne peut lutter contre l'oppression du vide que par la création, voire par la pro-création. Les enfants que, à partir de 1883, lui donne Mlle Lit-zelmann confèrent, selon ma lecture, un vibrato *discret à tous les textes où l'enfant joue un rôle. Cette paternité deux fois réitérée révèle peut-être l'appréhension et la peur d'une vieillesse qu'il n'atteignit pas et le besoin de ces tendresses filiales qui auraient banalement attesté sa fécondité et assuré sa protection contre la solitude.* Chi lo sà *?*

J'ai cheminé, jusqu'ici, dans les plaines complexes de son âme, de son esprit. Entre l'homme et l'œuvre, bée un abîme. Sans l'ouvrier, cet homme ne m'est de rien. Mais, malgré cet abîme, l'œuvre, sans l'homme, perd un peu de sa proximité, de sa parenté avec chacun d'entre nous — sa puissance de pénétration, les roueries de sa séduction. Maupassant voulait conserver sa vie secrète. Mais le chroniqueur a fait entendre la voix d'une confidence cursive et détachée, sans laquelle de graves beautés demeureraient inaperçues. J'aime, dans les Contes du jour et de la nuit, *comme une* « *causerie triste* » *d'un auteur tôt parvenu à ces jours où l'Illusion a cessé de faire aimer la vie, de nous bercer, de nous tromper :* « *Elle s'appelle Poésie, elle s'appelle Foi, elle s'appelle Dieu !* [...] *Quelques-uns la perdent, cette illusion, la grande menteuse. Et soudain, ils voient*

*la vie, la vie vraie, décolorée, déshabillée. Ce sont ceux-là qui se
tuent* [...]. *Ils ont compris ; ils aiment mieux en finir tout de
suite »* (L.G., 25 fév. 84). *Le suicide apparaît comme la
sanction d'un réalisme pur et simple, sans Dieu, sans ivresse
de la Nature, sauvé, si besoin est, par la conscience aiguë de
son pathétique, de ses menaces. Un ton neutre, un récit parfois
odieusement impassible mettent en lumière et en valeur cette
fêlure phénoménologique, cette lézarde intime, ce courage
désespéré.*

*

*Maupassant s'est fait, sur un certain nombre de choses et
d'êtres, quelques idées, simples, voire rudimentaires, présentes
au détour d'une phrase ou d'un paragraphe, en chacun de ses
récits. L'économie de l'écriture et les principes de l'artiste les
dissimulent, en sorte que ma lecture se nourrit d'autre chose que
de ces* membra disjecta *d'une doctrine que l'auteur eut la
sagesse de n'élaborer jamais : le conte peut dire ou avoir l'air de
dire autre chose que ce que le conteur pense. De toute façon, ce
qu'il pense ne fait pas, à ses yeux, le prix de ce qu'il écrit : hors
de l'Art, point de salut. Ce qui donne au récit sa vie propre, son
relief, ce qui crée un effet de réel et provoque mon intérêt et ma
curiosité, n'est-ce pas cette éventuelle contradiction entre l'œuvre
achevée et l'idéologie sous-jacente ? Non pas que Maupassant
échoue à dire ce qu'il veut dire, mais parce que l'autonomie du
récit, l'indépendance de son atmosphère (pour user d'un de ses
mots) contredisent, à l'occasion, les idées toutes faites — les
nôtres et les siennes. Maupassant a le don ou la sagesse de
s'incliner devant sa création. L'écrivain et ses idées, son œuvre et
ma lecture : que de combinaisons possibles ! Je ne veux pas, ici,
épuiser les idées de Maupassant, mais, simplement, envisager*

quelques-uns des thèmes qu'il a traités et retraités, avec des variations presque infinies.

L'un de nos Contes rapporte une stupide provocation en duel, que suit le suicide du héros. Entraîné à l'escrime et au tir (comme à la boxe ou à la lutte), Maupassant méprise le duel : « Le duel est la sauvegarde des suspects. Les douteux, les véreux, les compromis essayent par là de se refaire une virginité d'occasion » (G.B., 8 déc. 81).

Ces lignes ne l'empêchent pas de rédiger, en 1883, une préface pour Les Tireurs au pistolet, du baron de Vaux, ce chevalier d'industrie. Il y compare les risques du pistolet et de l'épée. Le pistolet, écrit-il, « présente, en cas de duel, des dangers qui font souvent reculer des hommes d'une bravoure incontestée, prêts à se battre à l'épée pour un oui ou pour un non ». Dans ces pages bizarres, l'usage du pistolet se trouve lié au développement de ce mensonge : l'égalité. L'épée exige un entraînement ininterrompu ; elle avantage l'oisif riche : « Cette inégalité ne peut être en partie supprimée que par une arme n'exigeant pas de longues et patientes études, une arme facile à toutes mains. Le pistolet remplit à peu près ces conditions. Avec lui, d'abord, disparaît le désavantage de la vieillesse, de l'obésité, de la gaucherie, des infirmités physiques. » S'il y a égalité des chances, le hasard est le maître de la rencontre. Le meilleur tireur a chance d'être tué, alors qu'à l'épée, le meilleur l'emporte et ne tue pas. Dans ce XIXᵉ siècle avili, le duel devient le signe d'une vulgaire démocratisation de l'Honneur, en même temps que le révélateur des craintes incoercibles (cf. p. 115, Un lâche).

On retrouve le respect implicite de la vie dans les opinions de Maupassant sur la guerre. Il peut se faire violent, comme il arrive, dans son pacifisme : « La guerre !... se battre !... tuer... massacrer des hommes !... Et nous avons aujourd'hui, à notre époque, avec notre civilisation, avec l'étendue de science et le *degré de civilisation où est parvenu le génie humain, des écoles où l'on apprend à tuer, à tuer de très loin, avec perfection, beaucoup de monde en même temps, à tuer de pauvres diables d'hommes innocents, chargés de famille, et sans casier judiciaire [...]. Et le plus stupéfiant, c'est que le peuple entier ne se lève pas contre les gouvernements. [...] Le plus stupéfiant, c'est que la société tout entière ne se révolte pas à ce seul nom de guerre »* (G.B., 11 déc. 83). On ne discutera pas ce pacifisme, aussi absurde que tout autre, dont le patriotisme et, a fortiori, le colonialisme subissent le contrecoup. La Mère sauvage, au nom si justement choisi, brûle les quatre Prussiens qui logent chez elle, non point par patriotisme, mais parce qu'elle vient d'apprendre la mort de son fils, au combat. Loin de songer à défendre son pays, elle exerce une vendetta : *« Elle les aimait bien, d'ailleurs, ses quatre ennemis ; car les paysans n'ont guère les haines patriotiques ; cela n'appartient qu'aux classes supérieures. Les humbles gens, ceux qui paient le plus parce qu'ils sont pauvres et que toute charge nouvelle les accable, ceux qu'on tue par masses, qui forment la vraie chair à canon, parce qu'ils sont le nombre, ceux qui souffrent enfin le plus cruellement des atroces misères de la guerre, parce qu'ils sont les plus faibles et les moins résistants, ne comprennent guère ces ardeurs belliqueuses, ce point d'honneur excitable et ces prétendues combinaisons politiques qui épuisent en six mois deux nations, la victorieuse comme la vaincue »* (L.G., 3 mars 84).

De ces lignes, je retiens surtout qu'elles ont pu paraître dans *Le Gaulois*, journal peu suspect d'un pacifisme outrancier, et que Maupassant restreint aux couches supérieures le champ d'un patriotisme dont les voies sont d'ailleurs impénétrables : Irma, l'héroïne du *Lit 29*, a couché avec tous les Prussiens qu'elle a pu attirer, parce qu'elle a voulu leur restituer la vérole que quelques envahisseurs, la violant, lui avaient donnée : *« J'ai voulu me venger [...] Oh oui, il en mourra plus d'un par ma faute, va, je te réponds que je me suis vengée », explique-t-elle au capitaine qu'elle aimait, qu'elle aime encore (G.B., 8 juil. 84). Non pas, de nouveau, l'amour de la patrie, mais une atroce vendetta... Au fond de tout, même du pire sacrifice, ce que Maupassant eût dit égoïsme.*

Il serait hasardeux de mettre au net ce que pense Maupassant des hommes, des femmes, de l'amour ou, du moins, de leurs rapports. Dans sa préface au Celles qui osent *de Maizeroy (1883), il exprime ce qu'il croit la vocation des hommes dignes de ce nom : « Nous autres, nous adorons* la femme *; et quand nous en choisissons une passagèrement, c'est un hommage rendu à la race tout entière* [que de significations dans cette impropriété : la race !...]. *Le désir satisfait, ayant supprimé l'inconnu, enlève à l'amour sa plus grande valeur. » Il avait, dans* Le Gaulois, *dès le 31 janvier 1881, fondé sur une comparaison bizarre la naturelle polygamie du* vir *: « Est-il un ivrogne, est-il un gourmet qui boive sempiternellement d'un seul cru ? Il aime le vin et non pas un vin ; le bordeaux, parce que c'est le bordeaux, et le bourgogne, parce que c'est le bourgogne. Nous, nous idolâtrons les brunes, parce qu'elles sont brunes, et les blondes parce qu'elles sont blondes. » On ne se satisfait pas longtemps de la même bouteille. Il faut faire sauter un autre bouchon : « Les uns font ce trajet d'une passion à l'autre en huit jours, d'autres en un mois, d'autres en six, d'autres en un an. Question de temps, de lenteur de cœur et d'habitudes prises. » Écrivant à Gisèle d'Estoc, qu'impatientaient une longue absence et un silence, il exprimait, simplement, son souci d'indépendance : « Je ne comprends les relations qu'avec une grande indulgence, une grande aménité et une grande largeur d'idées de part et d'autre. Toute chaîne m'est insupportable. Vous étiez prévenue. De quoi vous plaignez-vous ? » L'homme — selon Maupassant — peut, en cas de besoin, feindre l'amour, mais il ne doit pas l'éprouver. Tout se passe comme si, en principe, un* attachement ne pouvait être qu'un contrat tacite, dénonçable sans préavis, d'agréable échange de plaisirs sensuels. Les besoins des uns et des autres créent une hiérarchie : Maupassant appartient à la catégorie des surdoués. Dans un article repris, en 1884, dans Le Massacre, Félicien Champsaur pose la question : « Préfère-t-il être louangé comme écrivain ou comme mâle ? » C'est, à la fois, sa fierté et son malheur : « *Malheur à ceux à qui la perfide nature a donné des sens inapaisables ! Les gens calmes, nés sans instincts violents, vivent honnêtes, par nécessité. Le devoir est facile à ceux que ne torturent jamais les désirs enragés* » (G.B., 18 sept. 83). Des sens inapaisables. C'était, dans son cas, presque vrai — à la fois l'un de ses orgueils, le plus flatteur peut-être, et une sujétion, sinon un asservissement. L'orgueil l'emporte : la rage de jouir fait la grandeur de l'homme ; elle exclut toute limitation, tout engagement de fidélité. Le mariage est un piège, une chausse-trape où tombent les niais. Hélas ! Il n'est même pas besoin de se marier, voire d'aimer, pour aliéner sa liberté : il suffit de désirer, toujours, la même femme — de ne boire que du château grillet ou du quarts-de-chaume… Un désir incoercible fait oublier un mépris, qui ne disparaît pas pour autant. Dans Fou ? le héros avoue sa servitude et son dégoût. Mystérieuse, séduisante, naïve et rusée à la fois, éprise du confort et de l'amour, appétant à l'impossible bonheur, indispensable et insupportable, la femme fait éprouver à l'homme, post coitum, une irrémédiable solitude.

*

Dans cet océan de hideurs ou de riens, où des plaisirs attestent l'existence par leur intensité, l'Art seul offre une bouée sûre. L'Art seul est grand — et Flaubert est, à la fois, son parangon et son prophète : « *En dehors de l'art, pas de salut* » (L.G.,

18 mars 83). Dans un article consacré à La Femme de
lettres *(si dépourvue en la matière), Maupassant tâche à
esquisser ce qu'est l'artiste, sans parvenir à rien, qu'à une
juxtaposition de valeurs et de traits qui le situent dans une
maîtrise artisanale de la forme :* « Il sait qu'il suffit de poser
un adjectif ici ou là, pour ajouter à l'idée même une puissance
irrésistible, pour la revêtir d'une beauté presque physique ; il sait
qu'en modifiant un rien l'ordonnance seule de la phrase, il peut
en changer toute la signification. Il sait qu'avec des mots on
peut rendre visibles les choses comme avec des couleurs ; il sait
qu'ils ont des tons, des lumières, des ombres, des notes, des
mouvements, des odeurs, que, destinés à raconter tout ce qui est,
ils sont tout, musique, peinture, pensée, en même temps qu'ils
peuvent tout » *(Le Figaro, 3 juil. 84). Non pas, Dieu merci !
une théorie de l'écriture ou du beau, mais un acte de foi dans le
mystère d'une incarnation et, simplement, la confidence d'un
croyant pour qui la chose écrite est, à la fois, pensée, parfum,
spectacle et harmonie. Maupassant, non sans de bonnes raisons,
passa pour appartenir au* « groupe » *naturaliste. Dès le 17 janvier 1877, il écrivait cependant à Paul Alexis :* « Je ne crois
pas plus au naturalisme et au réalisme qu'au romantisme. Ces
mots à mon sens ne signifient absolument rien et ne servent qu'à
des querelles de tempéraments opposés. Je ne crois pas que le
naturel, le réel, la vie soient une condition sine qua non d'une
œuvre littéraire. Des mots que tout cela. L'Être d'une œuvre
tient à une chose particulière, innommée et innommable, qu'on
constate et qu'on n'analyse pas, de même que l'électricité. C'est
un fluide littéraire qu'on appelle obscurément talent ou génie. »
*En février de la même année, une lettre adressée à Robert
Pinchon fait de son engagement littéraire une spéculation :*
« Plus on en fera, plus ça emmerdera et c'est tout bénéfice pour
les autres. Gare la réaction, les amis ! » *On peut suspecter de
telles grossièretés. Mais, en 1883, préfaçant* Fille de fille *(de*

Jules Guérin), il s'explique avec plus de mesure : « J'ai eu quelques croyances, ou, plutôt, quelques préférences : je n'en ai plus ; elles se sont envolées peu à peu. On a ou on n'a pas de talent. Voilà tout. Le talent seul existe. Quant au genre de talent, qu'importe. J'arrive à ne plus comprendre la classi-fication qu'on établit entre les Réalistes, les Idéalistes, les Romantiques, les Matérialistes ou les Naturalistes. Ces discussions oiseuses sont la consolation des Pions. » Il serait stupide de traiter les œuvres d'art comme Linné fit les végétaux. Une taxinomie manque ou masque l'originalité d'un objet d'art. La qualité ne relève pas d'une école, parce qu'elle n'est pas scolaire ni, si j'ose ainsi jargonner, scolarisable. Ni école, ni date : rien qui circonscrive, qui abolisse l'irréductible et indéfinissable spontanéité d'un labeur d'artiste : *« L'œuvre véritable, produit de quelques rares génies que la bêtise ambiante ne peut atteindre, se manifeste en dehors de toute influence de mode ou d'époque »* (L.G., 3 déc. 80). Cet isolement n'empêche pas certaine communauté d'allure et de projet : *« Le romancier moderne cherche avant tout à surprendre l'humanité sur le fait [...à] constater ce qui est sous ce qui paraît »* (ibid.). Comme le peintre, le romancier travaille sur le motif. All is true ? Peut-être bien que oui, peut-être bien que non, répondrait ce Normand. Il faut bien masquer les personnages, sans quoi on ne serait plus reçu nulle part. Maupassant privilégie l'observa-tion, il proclame la vérité, l'humble vérité, de son œuvre, mais il refuse une reproduction à l'identique, puisque l'écrit doit se faire l'apocalypse de ce qui est, sous ce qui paraît. Il nous invite à avoir foi dans une réalité qu'il nie. Il y a, certes, *« cette nécessité d'observer avec impartialité et indépendance »* (L.G., 28 juil. 82). L'écrivain-observateur est un monstre et la première victime de son talent, de sa fonction, *« car, en lui, aucun sentiment simple n'existe plus. Tout ce qu'il voit, tout ce qu'il éprouve, tout ce qu'il sent, ses joies, ses plaisirs, ses* souffrances, ses désespoirs deviennent instantanément des sujets d'observation. Il analyse, malgré lui, sans fin, les cœurs, les visages, les gestes, les intentions. Sitôt qu'il a vu, quoi qu'il ait vu, il lui faut le pourquoi. Il n'a pas un élan, pas un cri, pas un baiser qui soit franc ; pas une de ces actions spontanées qu'on fait parce qu'on doit les faire, sans savoir, sans réfléchir, sans comprendre, sans se rendre compte ensuite. Il ne vit pas, il regarde vivre les autres et lui-même » (Le Figaro, 3 juil. 84).

J'aime que Maupassant ait jeté, sur l'observateur qu'il voulait être, ce douloureux regard critique, qui noue, entre l'écrivain et la réalité, un rapport ininterrompu, mais révèle cette fêlure dans l'âme et dans l'esprit. Je ne connais guère de texte aussi lucide et navrant que cet article. Nul, je crois, n'a mieux discerné et exprimé cette aporie du réalisme, la douleur, le pathétique et l'insincérité (si sincère cependant) d'un don et d'un goût de l'observation poussés jusqu'aux prémices de la folie.

Mais, même à ce niveau sous-jacent à l'œuvre dûment écrite, à l'art, observer ne suffit pas : « J'admire infiniment l'imagination et je place ce don au même rang que celui de l'observation » (L.G., 18 mars 82). Voir, c'est imaginer. N'est-ce-pas le don du conteur — cette constatation qui se poursuit dans un rêve, cette histoire qu'on se raconte à partir de ce que l'on voit ? Fût-il réaliste, l'écrivain va, au pas de son imagination, au-delà de la réalité positive. Je songe, entre autres, à Humble drame. On voyage en train : « Les rencontres font le charme des voyages. [...] Quelle charmante sensation de voir la jolie voisine ébouriffée ouvrir les yeux, regarder autour d'elle, faire, du bout de ses doigts fins, la toilette de ses cheveux rebelles, rajuster sa coiffure, tâter d'une main sûre si son corset n'a point tourné, si la taille est droite et la jupe pas trop écrasée ! » Observation, dirons-nous, presque myope (selon la remarque d'Albert-Marie Schmidt), minutieuse, attentive à ce geste furtif qui vérifie la place du corset.

*Oui-da ! mais on continue : « Malgré soi on la guette sans
cesse, malgré soi on pense à elle toujours. Qui est-elle ? D'où
vient-elle ? Où va-t-elle ? Malgré soi on ébauche en pensée un
petit roman. Elle est jolie ; elle semble charmante ! Heureux
celui... La vie serait peut-être exquise à côté d'elle ? Qui sait ?
C'est peut-être la femme qu'il fallait à notre cœur, à notre rêve,
à notre humeur »* (G.B., 2 oct. 83). *Qu'elle descende au prochain arrêt et retrouve, sur le quai, un mari et deux enfants
importe peu : l'observation a fini par s'évaporer en imagination.
Observation et imagination sont les deux mamelles du récit. Il
n'y a d'imagination qu'à partir du réel ; il n'y a d'observation
que par la grâce de l'imaginaire. Les objets, même quand
l'auteur leur coupe la parole, sont gros d'une histoire qu'ils
pourraient conter et qui flotte, comme un non-dit du texte.*

De l'art, « cette chose vague et mystérieuse » (L.G.,
24 avril 83), *ne disons rien ou presque rien. Pourquoi serions-
nous plus savants que Maupassant ? Au-delà de l'observation et
de l'imagination, il n'y en a pas moins une attitude littéraire, un
métier, un propos technique, qui, sous le masque de l'objectivité,
constituent le caractère décisif des œuvres de Maupassant. Le
maître ou, plutôt, l'initiateur fut Gustave Flaubert. Dans
l'étude qui précède ses* Lettres à George Sand *(1884),
Maupassant énonce et loue ce qui fut l'un des aspects les plus
fréquents de sa propre écriture : « Au lieu d'étaler la psychologie des personnages en des dissertations explicatives, il la faisait
simplement apparaître par leurs actes. Les dedans étaient ainsi
dévoilés par les dehors, sans aucune argumentation. [...] On
dirait, en le lisant, que les faits eux-mêmes viennent parler, tant
il attache d'importance à l'apparition visible des hommes et des
choses. C'est cette rare qualité de* metteur en scène,
*d'évocateur impassible qui l'a fait baptiser réaliste par les
esprits superficiels qui ne savent comprendre le sens profond*

d'une œuvre que lorsqu'il est étalé en des phrases philosophiques. »

Certes, Maupassant écrit trop pour demeurer, toujours, fidèle à ce premier, à ce seul guide. Mais ce que, dans ses contes, nouvelles ou romans, il vise consciemment, c'est bien cette mise en scène *des acteurs, du décor, des habits et des objets qui doivent donner l'illusion d'être là, tout seuls, sans l'intervention d'un* deus ex machina *indiscret et verbeux, sans explication ni commentaire. Maupassant n'ôte pas à Flaubert (ni à lui-même) la présence d'un sens, d'une pensée, voire d'un message :* le sens profond *est là, lui aussi, tacite et contraignant, d'autant plus aigu qu'il revient au lecteur de le tirer lui-même, comme d'une expérience qu'il aurait vécue, au fil de sa lecture.* Critiques et universitaires habent oculos et non vident, *mais le simple public demeure ébloui devant ces faits isolés, puis astucieusement combinés dans leur suite, judicieusement* écrits, *qui sont de l'Art et de la Pensée, discrets, voire secrets, mais poignants comme une inépuisable évidence.*

Lorsque Maupassant se hasarde à parler de la technique du romancier ou du conteur, il emploie volontiers les mêmes termes révélateurs. Dans le Gil Blas *du 11 novembre 1884, où il oppose chroniqueurs et romanciers, Maufrigneuse en profite pour énoncer ce qui fait la grandeur de Maupassant :* « *Les qualités maîtresses du romancier, qui sont l'haleine, la tenue littéraire, l'art du développement méthodique, des transitions, et de la* mise en scène [je souligne], *et surtout la science difficile et délicate de créer* l'atmosphère [id.] *où vivent les personnages, deviennent inutiles, et même nuisibles, dans la chronique.* [...] *J'ai parlé de l'atmosphère d'un livre et c'est là le point capital, essentiel.* [...] *C'est l'atmosphère du livre qui rend vivants, vraisemblables et acceptables les personnages et les événements. Tout arrive dans la vie et tout peut arriver dans le roman, mais il faut que l'écrivain ait la précaution et le talent de rendre tout naturel par le soin avec lequel il crée le milieu et prépare les événements au moyen des circonstances environnantes.* »

On s'éloigne, me semble-t-il, de tout vérisme *anecdotique*, aussi bien que de ces vérités *moyennes* dont parle ailleurs Maupassant. Les mots clefs sont mise en scène et atmosphère. Peu importe, ici, la vraisemblance initiale des faits et des personnages. Peu importe même leur possibilité. L'art de l'ensemble fait passer les détails : impossibile credibile. « *Dans tout roman de grande valeur il existe une chose mystérieusement puissante :* l'atmosphère *spéciale, indispensable à ce livre. Créer l'atmosphère d'un roman, faire sentir le milieu où s'agitent les êtres, c'est rendre possible la vie du livre. Voilà où doit se borner l'art descriptif; mais sans cela rien ne vaut* » (G.B., 26 av. 82). *Sans qu'il énonce jamais cette comparaison, Maupassant conçoit un roman en quelque sorte* musical, *où l'harmonisation et la reprise du motif donnent à l'œuvre le pouvoir d'exister* in se et per se, *où tout commentaire disparaît, où l'ensemble s'impose, tel quel. Le narrateur, en dépit des apparences, reprend, lui aussi, à la musique son bien, c'est-à-dire le privilège d'exister indépendamment de toute référence. Il va de soi que l'écriture ne peut éliminer tout un miroitement de choses, de gens et de sens. Mais la valeur décisive est située à un autre niveau — non pas celui des faits, mais celui de la manière :* « Quand un homme, quelque doué qu'il soit, ne se préoccupe que de la chose racontée, quand il ne se rend pas compte que le véritable pouvoir littéraire n'est pas dans un fait, mais bien dans la manière de le préparer, de le présenter et de l'exprimer, il n'a pas le sens de l'art » (Étude précédant les lettres de Flaubert à G. Sand, 1884).

Maupassant, on l'a vu, se méfie de son goût de la description. Elle ne doit pas simplement documenter le lecteur ni mettre en place, gratuitement, un élément de la réalité — de même qu'un tableau n'est pas une photographie d'amateur. C'est un élément *nécessaire de la* mise en scène *et l'un des motifs dont l'œuvre accomplit l'harmonisation. Dans une chronique postérieure aux* Contes du jour et de la nuit, *Maupassant (qui, si j'en crois le tableau reproduit dans le livre d'Armand Lanoux, possédait un talent non négligeable) réfléchit sur l'art du peintre, sur l'intimité d'un paysagiste, sur le regard inventif* (La Vie d'un paysagiste, G.B., *28 sept. 86). Il aime « ceux qui cherchent à découvrir l'Inaperçu dans la Nature ». La peinture (la description...) est la manducation d'un spectacle :* « Mes yeux ouverts, *écrit le héros,* à la façon d'une bouche affamée dévorent la terre et le ciel. Oui, j'ai la sensation nette et profonde de manger le monde avec mon regard et de digérer les couleurs comme on digère les viandes et les fruits. » *Manducation, fornication :* « Ce sont, pour les peintres, des voyages de noce avec la terre. » *Ce bel article jette, sur les descriptions de Maupassant, une lumière crue, encore que subtile. J'abandonne aux psychanalystes ce qui peut, ici, les délecter. Ni dans la manducation, ni dans la fornication, ni dans la digestion, il n'y a rien de passif. C'est, au contraire, une activité, un arrachement, une prise de possession, une contrainte, une transformation. Ce rapport actif avec le monde, cette initiative de création qui gisent dans le regard et dans l'écriture et qui les constituent, cet amour fécond avec les étendues et les objets, c'est là ce qui innerve et anime la description de Maupassant. La Nature est la seule femme dont on ne se lasse pas, dont il ne soit pas nécessaire de changer, puisqu'elle est inépuisable. Reprenant l'image de la manducation, on dira que Maupassant répugne aux aliments trop gros. Avec sa lucidité coutumière, Albert-Marie Schmidt a rangé Maupassant « parmi les écrivains que délectent les délices d'une vision de myope »* (Maupassant par lui-même, *p. 61). Retenons, à titre de preuve, une lettre qui date peut-être de 1886, adressée à Maurice Vaucaire :* « Des chefs-d'œuvre ont été faits sur *d'insignifiants détails, sur des objets vulgaires. Il faut trouver aux choses une signification qui n'a pas encore été découverte et tâcher de l'exprimer de façon personnelle.*

« *Celui qui m'étonnera en me parlant* d'un caillou, d'un tronc d'arbre, d'un rat, d'une vieille chaise, *sera, certes, sur la voie de l'art et apte, plus tard, aux grands sujets* » (lettre 415 de l'édition Suffel de la Correspondance). N'avons-nous pas là, pour un lecteur attentif, un décodeur de l'œuvre de Maupassant ? L'insignifiant *devient riche de* signification. *L'art n'est pas, seulement, la combinaison calculée de valeurs et de formes. Il est l'incarnation d'une pensée tacite.*

La prétention scientifique d'un Zola, *qu'il sait admirer, éloigne de lui* Maupassant : « *C'est pyramidal* », écrit-il à Flaubert. Quoiqu'il *se veuille* « *moderne* », *qu'il se croie l'esprit positif et qu'il apprécie les progrès matériels, Maupassant n'a pas, du tout, l'esprit scientifique. La réduction des faits sensibles à des faits de science, abstraits de leur matérialité perceptible, lui laisse au cœur je ne sais quelle nostalgie. Son goût pour l'écriture fantastique, si bien présenté par* Pierre-Georges Castex, *puis par* Marie-Claire Bancquart, *ne résulte-rait-il pas, avant tout, de cette insatisfaction de l*'homme sans Dieu ? *Notre univers dépeuplé, dépeuplé de tout ce que le nom de Dieu, abusivement ou non, couvre d'irrationnel, d'impénétrable à nos esprits dûment organisés, d'affolant (puisque imprévisible), laisse un goût de cendre dans sa bouche — sans qu'il exprime jamais le besoin ou le regret d'une foi. Les joies de l'art ni les plaisirs des amours ne comblent pas ce vide :* Maupassant *vit en un temps où il n'est pas facile de vivre* la mort de Dieu. *Il veut, parfois, franchir le cercle qu'un Popilius scientiste trace autour de lui, avec sa propre connivence. Le goût des vérités positives n'abolit pas un besoin des émotions indéfiniment modulées que procurent des* « *vérités* » *inconnaissables, indéfinissables, séduisantes comme un abîme. Dépourvu de système et de respect humain, il se raconte des histoires qui contredisent la plupart de ses assertions, de ses convictions, parce qu'il lui plaît d'éprouver, de faire éprouver d'incoercibles tremblements. Il y a, sous la voûte des cieux, dans un temps déterminé, beaucoup d'inexpliqué. Pourquoi l'écriture n'en jouerait et n'en jouirait-elle pas ?* La pratique du récit fantastique (il n'y a pas, chez Maupassant, de merveilleux) résulte de la positivité d'un esprit admirant une science qu'il ignore, d'un esprit qui regimbe contre les œillères que cette science impose aux chevaux de l'imaginaire, contre les privations que son respect nous inflige, contre l'interdit qu'elle jette sur les déserts obscurs que peuplent ou qu'inventent nos besoins et nos rêves. Sous le titre : Adieu mystère, une chronique transmute cet adieu en ce n'est qu'un au revoir ou, plutôt, refuse les vérités qu'elle énonce : « Honte aux attardés, aux gens qui ne sont pas de leur siècle ! », mais : « Malgré moi, malgré mon vouloir et la joie de cette émancipation, tous ces voiles levés m'attristent. Il me semble qu'on a dépeuplé le monde. On a supprimé l'Invisible. Et tout me paraît muet, vide, abandonné » (L.G., 8 nov. 81). J'attache un prix plus grand à cette douleur lucide qu'à la présence imperceptible de la folie prochaine. Même attitude dans La Peur : « Oui, monsieur, on a dépeuplé l'imagination en supprimant l'invisible » (Le Figaro, 25 juil. 84). Une fois taries les eaux douces et prenantes du merveilleux, reste à l'homme, à l'écrivain, à chercher, dans la vase qui subsiste, les monstres antédiluviens du fantastique. L'abstraite nécessité de notre Savoir les suscite, comme l'ombre animée de ses lumières.

Peut-être, dans le jardin de la maison du docteur Blanche, Maupassant, irrépressible Sauvage, découvrit-il, à ses heures, un coin préservé de Paradis. « Jadis, aux premiers temps du monde, l'homme sauvage, l'homme fort et nu, était certes aussi beau que le cheval, le cerf ou le lion. » Une fois encore, j'entrevois des toiles de Gauguin et, à travers elles, le refus du monde tel

qu'il se présente, en ces temps et en ces lieux — un monde fait de
vilains, de paltoquets, de singes et de brutes. Maupassant
éprouve, pour le sauvage, une nostalgique tendresse, mais il
méprise la brute, ce paysan, par exemple, cet « homme souche,
noué, long comme une perche, presque tors courbé, plus affreux
que les types barbares qu'on voit aux musées d'anthropologie »
(G.B., 30 mars 86).

Rurale ou non, la brute n'est pas l'envers de la civilisation.
Elle en est le substrat, presque l'essence, dont l'élégance
mondaine dissimule la pénible présence dans les caprices de la
danse, le rituel des banalités ou les calculs discrets d'un égoïsme
foncier. « La Brute civilisée », écrit-il. Le Sauvage incarne le
rêve d'un homme ou d'un dieu d'avant la civilisation, d'avant la
dialectique de l'homme et de la nature, d'un homme accordé
miraculeusement avec la beauté du monde, qui échappe à
l'humanité banale pour se retrouver l'un des éléments divins de
l'univers : « On voudrait être un de ces êtres matériels et
champêtres inventés par les vieilles mythologies, un de ces faunes
que chantaient autrefois les poètes » (L.G., 29 avril 81).
L'art du narrateur, les grâces de l'écriture, les initiatives
de la description, de rares interventions de l'auteur donnent à
pressentir, dans le jeu des suggestions et des refus, dans les
chants amœbées du dégoût et de la joie, comme la couche la plus
profonde d'une stratigraphie morale et sociale, le message
tacite de la sauvagerie perdue.

*

Les recueils publiés par Maupassant empruntent, presque
toujours, leur titre à l'un des contes ou l'une des nouvelles qui les
constituent. Simples recueils : l'auteur ne s'est pas soucié de
leur donner une unité de ton ni d'organiser un corps de variations

sur un thème choisi. On ne discerne aucun principe, aucun critère qui l'ait guidé. Les Contes du jour et de la nuit *pourraient échapper à cette règle, puisqu'ils possèdent un titre propre. Mais c'est un titre si vague, si accueillant (le jour, la nuit : qu'y a-t-il d'autre ?) qu'il ne définit rien. Je ne crois guère à une allusion aux* Mille et Une Nuits. *Cela évoque simplement, populairement peut-être, la totalité des joies et des misères de l'homme. Les contes ne se répartissent d'ailleurs pas clairement ni, moins encore, également, entre les heures diurnes et les heures nocturnes. L'essentiel de* Un lâche *appartient à la nuit.* L'Ivrogne *épanouit sa fleur de meurtre et d'abrutissement au plus profond d'une nuit de tempête.* Histoire vraie *ressortit plutôt à la nuit, tout en s'étendant au jour. La* Farce *loge son intrigue dans un nocturne pot de chambre. Le reste est, totalement ou essentiellement, diurne.*

Tous ces contes sont des récits. Un grand nombre appartiennent à ce que Matthew Mac Namara désigna heureusement comme telling with audience : *l'auteur, après une mise en scène plus ou moins brève, délègue sa fonction de conteur à un personnage qui raconte une histoire à un public étroit, le plus souvent défini. Le conte acquiert ainsi un relief accusé, puisque le récit, le récitant et les auditeurs jouent les uns par rapport aux autres. Maupassant a mis en place « les circonstances environnantes » (pour lui emprunter cette tautologie), puis il s'est fictivement effacé et, par personne interposée, nous livre une réalité ambiguë, susceptible d'un examen critique, puisque la réalité littéraire de cette réalité-là est ou n'est qu'un discours tenu par* quelqu'un *à un auditoire. Le sentiment de réel, que nous éprouvons, tient non seulement aux faits et aux choses, mais à celui qui parle et à ceux qui écoutent. Ainsi, dans* Rose, *je ne sais sur quoi porte mon attention : Cannes, le bavardage, mêlé de confidences, de ces deux femmes ou le* fait divers *de cette femme de chambre qui était un bagnard évadé. L'impression de profondeur résulte de ce mélange, dans une conversation et dans ce cadre, un mélange discrètement satirique et,* in fine, *révélateur. Conte ? chronique ? étude dialoguée ? tout est là, tout se tient et se soutient.*

Ce telling with audience *présente un avantage considérable : il décharge l'auteur de la responsabilité du* non-dit. Or, *dans tout récit, dans toute présentation, ce* non-dit *occupe une place en quelque sorte infinie. Il joue un rôle indéfinissable, mais indiscutable. C'est le cas de* La Main, *le seul conte fantastique de notre recueil, où le surnaturel entoure d'un halo tacite des faits positifs dûment attestés. C'est aussi le cas de* Tombouctou, *où les hasards du souvenir, les commodités de la communication et les défaillances de la mémoire donnent à ce* turco *bizarrement noir, dans les invraisemblables progrès de sa fortune, une allure mythologique. C'est encore le cas de* Histoire vraie, *où le* non-dit *se mêle au* trop-dit *(il me paraît curieux que le héros de cette histoire odieuse la raconte lui-même — bah ! ces hobereaux normands...), le* non-dit, *qui laisse à l'héroïne un mystère qui sauve sa mortelle sottise.*

Il arrive que l'auteur assume la fonction de conteur. Mais le récit a, chez lui, à ce point besoin d'un auditoire que, souvent, le discours que tient l'écrivain suscite ou mentionne un ou plusieurs auditeurs. C'est que, souvent, si bien écrits que soient les contes, Maupassant les parle, s'accordant la joie d'un contact direct avec un auditeur non précisé. C'est le cas du Souvenir, *de* La Roche aux Guillemots, *de la médiocre* Farce. *Quoi qu'il en soit de cette oralité, le récit qui constitue le conte peut, dans une étroitesse du temps, conserver une simplicité unilinéaire. Ainsi dans* Le Crime au père Boniface, *dans* Le Vieux, *dans* Un lâche, *dans* L'Ivrogne, Le Gueux, Le Petit *et au début de* La Confession. *Quelques (longs) quarts d'heure d'une jouissance indiscrète ; deux jours d'agonie ; une préparation et la nuit d'un suicide ; quelques heures d'attente et quelques minutes de meurtre; le dernier jour et la dernière nuit d'un miséreux et, avec des retours en arrière, la découverte fatale du père de l'enfant d'un autre. Maupassant adopte souvent, pour définir l'objet de son récit, une unité de temps, dirait-on, assez brève, favorisée, à l'occasion, par des* flash-back, *qui laisse au récit une exemplaire simplicité de ligne. Il a, cependant, construit en diptyque* Le Père *et* Un parricide. *Cette rencontre des titres fait songer à je ne sais quoi de profond. A tort : dans* Le Père, *les deux volets illustrent deux moments du temps largement séparés (amour, grossesse, abandon d'un côté; vaines retrouvailles de l'autre), tandis que, dans* Un parricide, *c'est, à propos du même double meurtre, sur le premier volet, la plaidoirie de l'avocat, bonne et fausse et, sur le second, le récit vrai de l'innocent criminel — récit qui est plutôt un réquisitoire qu'une plaidoirie.*

*Je hasarderais volontiers que le charme discret, mais tenace comme un parfum, de ces contes tient à l'absence de toute médiatisation. Aucune idée toute faite et préalable ne s'interpose entre les personnages. Le parricide tue ses parents : n'est-ce pas logique? Le gueux meurt : « quelle surprise! ». Dirai-je de la douloureuse, innocente et poignante héroïne d'*Histoire vraie *qu'elle a médiatisé? Je le dirai seulement si aimer, c'est cela. Non, vraiment, ces personnages sont ce qu'ils sont, désirent ce qu'ils désirent, font ce qu'ils font, sans que leur pensée interpose entre leur vouloir et leur pouvoir la ligne Maginot d'une médiatisation. L'art de Maupassant refuse la psychologie : c'est ce qui donne à ces contes, à travers leur réalisme, malgré leur « humble vérité » ou à cause d'elle, une évidente surréalité. Dans ces jours et dans ces nuits, la mort occupe une place importante (« Et Dieu? Tel est le siècle : ils n'y pensèrent pas »). Souvent gênante, pour les vivants. C'est* Le Vieux, *qui tarde à s'éteindre : on mangera deux fois les douillons des obsèques; cela coûtera de l'argent et de la* *fatigue. Le mort de* La Roche aux Guillemots *dérange à peine, dira-t-on, puisque celui qui le transporte ne tient de lui aucun compte et s'obstine à chasser. Ce sont là de ces morts inévitables, banales, auxquelles l'égoïsme des vivants apporte un peu d'extraordinaire. Mais la mort vient aussi, plus ou moins vite, comme un suicide de l'amour : l'amour tue, dans* Histoire vraie *; il tue sans gestes, sans phrases, doucement, lentement, quand il est totalement vécu et n'est pas partagé. Il peut encore tuer l'autre, dans ce crime qui demeure secret jusqu'à* La Confession. *Mort, non plus par extinction des feux, mais brutale, voire ignoble, comme dans* L'Ivrogne, *où elle sanctionne, dans une horreur nocturne, un adultère trop astucieusement combiné. La mort du* Gueux *est un réquisitoire silencieux contre la société des brutes civilisées, celle des paysans et des gendarmes. Le gueux meurt, victime d'une violence mensongère et légitimée. Le meurtre prend tout son éclat, moral et politique, dans* Un parricide ; *quand celui-ci quitte, après la plaidoirie, le silence où il avait enclos sa dignité, c'est un merveilleux réquisitoire contre l'engendrement des bâtards et contre toute la société. Dans* La Main, *le meurtre, lui aussi légitimé, fait intervenir un bourreau sauvage et fantastique. Et puis, quand le père du* Petit *sait que celui-ci n'est point de son sang, il se réfugie dans la mort, plus encore pour l'infidélité de sa défunte épouse que pour cette déception insupportable : son fils n'est pas son fils.*

Présente dans un conte sur deux, la mort donne à ce recueil sa ou ses couleurs, tantôt d'un gris presque neutre, tantôt d'un noir profond — zébré de rouge, qui taraude le cœur et l'esprit comme un châtiment, comme une prémonition, comme un appel.

L'amour échappe, Dieu merci ! à toute théorisation. Dans la partie « chronique » de Rose, *deux femmes du monde discutent, avec une longue légèreté, sur les incartades. Pour l'une, on ne saurait prendre plaisir à l'amour de n'importe qui — de son* cocher par exemple. *L'autre*, une femme d'officier, sait le ridicule des hommes qui commencent à aimer, mais elle désire d'être désirée : tout désir la flatte. D'avoir eu pour femme de chambre un forçat évadé, condamné à mort pour viol suivi de meurtre, lui a laissé, au fond du cœur, un regret : cette fausse Rose qui l'habillait, qui la baignait, qui la massait, ne lui a jamais rien manifesté... Les femmes, chez Maupassant, n'ont pas toujours ce don de la diversité légère — que possédait Gisèle d'Estoc, cette profusion de souvenirs et d'anecdotes. Certes, dans *Souvenir*, l'héroïne égare son mari en forêt de Saint-Germain et se donne, dans un cabinet particulier : à un niveau social inférieur, c'est la même disponibilité, le même désir occasionnel aussitôt satisfait, la même propension à se donner, sans rien perdre de sa liberté — un prêt, un simple prêt, avec, si possible, d'honnêtes intérêts de plaisir. Mais (hélas ?) il y a aussi celles qui aiment, qui vous encombrent de leur amour, qui meurent d'aimer, comme les héroïnes d'*Histoire vraie* et du *Fermier*. Quand les convenances et la hiérarchie sociale interdisent une union dont l'homme, d'ailleurs, n'a pas l'idée, il reste à la jeune femme à trouver un refuge dans la mort. Non pas un suicide, mais l'irrésistible et lente connivence d'un corps, blessé en même temps que le cœur. Certes, la femme — jeune fille, ici presque une enfant — peut éprouver l'amour jusqu'au meurtre, pour que celui qu'elle aime n'appartienne pas à sa sœur, comme dans *La Confession*, mais elle peut aussi, comme la toute gracieuse jeune femme adorée à Étretat, adorée dans toutes les formes, dans les moindres traits de son corps, idolâtrée dans ses vêtements, ses gants, sa voilette, n'être plus, douze ans après, qu'une grosse mère de famille, honnête et décatie : les femmes, dans *Adieu*, n'ont que dix ans pour être belles. Nous avons changé cela ; c'était, sauf erreur, déjà faux du temps de Maupassant... La jeune fille du *Père* s'est laissé prendre, dans la forêt, parmi la chaleur et les senteurs d'un beau dimanche.

C'est une connivence avec la nature printanière qui l'a faite femme — un peu volens, *un peu* nolens. *Honteuse ou déçue, elle ne revoit pas son séducteur pendant huit jours, puis elle se précipite chez lui — jusqu'à ce que le fasse disparaître l'annonce d'une grossesse. Un monsieur digne l'épouse. Le temps qui passe n'a rien ôté à son charme ni à son ressentiment. D'un mot, sans rien conclure, il faudrait évoquer la douleur des mères qui ont abandonné leur enfant (du moins l'avaient-elles mis au monde...), qui subviennent à ses besoins, le retrouvent dans une horrible déception ou paient de leur vie ces retrouvailles. Le Bonheur* est possible, *mais ce sera dans la sauvagerie magnifique des montagnes de la Corse, dans une rupture complète avec la société noble de la famille de la jeune fille, dans la simplicité d'une vie pauvre et rétrograde et non pas dans la société que constituent les lecteurs du Gaulois.*

*Indépendamment de deux accessoires dignes d'un adolescent (*Le Crime au père Boniface *et* La Farce*), on perçoit, à travers tous ces contes, une protestation presque toujours tacite contre l'organisation d'une société qui repose sur le nom et sur l'argent, sur la transmission hypocrite de valeurs morales et financières. Dans* Rose, *quand, sur le boulevard de la Foncière (admirable nom de l'actuel boulevard Carnot, à Cannes), les riches, y compris un fils de France, s'amusent dans une bataille de fleurs, les gendarmes à cheval maintiennent à l'écart la foule des pauvres, qui regardent, sottement, les jeux de la richesse. Le héros du* Parricide *est un bon menuisier, honnête, conscient et presque organisé, pur jusqu'à l'aveu, courageux jusqu'à une exacte sincérité, victime, lui aussi, d'une société où le bâtard ne peut être reconnu, et où, pour finir, les meilleures intentions se donnent l'allure d'une maladroite* charité — *d'une charité sans amour, mais non sans remords. Une société où les mâles prennent les filles et les* plaquent, *au prix d'un plongeon (le mot est de Maupassant) dans l'océan parisien, ou trouvent un*

*père à l'enfant qu'ils ont fait. Honnêtes, puisqu'ils ont payé —
comme si l'argent suffisait à payer.*

Hontes et tristesses de la vie rurale, où propriétaires et valets
tuent, en somme, le misérable Gueux. Tristesses et monotonie,
insupportable sottise de la vie des employés, qu'ils soient odieux
un peu, comme le héros du Père, ou abrutis d'honnêteté, comme
ceux de La Parure. Maupassant ne dit rien; mais il est
permis d'écouter son silence, et de savourer ses indignations
— diverses dans leur objet, irréductibles à une théorie — que
nuance parfois une méprisante pitié. On dira, à propos de ces
Contes, ce qu'il écrivait, le 3 avril 1878, à Edmond de
Goncourt : « Il n'y a vraiment qu'une sorte d'histoire, celle que
font les romanciers. » Malgré les impossibilités, les irréalités
des récits (que signaleront nos notes), c'est un visage daté de la
France. C'est une histoire noire, infiniment triste, où il ne faut
pas cependant négliger, parmi les malheurs et les misères
qu'entraînent l'égoïsme et « l'amour », la distinction et l'honnêteté de ceux qui s'emploient à réparer leurs « fautes ». Les
évidences du récit contredisent l'idéologie qui paraît le sous-
tendre. C'est ainsi que la femme, cet « animal de perdition », ce
piège toujours disposé, infiniment dangereux, n'en acquiert pas
moins, dans certains contes, la troublante qualité d'une hostie,
indéfiniment sacrifiée — sans espoir de salut. Médiocrités des
élégances, brutalités des humbles et des rustres, violences
dominatrices du désir : le monde s'en va, parmi les incidents de
la passion, de l'égoïsme forcené, jusqu'à la mort — cette
promesse d'une vie autre, dans la sève des racines et l'épanouis-
sement des pourritures, jusqu'à la seule fin vraiment finale de la
Solitude.

*

Le 17 janvier 1877, Maupassant aventura une phrase que
peu auraient osé écrire avec cette franchise simple, une phrase

qui me paraît profonde, juste, en somme, s'il s'agit de prose
narrative : « Non seulement le génie n'agit pas toujours avec
une puissance égale, mais il serait ridicule et déplacé d'avoir
partout et toujours du génie » (La Nation). Tel ou tel des
Contes du jour et de la nuit *le met à l'abri de ce reproche.
Cela importe peu. Pour chacun de ses récits, Maupassant
définit et élabore* l'atmosphère *où il doit baigner. Que
l'histoire soit triviale, presque vulgaire parfois ou exceptionnelle, voire impossible, irréelle, cela ne compte pas. Comptent
seules cette atmosphère et les combinaisons d'écriture qui en
assurent la puissance. De là les heureuses ambiguïtés de son
rapport avec le réel : l'atmosphère, dont s'imprègne le lecteur,
fait passer, inaperçues, les incartades du « réaliste ». Quel
commentateur s'aperçoit, dans* Tombouctou, *qu'il n'est pas
possible de s'enivrer, fût-on turco, à manger des raisins ?
L'armée du duc de Brunswick, à Valmy, éprouva d'autres
inconvénients, pas celui-là. « C'est pyramidal », dirait l'auteur, si on lui en faisait, outre-tombe, l'observation. Mais
j'imagine qu'il ne battrait pas sa coulpe : cela ne change rien à
l'atmosphère, à l'impression qu'éprouve le lecteur, à je ne sais
quelle tacite leçon qu'il perçoit, plus ou moins. Et il pourrait
ajouter que ce n'est pas lui qui parle, qu'il ne s'agit que d'une
histoire, racontée par un officier. De même, dans* Rose, *je ne
crois pas qu'un bagnard au bras tatoué, condamné pour viol ait
pu passer, pendant des mois, pour une douce et délicate femme de
chambre. Mais la question n'est pas là, moins encore la réponse.
Les* Contes du jour et de la nuit *présentent des aspects de la
totalité de la vie — une vie que l'auteur se garde bien de réduire
à une aléatoire unité, une vie saisie dans la succession de récits
différents, dont aucun n'a cure d'un autre, dont aucun ne
contredit un autre — puisque, dans notre vie, il n'y a pas
d'irréfutable logique et que les contradictions jouent à l'intérieur
de chaque récit. Quoi de commun entre la riche héroïne de* Rose,

qui aime, à l'occasion, l'amour d'un domestique (amabat amari), et celle de La Parure, *qui sacrifie sa vie et celle de son mari au remboursement d'un bijou en toc ? La leçon du* Père, *n'est-ce pas qu'il faut se méfier des femmes — dont, d'ailleurs, on se lasse — et plonger avant qu'elles se sachent enceintes ? Mais notre lecture nous dit que l'homme est un salaud médiocre et l'héroïne, une fille saine, une forte femme qui assure sa survie et celle de son enfant. Pitié, admiration, dégoût, « idéologie »...*

Il n'y a pas de lieu pour le bonheur, sinon hors de l'éducation, hors de la société, hors de la richesse, dans la pauvreté sauvage d'un village de la Corse, dans un long tête-à-tête bizarrement infécond avec celui qu'on a préféré aux blandices de la fortune, à un mariage convenable et, pourquoi pas ? à ces raffinements qu'on ose dans l'adultère. Sauf le hasard de ces havres de sauvagerie, sauf le miracle de la réussite d'un Tombouctou *hilare, la vie, quelle qu'elle soit, une vie parmi tant d'autres, ne saurait être que douleur et médiocrité, échecs auxquels on échappe, un temps, en d'ignobles voies, un tunnel d'autant plus insupportable qu'on cherche, parfois, à voir clair. Ce n'est, en vérité, qu'au fil de l'eau, dans une barque, parmi les herbes, les fleurs, les oiseaux qui nous enchantent, dans une solitude multiple, qu'on entrevoit, dans un abandon et une exceptionnelle passivité, un bonheur hindou, digne de la* Cinquième Rêverie : « *Le charme pénétrant des rivières vous enveloppe, vous possède ; on respire lentement avec une joie infinie, dans un bien-être absolu, dans un repos divin, dans une souveraine quiétude* » (G.B., *19 juin 83*).

Ces heureuses démissions ne font pas une vie. Il y a des hommes, des femmes, l'accumulation des jouissances et, partout, la mort, cette araignée dont la toile attend nos envols et nos vains soubresauts. Et tout cela nous désespérerait si, parmi ces ordures, ces illusions et ces regards clairvoyants, il n'y avait pas, aussi, indocile et souverain, le travail indéfiniment repris, le travail de l'artiste, de l'artisan, élaborant, douce ou corrosive récompense, un objet d'art unique, qu'on offre à tous, qu'on cède au plus haut prix, mais où l'on trouve l'une de ses raisons de vivre — la plus haute — et sa chance de survivre à la dissolution de sa chair. Un objet *qu'on regarde avec des yeux qui n'appartiennent qu'à soi, parce que : « je ne pense comme personne, je ne sens comme personne, je ne raisonne comme personne ».*

Pierre Reboul

Contes du jour et de la nuit

LE CRIME
AU PÈRE BONIFACE

Ce jour-là le ~~~~ Boniface, en sortant de la maison de post~~~~ ta que sa *tournée* serait moins longue que de ~~~~ et il en ressentit une joie vive. Il était chargé ~~~~ ampagne autour du bourg de Vireville, et, ~~~~ qu'avenait, le soir, de son long pas fatigué, il av~~~~ ait. plus de quarante kilomètres dans les jambes.

Donc la ~~~~ distribution serait vite faite; il pourrait même flaner ~~~~ un route et rentrer chez lui vers trois heures ~~~~ de ~. Quelle chance!

Il sortit du ~ par le chemin de Sennemare et commença sa b~. On était en juin, dans le mois vert et fleuri, le vrai mois des plaines.

L'homme, vêtu d'une blouse bleue et coiffé d'un képi noir à galon rouge, traversait, par des sentiers étroits, les champs de ~, d'avoine ou de blé, enseveli jusqu'aux épaules dans les récoltes; et sa tête, passant au-dessus des épis, semblait flotter sur une mer calme et verdoyante qu'une brise légère faisait mollement onduler.

Il entrait dans ~ fermes par la barrière de bois plantée dans les ~s qu'ombrageaient deux rangées

de
jou...
Nor...
eu lo...
sa po...
Le ch...
pench...nt, jappait avec...
et le piéton...
militaire,...
gauche sur...
canne qui...
pressée.

hêtres, et saluant par son nom le paysan : « Bon...
..., maît' Chicot », il lui tend son journal le Petit
...nand[3]. Le fermier essuyait main à son fond de
...te, recevait la feuille de ...er et la glissait dans
...che pour la lire à son a...près le repas de midi.
...en, logé dans un ba...tira... un pommier
...t, jappait avec fureur... de son... chaîne ;
...on[4], sans se retro...ndes bras... allure
en allongeant sa jambe, le... bras
...r sa sacoche, mar...vra...
marchat commune...n coiff...

Il distribua ses impr... ses lettres dans
hameau de Sennemare, le remit en route
travers champs pour port...rie du percepte...
qui habitait une petite m...e à un kilomètre...
bourg.

C'était un nouveau... M. Chapatis
arrivé la semaine dernière depuis peu.

Il recevait un journal de... parfois, le facteu...
Boniface, quand il avait le...tait un coup d'œil
sur l'imprimé, avant de l...e au destinataire...

Donc, il ouvrit sa sacoche...feuille, la fit glisser
hors de sa bande, la dépl...mit à lire tout en
marchant. La première pa...téressait guère ; la
politique le laissait froid ; il...oujours la finance,
mais les faits divers le pass...t.

Ils étaient très nourris ce... Il s'émut même si
vivement au récit d'un crim...mpli dans le logis
d'un garde-chasse, qu'il s'arr...milieu d'une pièce
de trèfle, pour le relire lentem...Les détails étaient
affreux. Un bûcheron, en pass...u matin auprès de
la maison forestière, avait remué un peu de sang

sur le seuil, comme si on avait saigné du nez. « Le
garde aura tué quelque lapin cette nuit », pensa-t-il ;
mais en approchant il s'aperçut que la porte demeurait
entr'ouverte et que la serrure avait été brisée.

Alors, saisi de peur, il courut au village prévenir le
maire, celui-ci prit comme renfort le garde champêtre
et l'instituteur : et les quatre hommes revinrent ensemble. Ils trouvèrent le forestier égorgé devant la cheminée, sa femme étranglée sous le lit, et leur petite fille,
âgée de six ans, étouffée entre deux matelas.

Le facteur Boniface demeura tellement ému à la
pensée de cet assassinat dont toutes les horribles
circonstances lui apparaissaient coup sur coup, qu'il se
sentit une faiblesse dans les jambes, et il prononça tout
haut :

— Nom de nom, y a-t-il tout de même des gens qui
sont canailles !

Puis il repassa le journal dans sa ceinture de papier
et repartit, la tête pleine de la vision du crime. Il
atteignit bientôt la demeure de M. Chapatis ; il ouvrit
la barrière du petit jardin et s'approcha de la maison.
C'était une construction basse, ne contenant qu'un
rez-de-chaussée, coiffé d'un toit mansardé. Elle était
éloignée de cinq cents mètres au moins de la maison la
plus voisine.

Le facteur monta les deux marches du perron, posa
la main sur la serrure, essaya d'ouvrir la porte [7], et
constata qu'elle était fermée. Alors, il s'aperçut que les
volets n'avaient point été ouverts, et que personne
encore n'était sorti ce jour-là.

Une inquiétude l'envahit, car M. Chapatis, depuis
son arrivée, s'était levé assez tôt. Boniface tira sa
montre. Il n'était encore que sept heures dix minutes

du matin, il se trouvait donc en avance de près d'une heure. N'importe, le percepteur aurait dû être debout[8].

Alors il fit le tour de la demeure en marchant avec précaution, comme s'il eût couru quelque danger. Il ne remarqua rien de suspect, que des pas d'homme dans une plate-bande de fraisiers.

Mais, tout à coup, il demeura immobile, perclus d'angoisse, en passant devant une fenêtre. On gémissait dans la maison.

Il s'approcha, et enjambant une bordure de thym, colla son oreille contre l'auvent[9] pour mieux écouter; assurément on gémissait. Il entendait fort bien de longs soupirs douloureux, une sorte de râle, un bruit de lutte. Puis, les gémissements devinrent plus forts, plus répétés, s'accentuèrent encore, se changèrent en cris.

Alors Boniface, ne doutant plus qu'un crime s'accomplissait en ce moment-là même, chez le percepteur, partit à toutes jambes, retraversa le petit jardin, s'élança à travers la plaine, à travers les récoltes, courant à perdre haleine, secouant sa sacoche qui lui battait les reins, et il arriva, exténué, haletant, éperdu, à la porte de la gendarmerie.

Le brigadier Malautour raccommodait une chaise brisée, au moyen de pointes et d'un marteau. Le gendarme Rautier tenait entre ses jambes le meuble avarié et présentait un clou sur les bords de la cassure; alors le brigadier, mâchant sa moustache, les yeux ronds et mouillés d'attention, tapait à tous coups sur les doigts de son subordonné.

Le facteur, dès qu'il les aperçut, s'écria:

— Venez vite, on assassine le percepteur, vite, vite!

Les deux hommes cessèrent leur travail et levèrent la tête, ces têtes étonnées de gens qu'on surprend et qu'on dérange.

Boniface, les voyant plus surpris que pressés, répéta :

— Vite ! vite ! Les voleurs sont dans la maison, j'ai entendu les cris, il n'est que temps.

Le brigadier, posant son marteau par terre, demanda :

— Qu'est-ce qui vous a donné connaissance de ce fait [10] ?

Le facteur reprit :

— J'allais porter le journal avec deux lettres quand je remarquai que la porte était fermée et que le percepteur n'était pas levé. Je fis le tour de la maison pour me rendre compte, et j'entendis qu'on gémissait comme si on eût étranglé quelqu'un ou qu'on lui eût coupé la gorge, alors je m'en suis parti au plus vite pour vous chercher. Il n'est que temps.

Le brigadier se redressant, reprit :

— Et vous n'avez pas porté secours en personne ?

Le facteur effaré répondit :

— Je craignais de n'être pas en nombre suffisant.

Alors le gendarme, convaincu, annonça :

— Le temps de me vêtir et je vous suis.

Et il entra dans la gendarmerie, suivi par son soldat qui rapportait la chaise.

Ils reparurent presque aussitôt, et tous trois se mirent en route, au pas gymnastique [11], pour le lieu du crime.

En arrivant près de la maison, ils ralentirent leur allure par précaution, et le brigadier tira son revolver, puis ils pénétrèrent tout doucement dans le jardin et s'approchèrent de la muraille. Aucune trace nouvelle n'indiquait que les malfaiteurs fussent partis. La porte demeurait fermée [12], les fenêtres closes.

— Nous les tenons, murmura le brigadier.

Le père Boniface, palpitant d'émotion, le fit passer de l'autre côté, et, lui montrant un auvent :

— C'est là, dit-il.

Et le brigadier s'avança tout seul, et colla son oreille contre la planche. Les deux autres attendaient, prêts à tout, les yeux fixés sur lui.

Il demeura longtemps immobile, écoutant. Pour mieux approcher sa tête du volet de bois, il avait ôté son tricorne et le tenait de sa main droite.

Qu'entendait-il ? Sa figure impassible ne révélait rien, mais soudain sa moustache se retroussa, ses joues se plissèrent comme pour un rire silencieux, et enjambant de nouveau la bordure de thym, il revint vers les deux hommes, qui le regardaient avec stupeur.

Puis il leur fit signe de le suivre en marchant sur la pointe des pieds ; et, revenant devant l'entrée, il enjoignit à Boniface de glisser sous la porte le journal et les lettres.

Le facteur, interdit, obéit cependant avec docilité.

— Et maintenant, en route, dit le brigadier.

Mais, dès qu'ils eurent passé la barrière, il se retourna vers le piéton, et, d'un air goguenard, la lèvre narquoise, l'œil retroussé et brillant de joie :

— Que vous êtes un malin, vous !

Le vieux demanda :

— De quoi ? j'ai entendu, j' vous jure que j'ai entendu.

Mais le gendarme, n'y tenant plus, éclata de rire. Il riait comme on suffoque, les deux mains sur le ventre, plié en deux, l'œil plein de larmes, avec d'affreuses grimaces autour du nez. Et les deux autres, affolés, le regardaient.

Mais comme il ne pouvait ni parler, ni cesser de rire, ni faire comprendre ce qu'il avait, il fit un geste, un geste populaire et polisson.

Comme on ne le comprenait toujours pas, il le répéta, plusieurs fois de suite, en désignant d'un signe de tête la maison toujours close.

Et son soldat, comprenant brusquement à son tour, éclata d'une gaîté formidable.

Le vieux demeurait stupide entre ces deux hommes qui se tordaient.

Le brigadier, à la fin, se calma, et lançant dans le ventre du vieux une grande tape d'homme qui rigole, il s'écria :

— Ah ! farceur, sacré farceur, je le retiendrai l' crime au père Boniface !

Le facteur ouvrait des yeux énormes et il répéta :

— J' vous jure que j'ai entendu.

Le brigadier se remit à rire. Son gendarme s'était assis sur l'herbe du fossé pour se tordre tout à son aise.

— Ah ! t'as entendu. Et ta femme, c'est-il comme ça que tu l'assassines, hein, vieux farceur ?

— Ma femme ?...

Et il se mit à réfléchir longuement, puis il reprit :

— Ma femme... Oui, all' gueule quand j'y fiche des coups... Mais all' gueule, que c'est gueuler, quoi. C'est-il donc que M. Chapatis battait la sienne ?

Alors le brigadier, dans un délire de joie, le fit tourner comme une poupée par les épaules, et lui souffla dans l'oreille quelque chose dont l'autre demeura abruti d'étonnement.

Puis le vieux, pensif, murmura :

— Non... point comme ça..., point comme ça..., point comme ça..., all' n' dit rien, la mienne... J'aurais jamais cru... si c'est possible... on aurait juré une martyre...

Et, confus, désorienté, honteux, il reprit son chemin à travers les champs, tandis que le gendarme et le brigadier, riant toujours et lui criant, de loin, de grasses plaisanteries de caserne, regardaient s'éloigner son képi noir, sur la mer tranquille des récoltes.

ROSE

Les deux jeunes femmes ont l'air ensevelies sous une couche de fleurs. Elles sont seules dans l'immense landau chargé de bouquets comme une corbeille géante. Sur la banquette du devant, deux bannettes de satin blanc sont pleines de violettes de Nice, et sur la peau d'ours qui couvre les genoux un amoncellement de roses, de mimosas, de giroflées, de marguerites, de tubéreuses et de fleurs d'oranger, noués avec des faveurs de soie, semble écraser les deux corps délicats, ne laissant sortir de ce lit éclatant et parfumé que les épaules, les bras et un peu des corsages dont l'un est bleu et l'autre lilas.

Le fouet du cocher porte un fourreau d'anémones, les traits des chevaux sont capitonnés avec des ravenelles, les rayons des roues sont vêtus de réséda ; et, à la place des lanternes, deux bouquets ronds, énormes, ont l'air des deux yeux étranges de cette bête roulante et fleurie.

Le landau parcourt au grand trot la route, la rue d'Antibes, précédé, suivi, accompagné par une foule d'autres voitures enguirlandées, pleines de femmes disparues sous un flot de violettes. Car c'est la fête des fleurs à Cannes.

On arrive au boulevard de la Foncière, où la bataille a lieu. Tout le long de l'immense avenue, une double file d'équipages enguirlandés va et revient comme un ruban sans fin. De l'un à l'autre on se jette des fleurs. Elles passent dans l'air comme des balles, vont frapper les frais visages, voltigent et retombent dans la poussière où une armée de gamins les ramasse.

Une foule compacte, rangée sur les trottoirs, et maintenue par les gendarmes à cheval qui passent brutalement et repoussent les curieux à pied comme pour ne point permettre aux vilains de se mêler aux riches, regarde, bruyante et tranquille.

Dans les voitures, on s'appelle, on se reconnaît, on se mitraille avec des roses. Un char plein de jolies femmes, vêtues de rouge comme des diables, attire et séduit les yeux. Un monsieur qui ressemble aux portraits d'Henri IV[1] lance avec une ardeur joyeuse un énorme bouquet retenu par un élastique. Sous la menace du choc, les femmes se cachent les yeux et les hommes baissent la tête, mais le projectile gracieux, rapide et docile, décrit une courbe et revient à son maître qui le jette aussitôt vers une figure nouvelle.

Les deux jeunes femmes vident à pleines mains leur arsenal et reçoivent une grêle de bouquets ; puis, après une heure de bataille, un peu lasses enfin, elles ordonnent au cocher de suivre la route du golfe Juan, qui longe la mer.

Le soleil disparaît derrière l'Esterel, dessinant en noir, sur un couchant de feu, la silhouette dentelée de la longue montagne. La mer calme s'étend, bleue et claire, jusqu'à l'horizon où elle se mêle au ciel, et

l'escadre, ancrée au milieu du golfe, a l'air d'un
troupeau de bêtes monstrueuses, immobiles sur l'eau,
animaux apocalyptiques, cuirassés et bossus, coiffés de
mâts frêles comme des plumes, et avec des yeux qui
s'allument quand vient la nuit.

Les jeunes femmes, étendues sous la lourde fourrure,
regardent languissamment. L'une dit enfin :

— Comme il y a des soirs délicieux, où tout semble
bon. N'est-ce pas, Margot ?

L'autre reprit :

— Oui, c'est bon. Mais il manque toujours quelque
chose.

— Quoi donc ? Moi je me sens heureuse tout à fait.
Je n'ai besoin de rien.

— Si. Tu n'y penses pas. Quel que soit le bien-être
qui engourdit notre corps, nous désirons toujours
quelque chose de plus... pour le cœur.

Et l'autre, souriant :

— Un peu d'amour ?

— Oui.

Elles se turent, regardant devant elles, puis celle qui
s'appelait Marguerite murmura :

— La vie ne me semble pas supportable sans cela.
J'ai besoin d'être aimée, ne fût-ce que par un chien.
Nous sommes toutes ainsi, d'ailleurs, quoi que tu en
dises, Simone.

— Mais non, ma chère. J'aime mieux n'être pas
aimée du tout que de l'être par n'importe qui. Crois-tu
que cela me serait agréable, par exemple, d'être aimée
par... par...

Elle cherchait par qui elle pourrait bien être aimée,
parcourant de l'œil le vaste paysage. Ses yeux, après
avoir fait le tour de l'horizon, tombèrent sur les deux

boutons de métal[2] qui luisaient dans le dos du cocher, et elle reprit, en riant : « par mon cocher ».

Mme Margot[3] sourit à peine et prononça, à voix basse :

— Je t'assure que c'est très amusant d'être aimée par un domestique. Cela m'est arrivé deux ou trois fois. Ils roulent des yeux si drôles que c'est à mourir de rire. Naturellement, on se montre d'autant plus sévère qu'ils sont plus amoureux, puis on les met à la porte, un jour, sous le premier prétexte venu, parce qu'on deviendrait ridicule si quelqu'un s'en apercevait.

Mme Simone écoutait, le regard fixe devant elle, puis elle déclara :

— Non, décidément, le cœur de mon valet de pied ne me paraîtrait pas suffisant. Raconte-moi donc comment tu t'apercevais qu'ils t'aimaient.

— Je m'en apercevais comme avec les autres hommes, lorsqu'ils devenaient stupides.

— Les autres ne me paraissent pas si bêtes à moi, quand ils m'aiment.

— Idiots, ma chère, incapables de causer, de répondre, de comprendre quoi que ce soit.

— Mais toi, qu'est-ce que cela te faisait d'être aimée par un domestique ? Tu étais quoi... émue... flattée ?

— Émue ? non — flattée — oui, un peu. On est toujours flatté de l'amour d'un homme quel qu'il soit.

— Oh, voyons, Margot !

— Si, ma chère. Tiens, je vais te dire une singulière aventure qui m'est arrivée. Tu verras comme c'est curieux et confus ce qui se passe en nous dans ces cas-là.

Il y aura quatre ans à l'automne, je me trouvais sans femme de chambre. J'en avais essayé l'une après l'autre cinq ou six qui étaient ineptes, et je désespérais presque d'en trouver une, quand je lus, dans les petites annonces d'un journal, qu'une jeune fille sachant coudre, broder, coiffer, cherchait une place, et qu'elle fournirait les meilleurs renseignements. Elle parlait en outre l'anglais.

J'écrivis à l'adresse indiquée, et, le lendemain, la personne en question se présenta. Elle était assez grande, mince, un peu pâle, avec l'air très timide. Elle avait de beaux yeux noirs, un teint charmant, elle me plut tout de suite. Je lui demandai ses certificats : elle m'en donna un en anglais, car elle sortait, disait-elle, de la maison de lady Rymwell, où elle était restée dix ans.

Le certificat attestait que la jeune fille était partie de son plein gré pour rentrer en France et qu'on n'avait eu à lui reprocher, pendant son long service, qu'un peu de *coquetterie française.*

La tournure pudibonde de la phrase anglaise me fit même un peu sourire et j'arrêtai sur-le-champ cette femme de chambre.

Elle entra chez moi le jour même ; elle se nommait Rose.

Au bout d'un mois je l'adorais.

C'était une trouvaille, une perle, un phénomène.

Elle savait coiffer avec un goût infini ; elle chiffonnait les dentelles d'un chapeau mieux que les meilleures modistes et elle savait même faire les robes.

J'étais stupéfaite de ses facultés. Jamais je ne m'étais trouvée servie ainsi.

Elle m'habillait rapidement avec une légèreté de

mains étonnante. Jamais je ne sentais ses doigts sur ma
peau, et rien ne m'est désagréable comme le contact
d'une main de bonne. Je pris bientôt des habitudes de
paresse excessives, tant il m'était agréable de me
laisser vêtir, des pieds à la tête, et de la chemise aux
gants, par cette grande fille timide, toujours un peu
rougissante, et qui ne parlait jamais. Au sortir du bain,
elle me frictionnait et me massait pendant que je
sommeillais un peu sur mon divan; je la considérais,
ma foi, en amie de condition inférieure, plutôt qu'en
simple domestique.

Or, un matin, mon concierge demanda avec mystère
à me parler. Je fus surprise et je le fis entrer. C'était un
homme très sûr, un vieux soldat, ancienne ordonnance
de mon mari.

Il paraissait gêné de ce qu'il avait à dire. Enfin, il
prononça en bredouillant :

— Madame, il y a en bas le commissaire de police
du quartier.

Je demandai brusquement :

— Qu'est-ce qu'il veut ?

— Il veut faire une perquisition dans l'hôtel.

Certes, la police est utile[4] mais je la déteste. Je
trouve que ce n'est pas là un métier noble. Et je
répondis, irritée autant que blessée :

— Pourquoi cette perquisition ? A quel propos ? Il
n'entrera pas.

Le concierge reprit :

— Il prétend qu'il y a un malfaiteur caché.

Cette fois j'eus peur et j'ordonnai d'introduire le
commissaire de police auprès de moi pour avoir des
explications. C'était un homme assez bien élevé,
décoré de la Légion d'honneur. Il s'excusa, demanda

pardon, puis m'affirma que j'avais, parmi les gens de service, un forçat !

Je fus révoltée ; je répondis que je garantissais tout le domestique de l'hôtel et je le passai en revue.

— Le concierge, Pierre Courtin, ancien soldat.

— Ce n'est pas lui.

— Le cocher François Pingau, un paysan champenois, fils d'un fermier de mon père.

— Ce n'est pas lui.

— Un valet d'écurie, pris en Champagne également, et toujours fils de paysans que je connais, plus un valet de pied que vous venez de voir.

— Ce n'est pas lui.

— Alors, monsieur, vous voyez bien que vous vous trompez.

— Pardon, madame, je suis sûr de ne pas me tromper. Comme il s'agit d'un criminel redoutable, voulez-vous avoir la gracieuseté de faire comparaître ici, devant vous et moi, tout votre monde ?

Je résistai d'abord, puis je cédai, et je fis monter tous mes gens, hommes et femmes.

Le commissaire de police les examina d'un seul coup d'œil, puis déclara :

— Ce n'est pas tout.

— Pardon, monsieur, il n'y a plus que ma femme de chambre, une jeune fille que vous ne pouvez confondre avec un forçat.

Il demanda :

— Puis-je la voir aussi ?

— Certainement.

Je sonnai Rose qui parut aussitôt. A peine fut-elle entrée que le commissaire fit un signe, et deux hommes que je n'avais pas vus, cachés derrière la porte, se jetèrent sur elle, lui saisirent les mains et les lièrent avec des cordes.

Je poussai un cri de fureur, et je voulus m'élancer pour la défendre. Le commissaire m'arrêta :

— Cette fille, madame, est un homme qui s'appelle Jean-Nicolas Lecapet [5], condamné à mort en 1879 pour assassinat précédé de viol. Sa peine fut commuée en prison perpétuelle. Il s'échappa voici quatre mois. Nous le cherchons depuis lors.

J'étais affolée, atterrée. Je ne croyais pas. Le commissaire reprit en riant :

— Je ne puis vous donner qu'une preuve. Il a le bras droit tatoué [6].

La manche fut relevée. C'était vrai.

L'homme de police ajouta avec un certain mauvais goût :

— Fiez-vous-en à nous pour les autres constatation.

Et on emmena ma femme de chambre !

— Eh bien, le croirais-tu, ce qui dominait en moi ce n'était pas la colère d'avoir été jouée ainsi, trompée et ridiculisée ; ce n'était pas la honte d'avoir été ainsi habillée, déshabillée, maniée et touchée par cet homme... mais une... humiliation profonde... une humiliation de femme. Comprends-tu ?

— Non, pas très bien.

— Voyons... Réfléchis... Il avait été condamné... pour viol, ce garçon... eh bien ! je pensais... à celle qu'il avait violée... et ça..., ça m'humiliait... Voilà... Comprends-tu, maintenant ?

Et Mme Simone[7] ne répondit pas. Elle regardait droit devant elle, d'un œil fixe et singulier, les deux boutons luisants de la livrée, avec ce sourire de sphinx qu'ont parfois les femmes.

LE PÈRE

Comme il habitait les Batignolles, étant employé au
ministère d' l'Instruction publique, il prenait chaque
matin[1] l'omnibus, pour se rendre à son bureau. Et
chaque matin il voyageait jusqu'au centre de Paris, en
face d'une jeune fille dont il devint amoureux.

Elle allait à son magasin, tous les jours, à la même
heure. C'était une petite brunette, de ces brunes dont
les yeux sont si noirs qu'ils ont l'air de taches, et dont
le teint a des reflets d'ivoire. Il la voyait apparaître
toujours au coin de la même rue; et elle se mettait à
courir[2] pour rattraper la lourde voiture. Elle courait
d'un petit air pressé, souple et gracieux; et elle sautait
sur le marchepied avant que les chevaux fussent tout à
fait arrêtés. Puis elle pénétrait dans l'intérieur en
soufflant un peu, et, s'étant assise, jetait un regard
autour d'elle.

La première fois qu'il la vit, François Tessier sentit
que cette figure-là lui plaisait[3] infiniment. On rencontre parfois de ces femmes qu'on a envie de serrer
éperdument dans ses bras, tout de suite, sans les
connaître. Elle répondait, cette jeune fille, à ses désirs

intimes, à ses attentes secrètes, à cette sorte d'idéal
d'amour qu'on porte, sans le savoir, au fond du cœur.

Il la regardait obstinément, malgré lui. Gênée par
cette contemplation, elle rougit. Il s'en aperçut et
voulut détourner les yeux ; mais il les ramenait à tout
moment sur elle, quoiqu'il s'efforçât de les fixer
ailleurs.

Au bout de quelques jours, ils se connurent sans
s'être parlé. Il lui cédait sa place quand la voiture était
pleine et montait sur l'impériale, bien que cela le
désolât. Elle le saluait maintenant d'un petit sourire ;
et, quoiqu'elle baissât toujours les yeux sous son
regard qu'elle sentait trop vif, elle ne semblait plus
fâchée d'être contemplée ainsi.

Ils finirent par causer. Une sorte d'intimité rapide
s'établit entre eux, une intimité d'une demi-heure par
jour. Et c'était là, certes, la plus charmante demi-
heure de sa vie à lui. Il pensait à elle tout le reste du
temps, la revoyait sans cesse pendant les longues
séances du bureau, hanté, possédé, envahi par cette
image flottante et tenace qu'un visage de femme aimée
laisse en nous. Il lui semblait que la possession entière
de cette petite personne serait pour lui un bonheur fou,
presque au-dessus des réalisations humaines.

Chaque matin maintenant elle lui donnait une
poignée de main, et il gardait jusqu'au soir la sensation
de ce contact, le souvenir dans sa chair de la faible
pression de ces petits doigts [4] ; il lui semblait qu'il en
avait conservé l'empreinte sur sa peau.

Il attendait anxieusement pendant tout le reste du
temps ce court voyage en omnibus. Et les dimanches
lui semblaient navrants.

Elle aussi l'aimait, sans doute [5], car elle accepta, un

samedi de printemps, d'aller déjeuner avec lui, à Maisons-Laffitte, le lendemain.

*

Elle était la première à l'attendre à la gare. Il fut surpris ; mais elle lui dit :

— Avant de partir, j'ai à vous parler. Nous avons vingt minutes : c'est plus qu'il ne faut.

Elle tremblait, appuyée à son bras, les yeux baissés et les joues pâles. Elle reprit :

— Il ne faut pas que vous vous trompiez sur moi. Je suis une honnête fille, et je n'irai là-bas avec vous que si vous me promettez, si vous me jurez de ne rien... de ne rien faire... qui soit... qui ne soit pas... convenable...

Elle était devenue soudain plus rouge qu'un coquelicot. Elle se tut. Il ne savait que répondre, heureux et désappointé en même temps. Au fond du cœur, il préférait peut-être que ce fût ainsi ; et pourtant... pourtant il s'était laissé bercer, cette nuit, par des rêves qui lui avaient mis le feu dans les veines. Il l'aimerait moins assurément s'il la savait de conduite légère ; mais alors ce serait si charmant, si délicieux pour lui ! Et tous les calculs égoïstes des hommes en matière d'amour lui travaillaient l'esprit.

Comme il ne disait rien, elle se remit à parler à voix émue, avec des larmes au coin des paupières :

— Si vous ne me promettez pas de me respecter tout à fait, je m'en retourne à la maison.

Il lui serra le bras tendrement et répondit :

— Je vous le promets ; vous ne ferez que ce que vous voudrez.

Elle parut soulagée et demanda en souriant :

— C'est bien vrai, ça ?

Il la regarda au fond des yeux.

— Je vous le jure !

— Prenons les billets, dit-elle.

Ils ne purent guère parler en route, le wagon étant au complet.

Arrivés à Maisons-Laffitte, ils se dirigèrent vers la Seine.

L'air tiède amollissait la chair et l'âme. Le soleil tombant en plein sur le fleuve, sur les feuilles et les gazons, jetait mille reflets de gaîté dans les corps et dans les esprits. Ils allaient, la main dans la main, le long de la berge, en regardant les petits poissons qui glissaient, par troupes, entre deux eaux. Ils allaient, inondés de bonheur, comme soulevés de terre dans une félicité éperdue.

Elle dit enfin :

— Comme vous devez me trouver folle !

Il demanda :

— Pourquoi ça ?

Elle reprit :

— N'est-ce pas une folie de venir comme ça toute seule avec vous ?

— Mais non ! c'est bien naturel.

— Non ! non ! ce n'est pas naturel — pour moi, — parce que je ne veux pas fauter, — et c'est comme ça qu'on faute, cependant. Mais si vous saviez ! c'est si triste, tous les jours, la même chose, tous les jours du mois et tous les mois de l'année. Je suis toute seule avec maman. Et comme elle a eu bien des chagrins, elle n'est pas gaie. Moi, je fais comme je peux. Je tâche de rire quand même ; mais je ne réussis pas toujours.

C'est égal, c'est mal d'être venue. Vous ne m'en voudrez pas, au moins.

Pour répondre, il l'embrassa vivement dans l'oreille. Mais elle se sépara de lui, d'un mouvement brusque ; et, fâchée soudain :

— Oh ! monsieur François [6] ! après ce que vous m'avez juré.

Et ils revinrent vers Maisons-Laffitte.

Ils déjeunèrent au Petit-Havre [7], maison basse, ensevelie sous quatre peupliers énormes, au bord de l'eau.

Le grand air, la chaleur, le petit vin blanc et le trouble de se sentir l'un près de l'autre les rendaient rouges, oppressés et silencieux.

Mais après le café une joie brusque les envahit, et, ayant traversé la Seine, ils repartirent le long de la rive, vers le village de La Frette.

Tout à coup il demanda :

— Comment vous appelez-vous ?

— Louise.

Il répéta : Louise ; et il ne dit plus rien.

La rivière, décrivant une longue courbe, allait baigner au loin une rangée de maisons blanches qui se miraient dans l'eau, la tête en bas. La jeune fille cueillait des marguerites, faisait une grosse gerbe champêtre, et lui, il chantait à pleine bouche, gris comme un jeune cheval qu'on vient de mettre à l'herbe.

A leur gauche, un coteau planté de vignes suivait la rivière. Mais François soudain s'arrêta et demeurant immobile d'étonnement :

— Oh ! regardez ! dit-il.

Les vignes avaient cessé, et toute la côte maintenant

était couverte de lilas en fleurs. C'était un bois violet [8], une sorte de grand tapis étendu sur la terre, allant jusqu'au village, là-bas, à deux ou trois kilomètres.

Elle restait aussi saisie, émue. Elle murmura :

— Oh ! que c'est joli !

Et, traversant un champ, ils allèrent, en courant, vers cette étrange colline, qui fournit, chaque année, tous les lilas traînés, à travers Paris, dans les petites voitures des marchandes ambulantes.

Un étroit sentier se perdait sous les arbustes. Ils le prirent et, ayant rencontré une petite clairière, ils s'assirent.

Des légions de mouches bourdonnaient au-dessus d'eux, jetaient dans l'air un ronflement doux et continu. Et le soleil, le grand soleil d'un jour sans brise, s'abattait sur le long coteau épanoui, faisait sortir de ce bois de bouquets un arôme puissant, un immense souffle de parfums, cette sueur des fleurs.

Une cloche d'église sonnait au loin.

Et, tout doucement, ils s'embrassèrent, puis s'étreignirent, étendus sur l'herbe, sans conscience de rien que de leur baiser. Elle avait fermé les yeux et le tenait à pleins bras, le serrant éperdument, sans une pensée, la raison perdue, engourdie de la tête aux pieds dans une attente passionnée. Et elle se donna tout entière sans savoir ce qu'elle faisait, sans comprendre même qu'elle s'était livrée à lui [9].

Elle se réveilla dans l'affolement des grands malheurs et elle se mit à pleurer, gémissant de douleur, la figure cachée sous ses mains.

Il essayait de la consoler. Mais elle voulut repartir, revenir, rentrer tout de suite. Elle répétait sans cesse, en marchant à grands pas :

— Mon Dieu ! mon Dieu !

Il lui disait :

— Louise ! Louise ! restons, je vous en prie.

Elle avait maintenant les pommettes rouges et les yeux caves. Dès qu'ils furent dans la gare de Paris, elle le quitta sans même lui dire adieu.

*

Quand il la rencontra, le lendemain, dans l'omnibus, elle lui parut changée, amaigrie. Elle lui dit :

— Il faut que je vous parle ; nous allons descendre au boulevard.

Dès qu'ils furent seuls sur le trottoir :

— Il faut nous dire adieu, dit-elle. Je ne peux pas vous revoir après ce qui s'est passé.

Il balbutia :

— Mais, pourquoi ?

— Parce que je ne peux pas. J'ai été coupable. Je ne le serai plus.

Alors il l'implora, la supplia, torturé de désirs, affolé du besoin de l'avoir tout entière, dans l'abandon absolu des nuits d'amour.

Elle répétait obstinément :

— Non, je ne peux pas. Non, je ne peux pas.

Mais il s'animait, s'excitait davantage. Il promit de l'épouser. Elle dit encore :

— Non.

Et le quitta.

Pendant huit jours, il ne la vit pas. Il ne la put rencontrer, et comme il ne savait point son adresse, il la crut perdue pour toujours.

Le neuvième, au soir, on sonna chez lui [10]. Il alla

ouvrir. C'était elle. Elle se jeta dans ses bras, et ne résista plus.

Pendant trois mois, elle fut sa maîtresse. Il commençait à se lasser d'elle, quand elle lui apprit qu'elle était grosse. Alors, il n'eut plus qu'une idée en tête : rompre à tout prix.

Comme il n'y pouvait parvenir, ne sachant s'y prendre, ne sachant que dire, affolé d'inquiétudes, avec la peur de cet enfant qui grandissait, il prit un parti suprême. Il déménagea [11], une nuit, et disparut.

Le coup fut si rude qu'elle ne chercha pas celui qui l'avait ainsi abandonnée. Elle se jeta aux genoux de sa mère en lui confessant son malheur ; et, quelques mois plus tard, elle accoucha d'un garçon.

*

Des années s'écoulèrent. François Tessier vieillissait sans qu'aucun changement se fît en sa vie. Il menait l'existence monotone et morne des bureaucrates, sans espoirs et sans attentes. Chaque jour, il se levait à la même heure, suivait les mêmes rues, passait par la même porte devant le même concierge, entrait dans le même bureau, s'asseyait sur le même siège, et accomplissait la même besogne. Il était seul au monde, seul, le jour, au milieu de ses collègues indifférents, seul, la nuit, dans son logement de garçon. Il économisait cent francs par mois pour la vieillesse.

Chaque dimanche, il faisait un tour aux Champs-Élysées, afin de regarder passer le monde élégant, les équipages et les jolies femmes.

Il disait le lendemain, à son compagnon de peine :

— Le retour du Bois était fort brillant, hier.

Or, un dimanche, par hasard, ayant suivi des rues nouvelles, il entra au parc Monceau. C'était par un clair matin d'été.

Les bonnes et les mamans, assises le long des allées, regardaient les enfants jouer devant elles.

Mais soudain François Tessier frissonna. Une femme passait, tenant par la main deux enfants : un petit garçon d'environ dix ans, et une petite fille de quatre ans. C'était elle.

Il fit encore une centaine de pas, puis s'affaissa sur une chaise, suffoqué par l'émotion. Elle ne l'avait pas reconnu. Alors il revint, cherchant à la voir encore. Elle s'était assise, maintenant. Le garçon demeurait très sage, à son côté, tandis que la fillette faisait des pâtés de terre. C'était elle, c'était bien elle. Elle avait un air sérieux de dame, une toilette simple, une allure assurée et digne.

Il la regardait de loin, n'osant pas approcher. Le petit garçon leva la tête. François Tessier se sentit trembler. C'était son fils [12], sans doute. Et il le considéra, et il crut se reconnaître lui-même tel qu'il était sur une photographie faite autrefois.

Et il demeura caché derrière un arbre, attendant qu'elle s'en allât, pour la suivre.

Il n'en dormit pas la nuit suivante. L'idée de l'enfant surtout le harcelait. Son fils ! Oh ! s'il avait pu savoir, être sûr ? Mais qu'aurait-il fait ?

Il avait vu sa maison ; il s'informa. Il apprit qu'elle avait été épousée par un voisin, un honnête homme de mœurs graves, touché par sa détresse. Cet homme, sachant la faute et la pardonnant, avait même reconnu l'enfant, son enfant à lui, François Tessier.

Il revint au parc Monceau chaque dimanche. Chaque dimanche il la voyait, et chaque fois une envie folle, irrésistible, l'envahissait, de prendre son fils dans ses bras, de le couvrir de baisers, de l'emporter, de le voler.

Il souffrait affreusement dans son isolement misérable de vieux garçon sans affections ; il souffrait une torture atroce, déchiré par une tendresse paternelle faite de remords, d'envie, de jalousie, et de ce besoin d'aimer ses petits que la nature a mis aux entrailles des êtres.

Il voulut enfin faire une tentative désespérée et, s'approchant d'elle, un jour, comme elle entrait au parc, il lui dit, planté au milieu du chemin, livide, les lèvres secouées de frissons :

— Vous ne me reconnaissez pas ?

Elle leva les yeux, le regarda, poussa un cri d'effroi, un cri d'horreur, et, saisissant par les mains ses deux enfants, elle s'enfuit, en les traînant derrière elle.

Il rentra chez lui pour pleurer.

Des mois encore passèrent. Il ne la voyait plus. Mais il souffrait jour et nuit, rongé, dévoré par sa tendresse de père.

Pour embrasser son fils, il serait mort, il aurait tué, il aurait accompli toutes les besognes, bravé tous les dangers, tenté toutes les audaces.

Il lui écrivit à elle. Elle ne répondit pas. Après vingt lettres, il comprit qu'il ne devait point espérer la fléchir. Alors il prit une résolution désespérée, et prêt à recevoir dans le cœur une balle de revolver s'il le fallait. Il adressa à son mari un billet de quelques mots :

« Monsieur,

« Mon nom doit être pour vous un sujet d'horreur.

Mais je suis si misérable, si torturé par le chagrin, que je n'ai plus d'espoir qu'en vous.

« Je viens vous demander seulement un entretien de dix minutes.

« J'ai l'honneur, etc. »

Il reçut le lendemain la réponse :

   « Monsieur,

« Je vous attends mardi à cinq heures. »

*

En gravissant l'escalier, François Tessier s'arrêtait de marche en marche, tant son cœur battait. C'était dans sa poitrine un bruit précipité comme un galop de bête, un bruit sourd et violent. Et il ne respirait plus qu'avec effort, tenant la rampe pour ne pas tomber.

Au troisième étage, il sonna. Une bonne vint ouvrir. Il demanda :

— Monsieur Flamel.

— C'est ici, Monsieur. Entrez.

Et il pénétra dans un salon bourgeois. Il était seul ; il attendit éperdu, comme au milieu d'une catastrophe.

Une porte s'ouvrit. Un homme parut. Il était grand, grave, un peu gros, en redingote noire. Il montra un siège de la main.

François Tessier s'assit, puis, d'une voix haletante :

— Monsieur... monsieur... je ne sais pas si vous connaissez mon nom... si vous savez...

M. Flamel l'interrompit :

— C'est inutile, Monsieur, je sais. Ma femme m'a parlé de vous.

Il avait le ton digne d'un homme bon qui veut être sévère, et une majesté bourgeoise d'honnête homme. François Tessier reprit :

— Eh bien, Monsieur, voilà. Je meurs de chagrin, de remords, de honte. Et je voudrais une fois, rien qu'une fois, embrasser... l'enfant...

M. Flamel se leva, s'approcha de la cheminée, sonna. La bonne parut. Il dit :

— Allez me chercher Louis.

Elle sortit. Ils restèrent face à face, muets, n'ayant plus rien à se dire, attendant.

Et, tout à coup, un petit garçon de dix ans se précipita dans le salon, et courut à celui qu'il croyait son père. Mais il s'arrêta, confus, en apercevant un étranger.

M. Flamel le baisa sur le front, puis lui dit :

— Maintenant, embrasse monsieur, mon chéri.

Et l'enfant s'en vint gentiment, en regardant cet inconnu.

François Tessier s'était levé. Il laissa tomber son chapeau, prêt à choir lui-même. Et il contemplait son fils.

M. Flamel, par délicatesse, s'était détourné, et il regardait par la fenêtre, dans la rue.

L'enfant attendait, tout surpris. Il ramassa le chapeau et le rendit à l'étranger. Alors François, saisissant le petit dans ses bras, se mit à l'embrasser follement à travers tout son visage, sur les yeux, sur les joues, sur la bouche, sur les cheveux.

Le gamin, effaré par cette grêle de baisers, cherchait à les éviter, détournait la tête, écartait de ses petites mains les lèvres goulues de cet homme.

Mais François Tessier, brusquement, le remit à terre. Il cria :

— Adieu ! adieu !

Et il s'enfuit comme un voleur.

L'AVEU

Le soleil de midi tombe en large pluie sur les champs. Ils s'étendent, onduleux, entre les bouquets d'arbres des fermes, et les récoltes diverses, les seigles mûrs et les blés jaunissants, les avoines d'un vert clair, les trèfles d'un vert sombre, étalent un grand manteau rayé, remuant et doux sur le ventre nu de la terre[1].

Là-bas, au sommet d'une ondulation, en rangée comme des soldats, une interminable ligne de vaches, les unes couchées, les autres debout, clignant leurs gros yeux sous l'ardente lumière, ruminent et pâturent un trèfle aussi vaste qu'un lac.

Et deux femmes, la mère et la fille, vont, d'une allure balancée l'une devant l'autre, par un étroit sentier creusé dans les récoltes, vers ce régiment de bêtes.

Elles portent chacune deux seaux de zinc maintenus loin du corps par un cerceau de barrique ; et le métal, à chaque pas qu'elles font, jette une flamme éblouissante et blanche sous le soleil qui le frappe.

Elles ne parlent point. Elles vont traire les vaches. Elles arrivent, posent à terre un seau, et s'approchent des deux premières bêtes, qu'elles font lever d'un coup de sabot dans les côtes. L'animal se dresse, lentement, d'abord sur ses jambes de devant, puis soulève avec plus de peine sa large croupe, qui semble alourdie par l'énorme mamelle de chair blonde et pendante.

Et les deux Malivoire, mère et fille, à genoux sous le ventre de la vache, tirent par un vif mouvement des mains sur le pis gonflé, qui jette, à chaque pression, un mince fil de lait dans le seau. La mousse un peu jaune monte aux bords, et les femmes vont de bête en bête jusqu'au bout de la longue file.

Dès qu'elles ont fini d'en traire une, elles la déplacent, lui donnant à pâturer un bout de verdure intacte.

Puis elles repartent, plus lentement, alourdies par la charge du lait, la mère devant, la fille derrière.

Mais celle-ci brusquement s'arrête, pose son fardeau, s'assied et se met à pleurer.

La mère Malivoire, n'entendant plus marcher, se retourne et demeure stupéfaite.

— Qué qu' tas² ? dit-elle.

Et la fille, Céleste, une grande rousse aux cheveux brûlés, aux joues brûlées, tachées de son comme si des gouttes de feu lui étaient tombées sur le visage, un jour qu'elle peinait au soleil, murmura en geignant doucement comme font les enfants battus :

— Je n' peux pu porter mon lait !

La mère la regardait d'un air soupçonneux. Elle répéta :

— Qué qu' tas ?

Céleste reprit, écroulée par terre entre ses deux seaux, et se cachant les yeux avec son tablier.

— Ça me tire trop. Je ne peux pas.

La mère, pour la troisième fois, reprit :

— Qué que t'as donc ?

Et la fille gémit :

— Je crois ben que me v'là grosse.

Et elle sanglota.

La vieille à son tour posa son fardeau, tellement interdite qu'elle ne trouvait rien. Enfin elle balbutia :

— Te... te... te v'là grosse, manante[3], c'est-il ben possible ?

C'étaient de riches fermiers les Malivoire, des gens cossus, posés, respectés, malins et puissants.

Céleste bégaya :

— J' crais ben que oui, tout de même.

La mère effarée regardait sa fille abattue devant elle et larmoyant. Au bout de quelques secondes elle cria :

— Te v'là grosse ! Te v'là grosse ! Où qu' t'as attrapé ça, roulure ?

Et Céleste, toute secouée par l'émotion, murmura :

— J' crais ben que c'est dans la voiture à Polyte.

La vieille cherchait à comprendre, cherchait à deviner, cherchait à savoir qui avait pu faire ce malheur à sa fille. Si c'était un gars bien riche et bien vu, on verrait à s'arranger. Il n'y aurait encore que demi-mal ; Céleste n'était pas la première à qui pareille chose arrivait ; mais ça la contrariait tout de même, vu les propos et leur position.

Elle reprit :

— Et qué que c'est qui t'a fait ça, salope ?

Et Céleste, résolue à tout dire, balbutia :

— J' crais ben qu' c'est Polyte.

Alors la mère Malivoire, affolée de colère, se rua sur sa fille et se mit à la battre avec une telle frénésie qu'elle en perdit son bonnet.

Elle tapait à grands coups de poing sur la tête, sur le dos, partout ; et Céleste, tout à fait allongée entre les deux seaux, qui la protégeaient un peu, cachait seulement sa figure entre ses mains.

Toutes les vaches, surprises, avaient cessé de pâturer, et, s'étant retournées, regardaient de leurs gros yeux. La dernière meugla, le mufle tendu vers les femmes.

Après avoir tapé jusqu'à perdre haleine, la mère Malivoire, essoufflée, s'arrêta ; et, reprenant un peu ses esprits, elle voulut se rendre tout à fait compte de la situation :

— Polyte ! Si c'est Dieu possible ! Comment que t'as pu, avec un cocher de diligence. T'avais ti perdu les sens ? Faut qu'i t'ait jeté un sort, pour sûr, un propre à rien !

Et Céleste, toujours allongée, murmura dans la poussière :

— J'y payais point la voiture !

Et la vieille Normande comprit.

*

Toutes les semaines, le mercredi et le samedi, Céleste allait porter au bourg les produits de la ferme, la volaille, la crème et les œufs.

Elle partait dès sept heures avec ses deux vastes paniers aux bras, le laitage dans l'un, les poulets dans l'autre ; et elle allait attendre sur la grand'route la voiture de poste d'Yvetot.

Elle posait à terre ses marchandises et s'asseyait dans le fossé, tandis que les poules au bec court et pointu, et les canards au bec large et plat, passant la tête à travers les barreaux d'osier, regardaient de leur œil rond, stupide et surpris.

Bientôt la guimbarde, sorte de coffre jaune coiffé d'une casquette de cuir noir, arrivait, secouant son cul au trot saccadé d'une rosse blanche.

Et Polyte, le cocher, un gros garçon réjoui, ventru bien que jeune, et tellement cuit par le soleil, brûlé par le vent, trempé par les averses, et teinté par l'eau-de-vie qu'il avait la face et le cou couleur de brique, criait de loin en faisant claquer son fouet :

— Bonjour, mam'zelle Céleste. La santé, ça va-t-il ?

Elle lui tendait, l'un après l'autre, ses paniers qu'il casait sur l'impériale ; puis elle montait en levant haut la jambe pour atteindre le marchepied, en montrant un fort mollet vêtu d'un bas bleu.

Et chaque fois Polyte répétait la même plaisanterie : « Mazette, il n'a pas maigri. »

Et elle riait, trouvant ça drôle.

Puis il lançait un « Hue cocotte ! », qui remettait en route son maigre cheval. Alors Céleste, atteignant son porte-monnaie dans le fond de sa poche, en tirait lentement dix sous, six sous pour elle et quatre pour les paniers, et les passait à Polyte par-dessus l'épaule. Il les prenait en disant :

— C'est pas encore pour aujourd'hui, la rigolade ?

Et il riait de tout son cœur en se retournant vers elle pour la regarder à son aise.

Il lui en coûtait beaucoup, à elle, de donner chaque fois ce demi-franc pour trois kilomètres de route. Et, quand elle n'avait pas de sous, elle en souffrait davantage encore, ne pouvant se décider à allonger une pièce d'argent.

Et un jour, au moment de payer, elle demanda :

— Pour une bonne pratique comme mé, vous devriez bien ne prendre que six sous ?

Il se mit à rire :

— Six sous, ma belle, vous valez mieux que ça, pour sûr.

Elle insistait :

— Ça vous fait pas moins de deux francs par mois.

Il cria en tapant sur sa rosse :

— T'nez, j' suis coulant, j' vous passerai ça pour une rigolade.

Elle demanda d'un air niais :

— Qué que c'est que vous dites ?

Il s'amusait tellement qu'il toussait à force de rire.

— Une rigolade, c'est une rigolade, pardi ; une rigolade, fille et garçon[4], en avant deux sans musique.

Elle comprit, rougit, et déclara :

— Je n' suis pas de ce jeu-là, m'sieu Polyte.

Mais il ne s'intimida pas, et il répétait, s'amusant de plus en plus :

— Vous y viendrez, la belle, une rigolade fille et garçon !

Et, depuis lors, chaque fois qu'elle le payait, il avait pris l'usage de demander :

— C'est pas encore pour aujourd'hui, la rigolade ?

Elle plaisantait aussi là-dessus, maintenant, et elle répondait :

— Pas pour aujourd'hui, m'sieu Polyte, mais c'est pour samedi, pour sûr alors !

Et il criait en riant toujours :

— Entendu pour samedi, ma belle.

Mais elle calculait en dedans que, depuis deux ans que durait la chose, elle avait bien payé quarante-huit francs à Polyte, et quarante-huit francs à la campagne ne se trouvent pas dans une ornière ; et elle calculait aussi que, dans deux années encore, elle aurait payé près de cent francs.

Si bien qu'un jour, un jour de printemps qu'ils étaient seuls, comme il demandait selon sa coutume :

— C'est pas encore pour aujourd'hui, la rigolade ?

Elle répondit :

— A vot' désir, m'sieu Polyte.

Il ne s'étonna pas du tout et enjamba la banquette de derrière en murmurant d'un air content :

— Et allons donc. J' savais ben qu'on y viendrait.

Et le vieux cheval blanc se mit à trottiner d'un train si doux qu'il semblait danser sur place, sourd à la voix qui criait parfois du fond de la voiture : « Hue donc, Cocotte ! Hue donc, Cocotte ! »

Trois mois plus tard, Céleste s'aperçut qu'elle était grosse.

*

Elle avait dit tout cela d'une voix larmoyante, à sa mère. Et la vieille, pâle de fureur, demanda :

— Combien que ça y a coûté, alors ?

Céleste répondit :

— Quat' mois, ça fait huit francs, pour sûr.

Alors la rage de la campagnarde se déchaîna éperdument, et, retombant sur sa fille, elle la rebattit jusqu'à perdre le souffle. Puis, s'étant relevée :

— Y as-tu dit, que t'étais grosse ?

— Mais non, pour sûr.

— Pourquoi que tu y as point dit ?

— Parce qu'i m'aurait fait r'payer p'têtre ben !

Et la vieille songea, puis, reprenant ses seaux :

— Allons, lève-té, et tâche à v'nir.

Puis, après un silence, elle reprit :

— Et pis n' li dis rien tant qu'i n' verra point ; que j'y gagnions ben six ou huit mois !

Et Céleste, s'étant redressée, pleurant encore, décoiffée et bouffie, se remit en marche d'un pas lourd, en murmurant :

— Pour sûr que j'y dirai point.

LA PARURE

C'était une de ces jolies et charmantes filles, nées, comme par une erreur du destin[1], dans une famille d'employés. Elle n'avait pas de dot, pas d'espérances, aucun moyen d'être connue, comprise, aimée, épousée par un homme riche et distingué; et elle se laissa marier avec un petit commis[2] du ministère de l'Instruction publique.

Elle fut simple, ne pouvant être parée; mais malheureuse comme une déclassée; car les femmes n'ont point de caste ni de race, leur beauté, leur grâce et leur charme leur servant de naissance et de famille. Leur finesse native, leur instinct d'élégance, leur souplesse d'esprit sont leur seule hiérarchie, et font des filles du peuple les égales des plus grandes dames.

Elle souffrait sans cesse, se sentant née pour toutes les délicatesses et tous les luxes. Elle souffrait de la pauvreté de son logement, de la misère des murs, de l'usure des sièges, de la laideur des étoffes. Toutes ces choses, dont une autre femme de sa caste ne se serait même pas aperçue, la torturaient et l'indignaient. La vue de la petite Bretonne qui faisait son humble ménage éveillait en elle des regrets désolés et des rêves éperdus. Elle songeait aux antichambres muettes, capitonnées avec des tentures orientales, éclairées par de hautes torchères de bronze, et aux deux grands valets en culotte courte qui dorment dans les larges fauteuils, assoupis par la chaleur lourde du calorifère. Elle songeait aux grands salons vêtus de soie ancienne, aux meubles fins portant des bibelots inestimables, et aux petits salons coquets, parfumés, faits pour la causerie de cinq heures avec les amis les plus intimes, les hommes connus et recherchés dont toutes les femmes envient et désirent l'attention.

Quand elle s'asseyait, pour dîner, devant la table ronde couverte d'une nappe de trois jours, en face de son mari qui découvrait la soupière en déclarant d'un air enchanté : « Ah ! le bon pot-au-feu ! je ne sais rien de meilleur que cela... », elle songeait aux dîners fins, aux argenteries reluisantes, aux tapisseries peuplant les murailles de personnages anciens et d'oiseaux étranges au milieu d'une forêt de féerie ; elle songeait aux plats exquis servis en des vaisselles merveilleuses, aux galanteries chuchotées et écoutées avec un sourire de sphinx [3], tout en mangeant la chair rose d'une truite ou des ailes de gélinotte.

Elle n'avait pas de toilettes, pas de bijoux, rien. Et elle n'aimait que cela ; elle se sentait faite pour cela [4]. Elle eût tant désiré plaire, être enviée, être séduisante et recherchée.

Elle avait une amie riche, une camarade de couvent qu'elle ne voulait plus aller voir, tant elle souffrait en revenant. Et elle pleurait pendant des jours entiers, de chagrin, de regret, de désespoir et de détresse.

*

Or, un soir, son mari rentra, l'air glorieux et tenant à la main une large enveloppe.

— Tiens, dit-il, voici quelque chose pour toi.

Elle déchira vivement le papier et en tira une carte imprimée qui portait ces mots :

« Le ministère de l'Instruction publique et Mme Georges Ramponneau prient M. et Mme Loisel de leur faire l'honneur de venir passer la soirée à l'hôtel du ministère, le lundi 18 janvier. »

Au lieu d'être ravie, comme l'espérait son mari, elle jeta avec dépit l'invitation sur la table, murmurant :

— Que veux-tu que je fasse de cela ?

— Mais, ma chérie, je pensais que tu serais contente. Tu ne sors jamais, et c'est une occasion, cela, une belle ! J'ai eu une peine infinie à l'obtenir. Tout le monde en veut ; c'est très recherché et on n'en donne pas beaucoup aux employés. Tu verras là tout le monde officiel.

Elle le regardait d'un œil irrité, et elle déclara avec impatience :

— Que veux-tu que je me mette sur le dos pour aller là ?

Il n'y avait pas songé ; il balbutia :

— Mais la robe avec laquelle tu vas au théâtre[5]. Elle me semble très bien, à moi...

Il se tut, stupéfait, éperdu, en voyant que sa femme pleurait. Deux grosses larmes descendaient lentement des coins des yeux vers les coins de la bouche ; il bégaya :

— Qu'as-tu ? qu'as-tu ?

Mais, par un effort violent, elle avait dompté sa

peine et elle répondit d'une voix calme en essuyant ses joues humides :

— Rien. Seulement je n'ai pas de toilette et par conséquent je ne peux aller à cette fête. Donne ta carte à quelque collègue dont la femme sera mieux nippée que moi.

Il était désolé. Il reprit :

— Voyons, Mathilde. Combien cela coûterait-il, une toilette convenable, qui pourait te servir encore en d'autres occasions, quelque chose de très simple ?

Elle réfléchit quelques secondes, établissant ses comptes et songeant aussi à la somme qu'elle pouvait demander sans s'attirer un refus immédiat et une exclamation effarée du commis économe.

Enfin, elle répondit en hésitant :

— Je ne sais pas au juste, mais il me semble qu'avec quatre cents francs je pourrais arriver.

Il avait un peu pâli, car il réservait juste cette somme pour acheter un fusil et s'offrir des parties de chasse, l'été suivant, dans la plaine de Nanterre, avec quelques amis qui allaient tirer des alouettes, par là, le dimanche.

Il dit cependant :

— Soit. Je te donne quatre cents francs [6]. Mais tâche d'avoir une belle robe.

*

Le jour de la fête approchait, et Mme Loisel semblait triste, inquiète, anxieuse. Sa toilette était prête cependant. Son mari lui dit un soir :

— Qu'as-tu ? Voyons, tu es toute drôle depuis trois jours.

Et elle répondit :

— Cela m'ennuie de n'avoir pas un bijou, pas une pierre, rien à mettre sur moi. J'aurai l'air misère comme tout. J'aimerais presque mieux ne pas aller à cette soirée.

Il reprit :

— Tu mettras des fleurs naturelles. C'est très chic en cette saison-ci. Pour dix francs tu auras deux ou trois roses magnifiques.

Elle n'était point convaincue.

— Non... il n'y a rien de plus humiliant que d'avoir l'air pauvre au milieu de femmes riches[7].

Mais son mari s'écria :

— Que tu es bête ! Va trouver ton amie Mme Forestier[8] et demande-lui de te prêter des bijoux. Tu es bien assez liée avec elle pour faire cela.

Elle poussa un cri de joie.

— C'est vrai. Je n'y avais point pensé.

Le lendemain, elle se rendit chez son amie et lui conta sa détresse.

Mme Forestier alla vers son armoire à glace, prit un large coffret, l'apporta, l'ouvrit, et dit à Mme Loisel :

— Choisis, ma chère.

Elle vit d'abord des bracelets, puis un collier de perles, puis une croix vénitienne, or et pierreries, d'un admirable travail. Elle essayait les parures devant la glace, hésitait, ne pouvait se décider à les quitter, à les rendre. Elle demandait toujours :

— Tu n'as plus rien autre ?

— Mais si. Cherche. Je ne sais pas ce qui peut te plaire.

Tout à coup elle découvrit, dans une boîte de satin noir, une superbe rivière de diamants ; et son cœur se

mit à battre d'un désir immodéré. Ses mains tremblaient en la prenant. Elle l'attacha autour de sa gorge,
sur sa robe montante, et demeura en extase devant
elle-même.

Puis, elle demanda, hésitante, pleine d'angoisse :

— Peux-tu me prêter cela, rien que cela ?

— Mais oui, certainement.

Elle sauta au cou de son amie, l'embrassa avec
emportement, puis s'enfuit avec son trésor.

*

Le jour de la fête arriva. Mme Loisel eut un succès.
Elle était plus jolie que toutes, élégante, gracieuse,
souriante et folle de joie. Tous les hommes la regardaient, demandaient son nom, cherchaient à être
présentés. Tous les attachés du cabinet voulaient
valser avec elle. Le ministre la remarqua.

Elle dansait avec ivresse [9], avec emportement, grisée
par le plaisir, ne pensant plus à rien, dans le triomphe
de sa beauté, dans la gloire de son succès, dans une
sorte de nuage de bonheur fait de tous ces hommages,
de toutes ces admirations, de tous ces désirs éveillés, de
cette victoire si complète et si douce au cœur des
femmes.

Elle partit vers quatre heures du matin. Son mari,
depuis minuit, dormait dans un petit salon désert avec
trois autres messieurs dont les femmes s'amusaient
beaucoup.

Il lui jeta sur les épaules les vêtements qu'il avait
apportés pour la sortie, modestes vêtements [10] de la vie
ordinaire, dont la pauvreté jurait avec l'élégance de la
toilette de bal. Elle le sentit et voulut s'enfuir, pour ne

pas être remarquée par les autres femmes qui s'enve-
loppaient de riches fourrures.

Loisel la retenait :

— Attends donc. Tu vas attraper froid dehors. Je
vais appeler un fiacre.

Mais elle ne l'écoutait point et descendait rapidement l'escalier. Lorsqu'ils furent dans la rue, ils ne
trouvèrent pas de voiture ; et ils se mirent à chercher,
criant après les cochers qu'ils voyaient passer de loin.

Ils descendaient vers la Seine, désespérés, grelot-
tants. Enfin ils trouvèrent sur le quai un de ces vieux
coupés noctambules qu'on ne voit dans Paris que la
nuit venue, comme s'ils eussent été honteux de leur
misère pendant le jour.

Il les ramena jusqu'à leur porte, rue des Martyrs, et
ils remontèrent tristement chez eux. C'était fini, pour
elle. Et il songeait, lui, qu'il lui faudrait être au
ministère à dix heures.

Elle ôta les vêtements dont elle s'était enveloppé les
épaules, devant la glace, afin de se voir encore une fois
dans sa gloire. Mais soudain elle poussa un cri. Elle
n'avait plus sa rivière autour du cou.

Son mari, à moitié dévêtu déjà, demanda :

— Qu'est-ce que tu as ?

Elle se tourna vers lui, affolée :

— J'ai... j'ai... je n'ai plus la rivière de Mme Forestier.

Il se dressa, éperdu :

— Quoi !... comment !... Ce n'est pas possible !

Et ils cherchèrent dans les plis de la robe, dans les
plis du manteau, dans les poches, partout. Ils ne la
trouvèrent point.

Il demandait :

— Tu es sûre que tu l'avais encore en quittant le bal ?

— Oui, je l'ai touchée dans le vestibule du ministère.

— Mais si tu l'avais perdue dans la rue, nous l'aurions entendue tomber. Elle doit être dans le fiacre.

— Oui. C'est probable. As-tu pris le numéro ?

— Non. Et toi, tu ne l'as pas regardé ?

— Non.

Ils se contemplaient atterrés. Enfin Loisel se rhabilla.

— Je vais, dit-il, refaire tout le trajet que nous avons fait à pied, pour voir si je ne la retrouverai pas.

Et il sortit. Elle demeura en toilette de soirée, sans force pour se coucher, abattue sur une chaise, sans feu, sans pensée.

Son mari rentra vers sept heures. Il n'avait rien trouvé.

Il se rendit à la Préfecture de police, aux journaux, pour faire promettre une récompense, aux compagnies de petites voitures, partout enfin où un soupçon d'espoir le poussait.

Elle attendit tout le jour, dans le même état d'effarement devant cet affreux désastre.

Loisel revint le soir, avec la figure creusée, pâlie ; il n'avait rien découvert.

— Il faut, dit-il, écrire à ton amie que tu as brisé la fermeture de sa rivière et que tu la fais réparer. Cela nous donnera le temps de nous retourner.

Elle écrivit sous sa dictée.

*

Au bout d'une semaine, ils avaient perdu toute espérance.

Et Loisel, vieilli de cinq ans, déclara :

— Il faut aviser à remplacer ce bijou.

Ils prirent, le lendemain, la boîte qui l'avait renfermé, et se rendirent chez le joaillier, dont le nom se trouvait dedans. Il consulta ses livres :

— Ce n'est pas moi, madame, qui ai vendu cette rivière ; j'ai dû seulement fournir l'écrin [11].

Alors ils allèrent de bijoutier en bijoutier, cherchant une parure pareille à l'autre, consultant leurs souvenirs, malades tous deux de chagrin et d'angoisse.

Ils trouvèrent, dans une boutique du Palais-Royal, un chapelet de diamants qui leur parut entièrement semblable à celui qu'ils cherchaient [12]. Il valait quarante mille francs. On le leur laisserait à trente-six mille.

Ils prièrent donc le joaillier de ne pas le vendre avant trois jours. Et ils firent condition qu'on le reprendrait pour trente-quatre mille francs, si le premier était retrouvé avant la fin de février.

Loisel possédait dix-huit mille francs que lui avait laissés son père. Il emprunterait le reste.

Il emprunta, demandant mille francs à l'un, cinq cents à l'autre, cinq louis par-ci, trois louis par-là. Il fit des billets, prit des engagements ruineux, eut affaire aux usuriers, à toutes les races de prêteurs. Il compromit toute la fin de son existence, risqua sa signature sans savoir même s'il pourrait y faire honneur, et, épouvanté par les angoisses de l'avenir, par la noire misère qui allait s'abattre sur lui, par la perspective de toutes les privations physiques et de toutes les tortures morales, il alla chercher la rivière nouvelle, en déposant sur le comptoir du marchand trente-six mille francs.

Quand Mme Loisel reporta la parure à Mme Forestier, celle-ci lui dit, d'un air froissé :

— Tu aurais dû me la rendre plus tôt, car je pouvais en avoir besoin.

Elle n'ouvrit pas l'écrin, ce que redoutait son amie. Si elle s'était aperçue de la substitution, qu'aurait-elle pensé ? qu'aurait-elle dit ? Ne l'aurait-elle pas prise pour une voleuse ?

*

Mme Loisel connut la vie horrible des nécessiteux. Elle prit son parti, d'ailleurs, tout d'un coup, héroïquement. Il fallait payer cette dette effroyable. Elle payerait. On renvoya la bonne ; on changea de logement ; on loua sous les toits une mansarde.

Elle connut les gros travaux du ménage, les odieuses besognes de la cuisine. Elle lava la vaisselle, usant ses ongles roses sur les poteries grasses et le fond des casseroles. Elle savonna le linge sale, les chemises et les torchons, qu'elle faisait sécher sur une corde ; elle descendit à la rue, chaque matin, les ordures, et monta l'eau, s'arrêtant à chaque étage pour souffler. Et, vêtue comme une femme du peuple, elle alla chez le fruitier, chez l'épicier, chez le boucher, le panier au bras, marchandant, injuriée, défendant sou à sou son misérable argent.

Il fallait chaque mois payer des billets, en renouveler d'autres, obtenir du temps.

Le mari travaillait, le soir, à mettre au net les

comptes d'un commerçant, et la nuit, souvent, il faisait de la copie à cinq sous la page.

Et cette vie dura dix ans.

Au bout de dix ans, ils avaient tout restitué, tout, avec le taux de l'usure, et l'accumulation des intérêts superposés.

Mme Loisel semblait vieille, maintenant. Elle était devenue la femme forte, et dure, et rude, des ménages pauvres. Mal peignée, avec les jupes de travers et les mains rouges, elle parlait haut, lavait à grande eau les planchers. Mais parfois, lorsque son mari était au bureau, elle s'asseyait auprès de la fenêtre, et elle songeait à cette soirée d'autrefois, à ce bal où elle avait été si belle et si fêtée.

Que serait-il arrivé si elle n'avait point perdu cette parure ? Qui sait ? qui sait[13] ? Comme la vie est singulière, changeante ! Comme il faut peu de chose pour vous perdre ou vous sauver !

*

Or, un dimanche, comme elle était allée faire un tour aux Champs-Élysées pour se délasser des besognes de la semaine, elle aperçut tout à coup une femme qui promenait un enfant. C'était Mme Forestier, toujours jeune, toujours belle, toujours séduisante. Mme Loisel se sentit émue. Allait-elle lui parler ? Oui, certes. Et maintenant qu'elle avait payé, elle lui dirait tout. Pourquoi pas ?

Elle s'approcha.

— Bonjour Jeanne.

L'autre ne la reconnaissait point, s'étonnant d'être

appelée ainsi familièrement par cette bourgeoise. Elle
balbutia :

— Mais... madame !... Je ne sais... Vous devez vous
tromper.

— Non. Je suis Mathilde Loisel.

Son amie poussa un cri :

— Oh !... ma pauvre Mathilde, comme tu es
changée !...

— Oui, j'ai eu des jours bien durs, depuis que je ne
t'ai vue ; et bien des misères... et cela à cause de toi !...

— De moi... Comment ça ?

— Tu te rappelles bien cette rivière de diamants
que tu m'as prêtée pour aller à la fête du ministère.

— Oui. Eh bien ?

— Eh bien, je l'ai perdue.

— Comment ! puisque tu me l'as rapportée.

— Je t'en ai rapporté une autre toute pareille. Et
voilà dix ans que nous la payons. Tu comprends que
ça n'était pas aisé pour nous, qui n'avions rien... Enfin,
c'est fini et je suis rudement contente.

Mme Forestier s'était arrêtée.

— Tu dis que tu as acheté une rivière de diamants
pour remplacer la mienne ?

— Oui. Tu ne t'en étais pas aperçue, hein ? Elles
étaient bien pareilles.

Et elle souriait d'une joie orgueilleuse et naïve.

Mme Forestier, fort émue, lui prit les deux mains.

— Oh ! ma pauvre Mathilde ! Mais la mienne était
fausse. Elle valait au plus cinq cents francs [14] !...

LE BONHEUR

C'était l'heure du thé, avant l'entrée des lampes. La villa dominait la mer ; le soleil disparu avait laissé le ciel tout rose de son passage, frotté de poudre d'or ; et la Méditerranée, sans une ride, sans un frisson, lisse, luisante encore sous le jour mourant, semblait une plaque de métal polie et démesurée.

Au loin, sur la droite, les montagnes dentelées[1] dessinaient leur profil noir sur la pourpre pâlie du couchant.

On parlait de l'amour, on discutait ce vieux sujet, on redisait des choses qu'on avait dites, déjà, bien souvent. La mélancolie douce du crépuscule alentissait les paroles, faisait flotter un attendrissement dans les âmes, et ce mot : « amour », qui revenait sans cesse, tantôt prononcé par une forte voix d'homme, tantôt dit par une voix de femme au timbre léger, paraissait emplir le petit salon, y voltiger comme un oiseau, y planer comme un esprit.

Peut-on aimer plusieurs années de suite ?

— Oui, prétendaient les uns.

— Non, affirmaient les autres.

On distinguait les cas, on établissait des démarcations, on citait des exemples; et tous, hommes et femmes, pleins de souvenirs surgissants et troublants, qu'ils ne pouvaient citer et qui leur montaient aux lèvres, semblaient émus, parlaient de cette chose banale et souveraine, l'accord tendre et mystérieux de deux êtres, avec une émotion profonde et un intérêt ardent.

Mais tout à coup quelqu'un, ayant les yeux fixés au loin, s'écria :

— Oh! voyez, là-bas, qu'est-ce que c'est?

Sur la mer, au fond de l'horizon, surgissait une masse grise, énorme et confuse.

Les femmes s'étaient levées et regardaient sans comprendre cette chose surprenante qu'elles n'avaient jamais vue.

Quelqu'un dit :

— C'est la Corse[2]! On l'aperçoit ainsi deux ou trois fois par an dans certaines conditions d'atmosphère exceptionnelles, quand l'air, d'une limpidité parfaite, ne la cache plus par ces brumes de vapeur d'eau qui voilent toujours les lointains.

On distinguait vaguement les crêtes, on crut reconnaître la neige des sommets. Et tout le monde restait surpris, troublé, presque effrayé par cette brusque apparition d'un monde, par ce fantôme sorti de la mer. Peut-être eurent-ils de ces visions étranges, ceux qui partirent, comme Colomb, à travers les océans inexplorés.

Alors, un vieux monsieur, qui n'avait pas encore parlé, prononça :

— Tenez, j'ai connu dans cette île, qui se dresse devant nous, comme pour répondre elle-même à ce que nous disions et me rappeler un singulier souvenir,

j'ai connu un exemple admirable d'un amour constant,
d'un amour invraisemblablement heureux.

Le voici.

*

Je fis, voilà cinq ans [3], un voyage en Corse. Cette île
sauvage est plus inconnue et plus loin de nous que
l'Amérique, bien qu'on la voie quelquefois des côtes de
France, comme aujourd'hui.

Figurez-vous [4] un monde encore en chaos, une
tempête de montagnes que séparent des ravins étroits
où roulent des torrents ; pas une plaine, mais d'immenses vagues de granit et de géantes ondulations de terre
couvertes de maquis ou de hautes forêts de châtaigniers et de pins. C'est un sol vierge, inculte, désert,
bien que parfois on aperçoive un village, pareil à un tas
de rochers au sommet d'un mont. Point de culture,
aucune industrie, aucun art. On ne rencontre jamais
un morceau de bois travaillé, un bout de pierre
sculptée, jamais le souvenir du goût enfantin ou raffiné
des ancêtres pour les choses gracieuses et belles. C'est
là même ce qui frappe le plus en ce superbe et dur
pays : l'indifférence héréditaire pour cette recherche
des formes séduisantes qu'on appelle l'art.

L'Italie, où chaque palais, plein de chefs-d'œuvre,
est un chef-d'œuvre lui-même, où le marbre, le bois, le
bronze, le fer, les métaux et les pierres attestent le
génie de l'homme, où les plus petits objets anciens qui
traînent dans les vieilles maisons révèlent ce divin
souci de la grâce, est pour nous tous la patrie sacrée
que l'on aime parce qu'elle nous montre et nous

prouve l'effort, la grandeur, la puissance et le triomphe de l'intelligence créatrice.

Et, en face d'elle, la Corse sauvage est restée telle qu'en ses premiers jours. L'être y vit dans sa maison grossière, indifférent à tout ce qui ne touche point son existence même ou ses querelles de famille. Et il est resté avec les défauts et les qualités des races incultes, violent, haineux, sanguinaire avec inconscience, mais aussi hospitalier, généreux, dévoué, naïf, ouvrant sa porte aux passants et donnant son amitié fidèle pour la moindre marque de sympathie.

Donc, depuis un mois, j'errais à travers cette île magnifique, avec la sensation que j'étais au bout du monde. Point d'auberges, point de cabarets, point de routes. On gagne, par des sentiers à mulets, ces hameaux accrochés au flanc des montagnes, qui dominent des abîmes tortueux d'où l'on entend monter, le soir, le bruit continu, la voix sourde et profonde du torrent. On frappe aux portes des maisons. On demande un abri pour la nuit et de quoi vivre jusqu'au lendemain. Et on s'assoit à l'humble table, et on dort sous l'humble toit; et on serre, au matin, la main tendue de l'hôte qui vous a conduit jusqu'aux limites du village.

Or, un soir, après dix heures de marche, j'atteignis une petite demeure toute seule au fond d'un étroit vallon qui allait se jeter à la mer une lieue plus loin. Les deux pentes rapides de la montagne, couvertes de maquis, de rocs éboulés et de grands arbres, enfermaient comme deux sombres murailles ce ravin lamentablement triste.

Autour de la chaumière, quelques vignes, un petit

jardin, et plus loin, quelques grands châtaigniers, de quoi vivre enfin, une fortune pour ce pays pauvre.

La femme qui me reçut était vieille, sévère et propre, par exception. L'homme, assis sur une chaise de paille, se leva pour me saluer, puis se rassit sans dire un mot. Sa compagne me dit :

— Excusez-le ; il est sourd maintenant. Il a quatre-vingt-deux ans.

Elle parlait le français de France. Je fus surpris. Je lui demandai :

— Vous n'êtes pas de Corse ?

Elle répondit :

— Non, nous sommes des continentaux. Mais voilà cinquante ans [5] que nous habitons ici.

Une sensation d'angoisse et de peur me saisit à la pensée de ces cinquante années écoulées dans ce trou sombre, si loin des villes où vivent les hommes. Un vieux berger rentra, et l'on se mit à manger le seul plat du dîner, une soupe épaisse où avaient cuit ensemble des pommes de terre, du lard et des choux.

Lorsque le court repas fut fini, j'allai m'asseoir devant la porte, le cœur serré par la mélancolie du morne paysage, étreint par cette détresse qui prend parfois les voyageurs en certains soirs tristes, en certains lieux désolés. Il semble que tout soit près de finir, l'existence et l'univers. On perçoit brusquement l'affreuse misère de la vie, l'isolement de tous, le néant de tout, et la noire solitude du cœur qui se berce et se trompe lui-même par des rêves jusqu'à la mort.

La vieille femme me rejoignit et, torturée par cette curiosité qui vit toujours au fond des âmes les plus résignées :

— Alors, vous venez de France ? dit-elle.

— Oui, je voyage pour mon plaisir.

— Vous êtes de Paris, peut-être ?

— Non, je suis de Nancy[6].

Il me sembla qu'une émotion extraordinaire l'agitait. Comment ai-je vu ou plutôt senti cela, je n'en sais rien.

Elle répéta d'une voix lente :

— Vous êtes de Nancy ?

L'homme parut dans la porte, impassible comme sont les sourds.

Elle reprit :

— Ça ne fait rien. Il n'entend pas.

Puis, au bout de quelques secondes :

— Alors, vous connaissez du monde à Nancy ?

— Mais oui, presque tout le monde.

— La famille de Sainte-Allaize ?

— Oui, très bien ; c'étaient des amis de mon père.

— Comment vous appelez-vous ?

Je dis mon nom. Elle me regarda fixement, puis prononça, de cette voix basse qu'éveillent les souvenirs :

— Oui, oui, je me rappelle bien. Et les Brisemare, qu'est-ce qu'ils sont devenus ?

— Tous sont morts.

— Ah ! Et les Sirmont, vous les connaissiez ?

— Oui, le dernier est général.

Alors elle dit, frémissante d'émotion, d'angoisse, de je ne sais quel sentiment confus, puissant et sacré, de je ne sais quel besoin d'avouer, de dire tout, de parler de ces choses qu'elle avait tenues jusque-là enfermées au fond de son cœur, et de ces gens dont le nom bouleversait son âme :

— Oui, Henri de Sirmont. Je le sais bien. C'est mon frère.

Et je levai les yeux vers elle, effaré de surprise. Et tout d'un coup le souvenir me revint.

Cela avait fait, jadis, un gros scandale dans la noble Lorraine. Une jeune fille, belle et riche, Suzanne de Sirmont, avait été enlevée par un sous-officier de hussards du régiment que commandait son père.

C'était un beau garçon, fils de paysans, mais portant bien le dolman bleu, ce soldat qui avait séduit la fille de son colonel. Elle l'avait vu, remarqué, aimé en regardant défiler les escadrons, sans doute. Mais comment lui avait-elle parlé, comment avaient-ils pu se voir, s'entendre ? comment avait-elle osé lui faire comprendre qu'elle l'aimait ? Cela, on ne le sut jamais.

On n'avait rien deviné, rien pressenti. Un soir, comme le soldat venait de finir son temps, il disparut avec elle. On les chercha, on ne les retrouva pas. On n'en eut jamais de nouvelles et on la considérait comme morte.

Et je la retrouvais ainsi dans ce sinistre vallon.

Alors, je repris à mon tour :

— Oui, je me rappelle bien. Vous êtes mademoiselle Suzanne.

Elle fit « oui », de la tête. Des larmes tombaient de ses yeux. Alors, me montrant d'un regard le vieillard immobile sur le seuil de sa masure, elle me dit :

— C'est lui.

Et je compris qu'elle l'aimait toujours, qu'elle le voyait encore avec ses yeux séduits.

Je demandai :

— Avez-vous été heureuse, au moins ?

Elle répondit, avec une voix qui venait du cœur :

— Oh! oui, très heureuse. Il m'a rendue très heureuse. Je n'ai jamais rien regretté.

Je la contemplais, triste, surpris, émerveillé par la puissance de l'amour! Cette fille riche avait suivi cet homme, ce paysan. Elle était devenue elle-même une paysanne. Elle s'était faite à sa vie sans charmes, sans luxe, sans délicatesse d'aucune sorte; elle s'était pliée à ses habitudes simples. Et elle l'aimait encore. Elle était devenue une femme de rustre, en bonnet, en jupe de toile. Elle mangeait dans un plat de terre sur une table de bois, assise sur une chaise de paille, une bouillie de choux et de pommes de terre au lard. Elle couchait sur une paillasse à son côté.

Elle n'avait jamais pensé à rien, qu'à lui! Elle n'avait regretté ni les parures, ni les étoffes, ni les élégances, ni la mollesse des sièges, ni la tiédeur parfumée des chambres enveloppées de tentures, ni la douceur des duvets où plongent les corps pour le repos. Elle n'avait eu jamais besoin que de lui; pourvu qu'il fût là, elle ne désirait rien.

Elle avait abandonné la vie, toute jeune, et le monde, et ceux qui l'avaient élevée, aimée. Elle était venue, seule avec lui, en ce sauvage ravin. Et il avait été tout pour elle, tout ce qu'on désire, tout ce qu'on rêve, tout ce qu'on attend sans cesse, tout ce qu'on espère sans fin. Il avait empli de bonheur son existence, d'un bout à l'autre.

Elle n'aurait pas pu être plus heureuse.

Et toute la nuit, en écoutant le souffle rauque du vieux soldat étendu sur son grabat, à côté de celle qui l'avait suivi si loin, je pensais à cette étrange et simple aventure, à ce bonheur si complet, fait de si peu.

Et je partis au soleil levant, après avoir serré la main des deux vieux époux.

*

Le conteur se tut. Une femme dit :

— C'est égal, elle avait un idéal trop facile, des besoins trop primitifs et des exigences trop simples. Ce ne pouvait être qu'une sotte.

Une autre prononça d'une voix lente :

— Qu'importe ! elle fut heureuse.

Et là-bas, au fond de l'horizon, la Corse s'enfonçait dans la nuit, rentrait lentement dans la mer, effaçait sa grande ombre apparue comme pour raconter elle-même [7] l'histoire des deux humbles amants qu'abritait son rivage.

LE VIEUX

Un tiède soleil d'automne [1] tombait dans la cour de la ferme, par-dessus les grands hêtres des fossés. Sous le gazon tondu par les vaches, la terre, imprégnée de pluie récente, était moite, enfonçait sous les pieds avec un bruit d'eau ; et les pommiers chargés de pommes semaient leurs fruits d'un vert pâle, dans le vert foncé de l'herbage.

Quatre jeunes génisses paissaient, attachées en ligne, et meuglaient par moments vers la maison ; les volailles mettaient un mouvement coloré sur le fumier, devant l'étable, et grattaient, remuaient, caquetaient, tandis que les deux coqs chantaient sans cesse, cherchaient des vers pour leurs poules, qu'ils appelaient d'un gloussement vif.

La barrière de bois s'ouvrit ; un homme entra, âgé de quarante ans peut-être, mais qui semblait vieux de soixante, ridé, tortu, marchant à grands pas lents, alourdis par le poids de lourds sabots pleins de paille. Ses bras trop longs pendaient des deux côtés du corps. Quand il approcha de la ferme, un roquet jaune, attaché au pied d'un énorme poirier, à côté d'un baril

qui lui servait de niche, remua la queue, puis se mit à
japper en signe de joie. L'homme cria :

— A bas, Finot !

Le chien se tut.

Une paysanne sortit de la maison. Son corps osseux,
large et plat, se dessinait sous un caraco de laine qui
serrait la taille. Une jupe grise, trop courte, tombait
jusqu'à la moitié des jambes, cachées en des bas bleus,
et elle portait aussi des sabots pleins de paille. Un
bonnet blanc, devenu jaune, couvrait quelques cheveux collés au crâne, et sa figure brune, maigre, laide,
édentée, montrait cette physionomie sauvage et brute
qu'ont souvent les faces des paysans.

L'homme demanda :

— Comment qu'y va ?

La femme répondit :

— M'sieu l' curé dit que c'est la fin, qu'il n' passera
point la nuit.

Ils entrèrent tous deux dans la maison.

Après avoir traversé la cuisine, ils pénétrèrent dans
la chambre, basse, noire, à peine éclairée par un
carreau, devant lequel tombait une loque d'indienne
normande[2]. Les grosses poutres du plafond, brunies
par le temps, noires et enfumées, traversaient la pièce
de part en part, portant le mince plancher du grenier,
où couraient, jour et nuit, des troupeaux de rats.

Le sol de terre, bossué, humide, semblait gras, et,
dans le fond de l'appartement, le lit faisait une tache
vaguement blanche. Un bruit régulier, rauque, une
respiration dure, râlante, sifflante avec un gargouillement d'eau comme celui que fait une pompe brisée[3],
partait de la couche enténébrée[4] où agonisait un
vieillard, le père de la paysanne.

L'homme et la femme s'approchaient et regardèrent le moribond, de leur œil placide et résigné.

Le gendre dit :

— C'te fois, c'est fini ; i n'ira pas seulement à la nuit.

La fermière reprit :

— C'est d'puis midi qu'i gargote comme ça.

Puis ils se turent. Le père avait les yeux fermés, le visage couleur de terre, si sec qu'il semblait en bois. Sa bouche entr'ouverte laissait passer son souffle clapotant et dur ; et le drap de toile grise se soulevait sur la poitrine à chaque aspiration.

Le gendre, après un long silence, prononça :

— Y a qu'à le quitter finir. J'y pouvons rien [5]. Tout d' même c'est dérangeant [6] pour les cossarts [7], vu l' temps qu'est bon, qu'il faut r'piquer d'main.

Sa femme parut inquiète à cette pensée. Elle réfléchit quelques instants, puis déclara :

— Puisqu'i va passer, on l'enterrera pas avant samedi ; t'auras ben d'main pour les cossarts.

Le paysan méditait ; il dit :

— Oui, mais d'main qui faudra qu'invite pour l'imunation, que j' n'ai ben pour cinq à six heures à aller de Tourville à Manetot chez tout le monde.

La femme, après avoir médité deux ou trois minutes, prononça :

— I n'est seulement point trois heures, que tu pourrais commencer la tournée anuit [8] et faire tout l' côté de Tourville. Tu peux ben dire qu'il a passé, puisqu'i n'en a pas quasiment pour la relevée.

L'homme demeura quelques instants perplexe, pesant les conséquences et les avantages de l'idée. Enfin il déclara :

— Tout d' même, j'y vas.

Il allait sortir ; il revint et, après une hésitation :

— Pisque t'as point d'ouvrage, loche [9] des pommes à cuire, et pis tu feras quatre douzaines de douillons [10] pour ceux qui viendront à l'imunation, vu qu'i faudra se réconforter. T'allumeras le four avec la bourrée qu'est sous l' hangar au pressoir. Elle est sèque.

Et il sortit de la chambre, rentra dans la cuisine, ouvrit le buffet, prit un pain de six livres, en coupa soigneusement une tranche, recueillit dans le creux de sa main les miettes tombées sur la tablette, et se les jeta dans la bouche pour ne rien perdre [11]. Puis il enleva avec la pointe de son couteau un peu de beurre salé au fond d'un pot de terre brune, l'étendit sur son pain, qu'il se mit à manger lentement, comme il faisait tout.

Et il retraversa la cour, apaisa le chien, qui se remettait à japper, sortit sur le chemin qui longeait son fossé, et s'éloigna dans la direction de Tourville.

*

Restée seule, la femme se mit à la besogne. Elle découvrit la huche à la farine, et prépara la pâte aux douillons. Elle la pétrissait longuement, la tournant et la retournant, la maniant, l'écrasant, la broyant. Puis elle en fit une grosse boule d'un blanc jaune, qu'elle laissa sur le coin de la table.

Alors elle alla chercher les pommes et, pour ne point blesser l'arbre avec la gaule, elle grimpa dedans au moyen d'un escabeau. Elle choisissait les fruits avec soin, pour ne prendre que les plus mûrs, et les entassait dans son tablier.

Une voix l'appela du chemin :

— Ohé, madame Chicot !

Elle se retourna. C'était un voisin, maître Osime Favet, le maire, qui s'en allait fumer ses terres, assis, les jambes pendantes, sur le tombereau d'engrais. Elle se retourna, et répondit :

— Qué qu'y a pour vot' service, maît Osime ?

— Et le pé, où qui n'en est ?

Elle cria :

— Il est quasiment passé. C'est samedi l'imunation, à sept heures, vu les cossarts qui pressent.

Le voisin répliqua :

— Entendu. Bonne chance ! Portez-vous bien.

Elle répondit à sa politesse :

— Merci, et vous d' même.

Puis elle se remit à cueillir ses pommes.

Aussitôt qu'elle fut rentrée, elle alla voir son père, s'attendant à le trouver mort. Mais dès la porte elle distingua son râle bruyant et monotone, et, jugeant inutile d'approcher du lit pour ne point perdre de temps, elle commença à préparer les douillons.

Elle enveloppait les fruits, un à un, dans une mince feuille de pâte, puis les alignait au bord de la table. Quand elle eut fait quarante-huit boules, rangées par douzaines l'une devant l'autre, elle pensa à préparer le souper, et elle accrocha sur le feu sa marmite, pour faire cuire les pommes de terre ; car elle avait réfléchi qu'il était inutile d'allumer le four, ce jour-là même, ayant encore le lendemain tout entier pour terminer les préparatifs.

Son homme rentra vers cinq heures. Dès qu'il eut franchi le seuil, il demanda :

— C'est-il fini ?

Elle répondit :

— Point encore ; ça gargouille toujours.

Ils allèrent voir. Le vieux était absolument dans le même état. Son souffle rauque, régulier comme un mouvement d'horloge, ne s'était ni accéléré ni ralenti. Il revenait de seconde en seconde, variant un peu de ton, suivant que l'air entrait ou sortait de la poitrine.

Son gendre le regarda, puis il dit :

— I finira sans qu'on y pense, comme une chandelle.

Ils rentrèrent dans la cuisine et, sans parler, se mirent à souper. Quand ils eurent avalé la soupe, ils mangèrent encore une tartine de beurre, puis, aussitôt les assiettes lavées, rentrèrent dans la chambre de l'agonisant.

La femme, tenant une petite lampe à mèche fumeuse, la promena devant le visage de son père. S'il n'avait pas respiré, on l'aurait cru mort assurément.

Le lit des deux paysans était caché à l'autre bout de la chambre, dans une espèce d'enfoncement. Ils se couchèrent sans dire un mot, éteignirent la lumière, fermèrent les yeux ; et bientôt deux ronflements inégaux, l'un plus profond, l'autre plus aigu, accompagnèrent le râle ininterrompu du mourant.

Les rats couraient dans le grenier.

*

Le mari s'éveilla dès les premières pâleurs du jour. Son beau-père vivait encore. Il secoua sa femme, inquiet de cette résistance du vieux.

— Dis donc, Phémie, i n' veut point finir. Qué qu' tu f'rais, té ?

Il la savait de bon conseil.

Elle répondit :

— I n' passera point l' jour, pour sûr. N'y a point n'a craindre. Pour lors que l' maire n'opposera pas qu'on l'enterre tout de même demain, vu qu'on l'a fait pour maître Renard le pé, qu'a trépassé juste aux semences.

Il fut convaincu par l'évidence du raisonnement, et il partit aux champs.

Sa femme fit cuire les douillons, puis accomplit toutes les besognes de la ferme.

A midi, le vieux n'était pas mort. Les gens de journée loués pour le repiquage des cossarts vinrent en groupe considérer l'ancien qui tardait à s'en aller. Chacun dit son mot, puis ils repartirent dans les terres.

A six heures, quand on rentra, le père respirait encore. Son gendre, à la fin, s'effraya.

— Qué qu' tu f'rais à c'te heure, té, Phémie ?

Elle ne savait non plus que résoudre [12]. On alla trouver le maire. Il promit qu'il fermerait les yeux et autoriserait l'enterrement le lendemain. L'officier de santé, qu'on alla voir, s'engagea aussi, pour obliger maître Chicot, à antidater le certificat de décès. L'homme et la femme rentrèrent tranquilles.

Ils se couchèrent et s'endormirent comme la veille, mêlant leurs souffles sonores au souffle plus faible du vieux.

Quand ils s'éveillèrent il n'était point mort.

*

Alors ils furent atterrés. Ils restaient debout, au chevet du père, le considérant avec méfiance, comme s'il avait voulu leur jouer un vilain tour, les tromper, les contrarier par plaisir, et ils lui en voulaient surtout du temps qu'il leur faisait perdre.

Le gendre demanda :

— Qué que j'allons faire ?

Elle n'en savait rien ; elle répondit :

— C'est-i contrariant, tout d' même !

On ne pouvait maintenant prévenir tous les invités, qui allaient arriver sur l'heure. On résolut de les attendre, pour leur expliquer la chose.

Vers sept heures moins dix, les premiers apparurent. Les femmes en noir, la tête couverte d'un grand voile, s'en venaient d'un air triste. Les hommes, gênés dans leurs vestes de drap, s'avançaient plus délibérément, deux par deux, en devisant des affaires.

Maître Chicot et sa femme, effarés, les reçurent en se désolant ; et tous deux, tout à coup, au même moment, en abordant le premier groupe, se mirent à pleurer. Ils expliquaient l'aventure, contaient leur embarras, offraient des chaises, se remuaient, s'excusaient, voulaient prouver que tout le monde aurait fait comme eux, parlaient sans fin, devenus brusquement bavards à ne laisser personne leur répondre.

Ils allaient de l'un à l'autre :

— Je l'aurions point cru ; c'est point croyable qu'il aurait duré comme ça !

Les invités interdits, un peu déçus, comme des gens qui manquent une cérémonie attendue, ne savaient que faire, demeuraient assis ou debout. Quelques-uns voulurent s'en aller. Maître Chicot les retint :

— J'allons casser une croûte tout d' même. J'avions fait des douillons [13] ; faut bien n'en profiter.

Les visages s'éclairèrent à cette pensée. On se mit à causer à voix basse. La cour peu à peu s'emplissait ; les premiers venus disaient la nouvelle aux nouveaux arrivants. On chuchotait, l'idée des douillons égayant tout le monde.

Les femmes entraient pour regarder le mourant. Elles se signaient auprès du lit, balbutiaient une prière [14], ressortaient. Les hommes, moins avides de ce spectacle, jetaient un seul coup d'œil de la fenêtre qu'on avait ouverte.

Mme Chicot expliquait l'agonie :

— V'là deux jours qu'il est comme ça, ni plus ni moins, ni plus haut ni plus bas. Dirait-on point eune pompe qu'a pu d'iau ?

*

Quand tout le monde eut vu l'agonisant, on pensa à la collation ; mais, comme on était trop nombreux pour tenir dans la cuisine, on sortit la table devant la porte. Les quatre douzaines de douillons, dorés, appétissants, tiraient les yeux, disposés dans deux grands plats. Chacun avançait le bras pour prendre le sien, craignant qu'il n'y en eût pas assez. Mais il en resta quatre.

Maître Chicot, la bouche pleine, prononça :

— S'i nous véyait, l' pé, ça lui f'rait deuil. C'est li qui les aimait d' son vivant.

Un gros paysan jovial déclara :

— I n'en mangera pu, à c't' heure. Chacun son tour.

Cette réflexion, loin d'attrister les invités, sembla les réjouir. C'était leur tour, à eux, de manger des boules.

Mme Chicot, désolée de la dépense, allait sans cesse au cellier chercher du cidre. Les brocs se suivaient et se vidaient coup sur coup. On riait maintenant, on parlait fort, on commençait à crier comme on crie dans les repas.

Tout à coup une vieille paysanne qui était restée près du moribond, retenue par une peur avide de cette chose qui lui arriverait bientôt à elle-même, apparut à la fenêtre, et s'écria d'une voix aiguë :

— Il a passé ! il a passé !

Chacun se tut. Les femmes se levèrent vivement pour aller voir.

Il était mort, en effet. Il avait cessé de râler. Les hommes se regardaient, baissaient les yeux, mal à leur aise. On n'avait pas fini de mâcher les boules. Il avait mal choisi son moment, ce gredin-là.

Les Chicot, maintenant, ne pleuraient plus. C'était fini, ils étaient tranquilles. Ils répétaient :

— J' savions bien qu' ça n' pouvait point durer. Si seulement il avait pu s' décider c'te nuit, ça n'aurait point fait tout ce dérangement.

N'importe, c'était fini. On l'enterrerait lundi, voilà tout, et on remangerait des douillons pour l'occasion.

Les invités s'en allèrent, en causant de la chose, contents tout de même d'avoir vu ça et aussi d'avoir cassé une croûte.

Et quand l'homme et la femme furent demeurés tout seuls, face à face, elle dit, la figure contractée par l'angoisse :

— Faudra tout d' même r'cuire quatre douzaines de boules ! Si seulement il avait pu s' décider c'te nuit !

Et le mari, plus résigné, répondit :

— Ça n' serait pas à r'faire tous les jours [15].

UN LÂCHE

On l'appelait dans le monde : le « beau Signoles ».
Il se nommait le vicomte Gontran-Joseph de Signoles.

Orphelin et maître d'une fortune suffisante, il faisait
figure, comme on dit. Il avait de la tournure et de
l'allure, assez de parole pour faire croire à de l'esprit [1],
une certaine grâce naturelle, un air de noblesse et de
fierté, la moustache brave et l'œil doux, ce qui plaît
aux femmes.

Il était demandé dans les salons, recherché par les
valseuses, et il inspirait aux hommes cette inimitié
souriante qu'on a pour les gens de figure énergique.
On lui avait soupçonné quelques amours capables de
donner fort bonne opinion d'un garçon. Il vivait
heureux, tranquille, dans le bien-être moral le plus
complet. On savait qu'il tirait bien l'épée et mieux
encore le pistolet.

— Quand je me battrai, disait-il, je choisirai le
pistolet. Avec cette arme, je suis sûr de tuer mon
homme.

Or, un soir, comme il avait accompagné au théâtre
deux jeunes femmes de ses amies, escortées d'ailleurs
de leurs époux, il leur offrit, après le spectacle, de

prendre une glace chez Tortoni[2]. Ils étaient entrés depuis quelques minutes, quand il s'aperçut qu'un monsieur assis à une table voisine regardait avec obstination une de ses voisines. Elle semblait gênée, inquiète, baissait la tête. Enfin elle dit à son mari :

— Voici un homme qui me dévisage. Moi, je ne le connais pas ; le connais-tu ?

Le mari, qui n'avait rien vu, leva les yeux mais déclara :

— Non, pas du tout.

La jeune femme reprit, moitié souriante, moitié fâchée :

— C'est fort gênant ; cet individu me gâte ma glace.

Le mari haussa les épaules :

— Bast ! n'y fais pas attention. S'il fallait s'occuper de tous les insolents qu'on rencontre, on n'en finirait pas.

Mais le vicomte s'était levé brusquement. Il ne pouvait admettre que cet inconnu gâtât une glace qu'il avait offerte. C'était à lui que l'injure s'adressait[3], puisque c'était par lui et pour lui que ses amis étaient entrés dans ce café. L'affaire donc ne regardait que lui.

Il s'avança vers l'homme et lui dit :

— Vous avez, Monsieur, une manière de regarder ces dames que je ne puis tolérer. Je vous prie de vouloir bien cesser cette insistance.

L'autre répliqua :

— Vous allez me ficher la paix, vous.

Le vicomte déclara, les dents serrées :

— Prenez garde, Monsieur, vous allez me forcer à passer la mesure.

Le monsieur ne répondit qu'un mot, un mot ordurier qui sonna d'un bout à l'autre du café, et fit, comme

par l'effet d'un ressort, accomplir à chaque consomma-
teur un mouvement brusque. Tous ceux qui tournaient
le dos se retournèrent ; tous les autres levèrent la tête ;
trois garçons pivotèrent sur leurs talons comme des
toupies ; les deux dames du comptoir eurent un
sursaut, puis une conversion du torse entier, comme si
elles eussent été deux automates obéissant à la même
manivelle.

Un grand silence s'était fait. Puis, tout à coup, un
bruit sec claqua dans l'air ; le vicomte avait giflé son
adversaire. Tout le monde se leva pour s'interposer.
Des cartes furent échangées.

*

Quand le vicomte fut rentré chez lui, il marcha
pendant quelques minutes à grands pas vifs, à travers
sa chambre. Il était trop agité pour réfléchir à rien.
Une seule idée planait sur son esprit : « un duel »,
sans que cette idée éveillât encore en lui une émotion
quelconque. Il avait fait ce qu'il devait faire ; il s'était
montré ce qu'il devait être. On en parlerait, on
l'approuverait, on le féliciterait. Il répétait à voix
haute, parlant comme on parle dans les grands
troubles de pensée :

— Quelle brute que cet homme !

Puis il s'assit et se mit à réfléchir. Il lui fallait, dès le
matin, trouver des témoins. Qui choisirait-il ? Il cherchait les gens les plus posés et les plus célèbres de sa
connaissance. Il prit enfin le marquis de La Tour-
Noire et le colonel Bourdin, un grand seigneur et un
soldat, c'était fort bien. Leurs noms porteraient dans
les journaux[4]. Il s'aperçut qu'il avait soif et il but,

coup sur coup, trois verres d'eau ; puis il se remit à marcher. Il se sentait plein d'énergie. En se montrant crâne, résolu à tout, et en exigeant des conditions rigoureuses, dangereuses, en réclamant un duel sérieux, très sérieux, terrible, son adversaire reculerait probablement et ferait des excuses.

Il reprit la carte qu'il avait tirée de sa poche et jetée sur sa table et il la relut comme il l'avait déjà lue, au café, d'un coup d'œil et, dans le fiacre, à la lueur de chaque bec de gaz, en revenant. « Georges Lamil, 51, rue Moncey. » Rien de plus.

Il examinait ces lettres assemblées qui lui paraissaient mystérieuses, pleines de sens confus : Georges Lamil ! Qui était cet homme ? Que faisait-il ? Pourquoi avait-il regardé cette femme d'une pareille façon ? N'était-ce pas révoltant qu'un étranger, un inconnu vînt troubler ainsi votre vie, tout d'un coup, parce qu'il lui avait plu de fixer insolemment les yeux sur une femme ? Et le vicomte répéta encore une fois, à haute voix :

— Quelle brute !

Puis il demeura immobile, debout, songeant, le regard toujours planté sur la carte. Une colère s'éveillait en lui contre ce morceau de papier, une colère haineuse où se mêlait un étrange sentiment de malaise. C'était stupide, cette histoire-là ! Il prit un canif ouvert sous sa main et le piqua au milieu du nom imprimé, comme s'il eût poignardé quelqu'un.

Donc il fallait se battre ! Choisirait-il l'épée ou le pistolet, car il se considérait bien comme l'insulté. Avec l'épée, il risquait moins ; mais avec le pistolet il avait chance de faire reculer son adversaire [5]. Il est bien rare qu'un duel à l'épée soit mortel, une prudence

réciproque empêchant les combattants de se tenir en
garde assez près l'un de l'autre pour qu'une pointe
entre profondément. Avec le pistolet il risquait sa vie
sérieusement ; mais il pouvait aussi se tirer d'affaire
avec tous les honneurs de la situation et sans arriver à
une rencontre.

Il prononça :

— Il faut être ferme. Il aura peur.

Le son de sa voix le fit tressaillir et il regarda autour
de lui. Il se sentait fort nerveux. Il but encore un verre
d'eau, puis commença à se dévêtir pour se coucher.

Dès qu'il fut au lit il souffla sa lumière et ferma les
yeux.

Il pensait :

— J'ai toute la journée de demain pour m'occuper
de mes affaires. Dormons d'abord afin d'être calme.

Il avait très chaud dans ses draps, mais il ne pouvait
parvenir à s'assoupir. Il se tournait et se retournait,
demeurait cinq minutes sur le dos, puis se plaçait sur
le côté gauche, puis se roulait sur le côté droit.

Il avait encore soif. Il se releva pour boire. Puis une
inquiétude le saisit :

— Est-ce que j'aurais peur ?

Pourquoi son cœur se mettait-il à battre follement à
chaque bruit connu de sa chambre ? Quand la pendule
allait sonner, le petit grincement du ressort qui se
dresse lui faisait faire un sursaut ; et il lui fallait ouvrir
la bouche pour respirer ensuite pendant quelques
secondes, tant il demeurait oppressé.

Il se mit à raisonner avec lui-même sur la possibilité
de cette chose :

— Aurais-je peur ?

Non certes, il n'aurait pas peur, puisqu'il était

résolu à aller jusqu'au bout, puisqu'il avait cette volonté bien arrêtée de se battre, de ne pas trembler. Mais il se sentait si profondément troublé qu'il se demanda :

— Peut-on avoir peur, malgré soi[6]?

Et ce doute l'envahit, cette inquiétude, cette épouvante[7], si une force plus puissante que sa volonté, dominatrice, irrésistible, le domptait, qu'arriverait-il? Oui, que pouvait-il arriver? Certes, il irait sur le terrain, puisqu'il voulait y aller. Mais s'il tremblait? Mais s'il perdait connaissance? Et il songea à sa situation, à sa réputation, à son nom.

Et un singulier besoin le prit tout à coup de se relever pour se regarder dans la glace. Il ralluma sa bougie. Quand il aperçut son visage reflété dans le verre poli, il se reconnut à peine, et il lui sembla qu'il ne s'était jamais vu. Ses yeux lui parurent énormes ; et il était pâle, certes, il était pâle, très pâle.

Il restait debout en face du miroir. Il tira la langue comme pour constater l'état de sa santé, et tout d'un coup cette pensée entra en lui à la façon d'une balle :

— Après-demain, à cette heure-ci, je serai peut-être mort.

Et son cœur se remit à battre furieusement.

— Après-demain à cette heure-ci, je serai peut-être mort. Cette personne en face de moi, ce moi que je vois dans cette glace, ne sera plus. Comment! me voici, je me regarde, je me sens vivre, et dans vingt-quatre heures je serai couché dans ce lit, mort, les yeux fermés, froid, inanimé, disparu.

Il se retourna vers la couche et il se vit distinctement étendu sur le dos dans ces mêmes draps qu'il venait de quitter. Il avait ce visage creux qu'ont les morts et cette mollesse des mains qui ne remueront plus.

Alors il eut peur de son lit et, pour ne plus le regarder, il passa dans son fumoir. Il prit machinalement un cigare, l'alluma et se remit à marcher. Il avait froid ; il alla vers la sonnette pour réveiller son valet de chambre ; mais il s'arrêta, la main levée vers le cordon :

— Cet homme va s'apercevoir que j'ai peur[8].

Et il ne sonna pas, il fit du feu. Ses mains tremblaient un peu, d'un frémissement nerveux, quand elles touchaient les objets. Sa tête s'égarait ; ses pensées, troubles, devenaient fuyantes, brusques, douloureuses ; une ivresse envahissait son esprit comme s'il eût bu.

Et sans cesse il se demandait :

— Que vais-je faire ? Que vais-je devenir ?

Tout son corps vibrait, parcouru de tressaillements saccadés ; il se releva et, s'approchant de la fenêtre, ouvrit les rideaux.

Le jour venait, un jour d'été. Le ciel rose faisait roses la ville, les toits et les murs. Une grande tombée de lumière tendue, pareille à une caresse du soleil levant, enveloppait le monde réveillé ; et, avec cette lueur, un espoir gai, rapide, brutal, envahit le cœur du vicomte ! Était-il fou de s'être laissé ainsi terrasser par la crainte, avant même que rien fût décidé, avant que ses témoins eussent vu ceux de ce Georges Lamil, avant qu'il sût encore s'il allait seulement se battre ?

Il fit sa toilette, s'habilla et sortit d'un pas ferme.

*

Il se répétait, tout en marchant :

— Il faut que je sois énergique, très énergique. Il faut que je prouve que je n'ai pas peur.

Ses témoins, le marquis et le colonel, se mirent à sa disposition, et après lui avoir serré énergiquement les mains, discutèrent les conditions.

Le colonel demanda :

— Vous voulez un duel sérieux ?

Le vicomte répondit :

— Très sérieux.

Le marquis reprit :

— Vous tenez au pistolet ?

— Oui.

— Nous laissez-vous libres de régler le reste ?

Le vicomte articula d'une voix sèche, saccadée :

— Vingt pas, au commandement, en levant l'arme au lieu de l'abaisser. Échange de balles jusqu'à blessure grave.

Le colonel déclara d'un ton satisfait :

— Ce sont des conditions excellentes. Vous tirez bien, toutes les chances sont pour vous.

Et ils partirent. Le vicomte rentra chez lui pour les attendre. Son agitation, apaisée un moment, grandissait maintenant de minute en minute. Il se sentait le long des bras, le long des jambes, dans la poitrine, une sorte de frémissement, de vibration continue; il ne pouvait tenir en place, ni assis, ni debout. Il n'avait plus dans la bouche une apparence de salive, et il faisait à tout instant un mouvement bruyant de la langue, comme pour la décoller de son palais.

Il voulut déjeuner, mais il ne put manger. Alors l'idée lui vint de boire pour se donner du courage, et il se fit apporter un carafon de rhum dont il avala, coup sur coup, six petits verres.

Une chaleur, pareille à une brûlure, l'envahit, suivie aussitôt d'un étourdissement de l'âme. Il pensa :

— Je tiens le moyen. Maintenant ça va bien.

Mais au bout d'une heure il avait vidé le carafon, et son état d'agitation redevenait intolérable. Il sentait un besoin fou de se rouler par terre, de crier, de mordre. Le soir tombait.

Un coup de timbre lui donna une telle suffocation qu'il n'eut pas la force de se lever pour recevoir ses témoins.

Il n'osait même plus leur parler, leur dire « bonjour », prononcer un seul mot, de crainte qu'ils ne devinassent tout à l'altération de sa voix.

Le colonel prononça :

— Tout est réglé aux conditions que vous avez fixées. Votre adversaire réclamait d'abord les privilèges d'offensé, mais il a cédé presque aussitôt et a tout accepté. Ses témoins sont deux militaires.

Le vicomte prononça :

— Merci.

Le marquis reprit :

— Excusez-nous si nous ne faisons qu'entrer et sortir, mais nous avons encore à nous occuper de mille choses. Il faut un bon médecin, puisque le combat ne cessera qu'après blessure grave, et vous savez que les balles ne badinent pas. Il faut désigner l'endroit, à proximité d'une maison pour y porter le blessé si c'est nécessaire, etc. ; enfin, nous en avons encore pour deux ou trois heures.

Le vicomte articula une seconde fois :

— Merci.

Le colonel demanda :

— Vous allez bien ? vous êtes calme ?

— Oui, très calme, merci.

Les deux hommes se retirèrent.

*

Quand il se sentit seul de nouveau, il lui sembla qu'il devenait fou. Son domestique ayant allumé les lampes, il s'assit devant sa table pour écrire des lettres. Après avoir tracé, au haut d'une page : « Ceci est mon testament... » il se releva d'une secousse et s'éloigna, se sentant incapable d'unir deux idées, de prendre une résolution, de décider quoi que ce fût.

Ainsi, il allait se battre ! Il ne pouvait plus éviter cela. Que se passait-il donc en lui ? Il voulait se battre[9], il avait cette intention et cette résolution fermement arrêtées ; et il sentait bien, malgré tout l'effort de son esprit et toute la tension de sa volonté, qu'il ne pourrait même conserver la force nécessaire pour aller jusqu'au lieu de la rencontre. Il cherchait à se figurer le combat, son attitude à lui et la tenue de son adversaire.

De temps en temps, ses dents s'entrechoquaient dans sa bouche avec un petit bruit sec. Il voulut lire, et prit le code du duel de Châteauvillard. Puis il se demanda :

— Mon adversaire a-t-il fréquenté les tirs ? Est-il connu ? Est-il classé ? Comment le savoir ?

Il se souvint du livre du baron de Vaux[10] sur les tireurs au pistolet, et il le parcourut d'un bout à l'autre. Georges Lamil n'y était pas nommé. Mais cependant si cet homme n'était pas un tireur, il

n'aurait pas accepté immédiatement cette arme dange-
reuse et ces conditions mortelles !

Il ouvrit, en passant, une boîte de Gastinne
Renette[11] posée sur un guéridon, et prit un des
pistolets, puis il se plaça comme pour tirer et leva le
bras. Mais il tremblait des pieds à la tête et le canon
remuait dans tous les sens.

Alors, il se dit :

— C'est impossible. Je ne puis me battre ainsi.

Il regardait au bout du canon ce petit trou noir et
profond qui crache la mort, il songeait aux déshonneur, aux chuchotements dans les cercles, aux rires
dans les salons, au mépris des femmes, aux allusions
des journaux, aux insultes que lui jetteraient les
lâches.

Il regardait toujours l'arme, et, levant le chien, il vit
soudain une amorce briller dessous comme un petite
flamme rouge. Le pistolet était demeuré chargé, par
hasard, par oubli. Et il éprouva de cela une joie
confuse, inexplicable.

S'il n'avait pas, devant l'autre, la tenue noble et
calme qu'il faut, il serait perdu à tout jamais. Il serait
taché, marqué d'un signe d'infamie, chassé du monde !
Et cette tenue calme et crâne, il ne l'aurait pas, il le
savait, il le sentait. Pourtant il était brave, puisqu'il
voulait se battre !... Il était brave, puisque... La pensée
qui l'effleura ne s'acheva même pas dans son esprit ;
mais, ouvrant la bouche toute grande, il s'enfonça
brusquement, jusqu'au fond de la gorge, le canon de
son pistolet, et il appuya sur la gâchette...

Quand son valet de chambre accourut, attiré par la
détonation, il le trouva mort, sur le dos. Un jet de sang

avait éclaboussé le papier blanc sur la table et faisait une grande tache rouge au-dessous de ces quatre mots :

« Ceci est mon testament. »

L'IVROGNE

Le vent du nord soufflait en tempête, emportant par le ciel d'énormes nuages d'hiver, lourds et noirs, qui jetaient en passant sur la terre des averses furieuses.

La mer démontée mugissait et secouait la côte, précipitant sur le rivage des vagues énormes, lentes et baveuses, qui s'écroulaient avec des détonations d'artillerie. Elles s'en venaient tout doucement, l'une après l'autre, hautes comme des montagnes, éparpillant dans l'air, sous les rafales, l'écume blanche de leurs têtes ainsi qu'une sueur de monstres.

L'ouragan s'engouffrait dans le petit vallon d'Yport[1], sifflait et gémissait, arrachant les ardoises des toits, brisant les auvents[2], abattant les cheminées, lançant dans les rues de telles poussées de vent qu'on ne pouvait marcher qu'en se tenant aux murs, et que les enfants eussent été enlevés comme des feuilles et jetés dans les champs par-dessus les maisons.

On avait halé les barques de pêche jusqu'au pays, par crainte de la mer qui allait balayer la plage à marée pleine, et quelques matelots, cachés derrière le ventre rond des embarcations couchées sur le flanc, regardaient cette colère du ciel et de l'eau.

Puis ils s'en allaient peu à peu, car la nuit tombait sur la tempête, enveloppant d'ombre l'Océan affolé[3], et tout le fracas des éléments en furie.

Deux hommes restaient encore, les mains dans les poches, le dos rond sous les bourrasques, le bonnet de laine enfoncé jusqu'aux yeux, deux grands pêcheurs normands, au collier de barbe rude, à la peau brûlée par les rafales salées du large, aux yeux bleus piqués d'un grain noir au milieu, ces yeux perçants des marins qui voient au bout de l'horizon, comme un oiseau de proie.

Un d'eux disait :

— Allons, viens-t'en, Jérémie. J'allons passer l' temps aux dominos[4]. C'est mé qui paye.

L'autre hésitait encore, tenté par le jeu et l'eau-de-vie, sachant bien qu'il allait encore s'ivrogner s'il entrait chez Paumelle, retenu aussi par l'idée de sa femme restée toute seule dans sa masure.

Il demanda :

— On dirait qu' t'as fait une gageure de m' soûler tous les soirs. Dis-mé, qué qu' ça te rapporte, pisque tu payes toujours[5] ?

Et il riait tout de même à l'idée de toute cette eau-de-vie bue aux frais d'un autre ; il riait d'un rire content de Normand en bénéfice.

Mathurin, son camarade, le tirait toujours par le bras.

— Allons, viens-t'en, Jérémie. C'est pas un soir à rentrer sans rien d' chaud dans le ventre. Qué qu' tu crains ? Ta femme va-t-il pas bassiner ton lit[6] ?

Jérémie répondait :

— L'aut' soir que je n'ai point pu r'trouver la

porte... Qu'on m'a quasiment r'pêché dans le ruisseau
de d'vant chez nous !

Et il riait encore à ce souvenir de pochard[7], et il
allait tout doucement vers le café de Paumelle, dont la
vitre illuminée brillait ; il allait, tiré par Mathurin et
poussé par le vent, incapable de résister à ces deux
forces.

La salle basse était pleine de matelots, de fumée et
de cris[8]. Tous ces hommes, vêtus de laine, les coudes
sur les tables, vociféraient pour se faire entendre. Plus
il entrait de buveurs, plus il fallait hurler dans le
vacarme des voix et des dominos tapés sur le marbre,
histoire de faire plus de bruit encore.

Jérémie et Mathurin allèrent s'asseoir dans un coin
et commencèrent une partie, et les petits verres
disparaissaient, l'un après l'autre, dans la profondeur
de leurs gorges.

Puis ils jouèrent d'autres parties, burent d'autres
petits verres. Mathurin versait toujours[9], en clignant
de l'œil au patron, un gros homme aussi rouge que du
feu et qui rigolait, comme s'il eût su quelque longue
farce[10] ; et Jérémie engloutissait l'alcool, balançait sa
tête, poussait des rires pareils à des rugissements en
regardant son compère d'un air hébété et content.

Tous les clients s'en allaient. Et, chaque fois que
l'un d'eux ouvrait la porte du dehors pour partir, un
coup de vent entrait dans le café, remuait en tempête
la lourde fumée des pipes, balançait les lampes au bout
de leurs chaînettes et faisait vaciller leurs flammes ; et
on entendait tout à coup le choc profond d'une vague
s'écroulant et le mugissement de la bourrasque.

Jérémie, le col desserré, prenait des poses de soûlard, une jambe étendue, un bras tombant ; et de l'autre main il tenait ses dominos [11].

Ils restaient seuls maintenant avec le patron, qui s'était approché, plein d'intérêt.

Il demanda :

— Eh ben, Jérémie, ça va-t-il, à l'intérieur ? Es-tu rafraîchi à force de t'arroser ?

Et Jérémie bredouilla :

— Plus qu'il en coule, pus qu'il fait sec, là-dedans.

Le cafetier regardait Mathurin d'un air finaud. Il dit :

— Et ton fré, Mathurin, ous qu'il est à c't heure ?

Le marin eut un rire muet :

— Il est au chaud [12], t'inquiète pas.

Et tous deux regardèrent Jérémie, qui posait triomphalement le double-six en annonçant :

— V'là le syndic [13].

Quand ils eurent achevé la partie, le patron déclara :

— Vous savez, mes gars, mé, j' va m' mettre au portefeuille. J' vous laisse une lampe et pi l' litre. Y en a pour vingt sous à bord [14]. Tu fermeras la porte au dehors, Mathurin, et tu glisseras la clef d' sous l'auvent comme t'as fait l'aut' nuit.

Mathurin répliqua :

— T'inquiète pas. C'est compris.

Paumelle serra la main de ses deux clients tardifs, et monta lourdement son escalier en bois. Pendant quelques minutes, son pesant pas résonna dans la petite maison ; puis un lourd craquement révéla qu'il venait de se mettre au lit.

Les deux hommes continuèrent à jouer ; de temps en temps, une rage plus forte de l'ouragan secouait la porte, faisait trembler les murs, et les deux buveurs levaient la tête comme si quelqu'un allait entrer. Puis Mathurin prenait le litre et remplissait le verre de Jérémie. Mais soudain, l'horloge suspendue sur le comptoir sonna minuit. Son timbre enroué ressemblait à un choc de casseroles, et les coups vibraient long-temps, avec une sonorité de ferraille.

Mathurin aussitôt se leva, comme un matelot dont le quart est fini :

— Allons, Jérémie, faut décaniller [15].

L'autre se mit en mouvement avec plus de peine, prit son aplomb en s'appuyant à la table ; puis il gagna la porte et l'ouvrit pendant que son compagnon éteignait la lampe.

Lorsqu'ils furent dans la rue, Mathurin ferma la boutique ; puis il dit :

— Allons, bonsoir, à demain.

Et il disparut dans les ténèbres.

*

Jérémie fit trois pas, puis oscilla, étendit les mains, rencontra un mur qui le soutint debout et se remit en marche en trébuchant. Par moments, une bourrasque, s'engouffrant dans la rue étroite, le lançait en avant, le faisait courir quelques pas ; puis, quand la violence de la trombe cessait, il s'arrêtait net, ayant perdu son pousseur, et il se remettait à vaciller sur ses jambes capricieuses d'ivrogne.

Il allait, d'instinct, vers sa demeure, comme les oiseaux vont au nid. Enfin, il reconnut sa porte et il se mit à la tâter pour découvrir la serrure et placer la clef dedans. Il ne trouvait pas le trou et jurait à mi-voix.

Alors il tapa dessus à coups de poing, appelant sa femme pour qu'elle vînt l'aider :

— Mélina ! Eh ! Mélina !

Comme il s'appuyait contre le battant pour ne point tomber, il céda, s'ouvrit, et Jérémie, perdant son appui, entra chez lui en s'écroulant, alla rouler sur le nez au milieu de son logis, et il sentit que quelque chose de lourd lui passait sur le corps, puis s'enfuyait dans la nuit.

Il ne bougeait plus, ahuri de peur, éperdu, dans une épouvante du diable, des revenants, de toutes les choses mystérieuses des ténèbres, et il attendit long-temps sans oser faire un mouvement. Mais, comme il vit que rien ne bougeait plus, un peu de raison lui revint, de la raison trouble de pochard.

Et il s'assit, tout doucement. Il attendit encore longtemps, et, s'enhardissant enfin, il prononça :

— Mélina !

Sa femme ne répondit pas [16].

Alors, tout d'un coup, un doute traversa sa cervelle obscurcie, un doute indécis, un soupçon vague. Il ne bougeait point ; il restait là, assis par terre, dans le noir, cherchant ses idées, s'accrochant à des réflexions incomplètes et trébuchantes comme ses pieds.

Il demanda de nouveau :

— Dis-mé qui que c'était, Mélina. Dis-mé qui que c'était. Je te ferai rien.

Il attendit. Aucune voix ne s'éleva dans l'ombre. Il raisonnait tout haut, maintenant.

— Je sieus-ti bu [17], tout de même ! Je sieus-ti bu ! C'est li qui m'a boissonné comma [18], manant ; c'est li, pour que je rentre point. J' sieus ti bu !

Et il reprenait :

— Dis-mé qui que c'était, Mélina, ou j' vas faire quéque malheur.

Après avoir attendu de nouveau, il continuait, avec une logique lente et obstinée d'homme soûl :

— C'est li qui m'a r'tenu chez ce fainéant de Paumelle ; et l's autres soirs itou, pour que je rentre point. C'est quéque complice. Ah ! charogne !

Lentement il se mit sur les genoux. Une colère sourde le gagnait, se mêlant à la fermentation des boissons.

Il répéta :

— Dis-mé qui qu' c'était, Mélina, ou j' vas cogner, j' te préviens !

Il était debout maintenant, frémissant d'une colère foudroyante, comme si l'alcool qu'il avait au corps se fût enflammé dans ses veines. Il fit un pas, heurta une chaise, la saisit, marcha encore, rencontra le lit, le palpa et sentit dedans le corps chaud de sa femme...

Alors, affolé de rage, il grogna :

— Ah ! t'étais là, saleté, et tu n' répondais point !

Et, levant la chaise qu'il tenait dans sa poigne robuste de matelot, il l'abattit devant lui avec une furie exaspérée. Un cri jaillit de la couche ; un cri éperdu, déchirant. Alors il se mit à frapper comme un batteur dans une grange. Et rien, bientôt, ne remua plus. La chaise s'envolait en morceaux ; mais un pied lui restait à la main, et il tapait toujours, en haletant.

Puis soudain il s'arrêta pour demander :

— Diras-tu qui qu' c'était, à c' t'heure ?

Mélina ne répondit pas.

Alors, rompu de fatigue, abruti par sa violence, il se rassit par terre, s'allongea et s'endormit.

Quand le jour parut, un voisin, voyant sa porte ouverte, entra. Il aperçut Jérémie qui ronflait sur le sol, où gisaient les débris d'une chaise, et, dans le lit, une bouillie de chair et de sang.

UNE VENDETTA

La veuve de Paolo Saverini habitait seule avec son fils une petite maison pauvre sur les remparts de Bonifacio. La ville, bâtie sur une avancée de la montagne, suspendue même par places au-dessus de la mer, regarde, par-dessus le détroit hérissé d'écueils, la côte plus basse de la Sardaigne. A ses pieds, de l'autre côté, la contournant presque entièrement, une coupure de la falaise, qui ressemble à un gigantesque corridor, lui sert de port, amène jusqu'aux premières maisons, après un long circuit entre deux murailles abruptes, les petits bateaux pêcheurs italiens ou sardes, et, chaque quinzaine, le vieux vapeur poussif qui fait le service d'Ajaccio.

Sur la montagne blanche, le tas de maisons pose une tache plus blanche encore. Elles ont l'air de nids d'oiseaux sauvages, accrochées ainsi sur ce roc, dominant ce passage terrible où ne s'aventurent guère les navires. Le vent, sans repos, fatigue la mer, fatigue la côte nue, rongée par lui, à peine vêtue d'herbe ; il s'engouffre dans le détroit, dont il ravage les deux bords. Les traînées d'écume pâle, accrochées aux pointes noires des innombrables rocs qui percent

partout les vagues, ont l'air de lambeaux de toiles
flottant et palpitant à la surface de l'eau.

La maison de la veuve Saverini, soudée au bord
même de la falaise, ouvrait ses trois fenêtres sur cet
horizon sauvage et désolé.

Elle vivait là, seule, avec son fils Antoine et leur
chienne « Sémillante[1] », grande bête maigre, aux poils
longs et rudes, de la race des gardeurs de troupeaux.
Elle servait au jeune homme pour chasser.

Un soir, après une dispute, Antoine Saverini fut tué
traîtreusement, d'un coup de couteau, par Nicolas
Ravolati, qui, la nuit même, gagna la Sardaigne.

Quand la vieille mère reçut le corps de son enfant,
que des passants lui rapportèrent, elle ne pleura pas,
mais elle demeura longtemps immobile à le regarder ;
puis, étendant sa main ridée sur le cadavre, elle lui
promit la vendetta. Elle ne voulut point qu'on restât
avec elle, et elle s'enferma auprès du corps avec la
chienne, qui hurlait. Elle hurlait, cette bête, d'une
façon continue, debout au pied du lit, la tête tendue
vers son maître, et la queue serrée entre les pattes. Elle
ne bougeait pas plus que la mère, qui, penchée
maintenant sur le corps, l'œil fixe, pleurait de grosses
larmes muettes en le contemplant.

Le jeune homme, sur le dos, vêtu de sa veste de gros
drap, trouée et déchirée à la poitrine, semblait dormir ;
mais il avait du sang partout : sur la chemise arrachée
pour les premiers soins ; sur son gilet, sur sa culotte,
sur la face, sur les mains. Des caillots de sang[2]
s'étaient figés dans la barbe et dans les cheveux.

La vieille mère se mit à lui parler. Au bruit de cette
voix, la chienne se tut.

— Va, va, tu seras vengé, mon petit, mon garçon,

mon pauvre enfant. Dors, dors, tu seras vengé,
entends-tu ? C'est la mère qui le promet ! Et elle tient
toujours sa parole, la mère, tu le sais bien.

Et lentement elle se pencha vers lui, collant ses
lèvres froides sur les lèvres mortes.

Alors, Sémillante se remit à gémir. Elle poussait une
longue plainte monotone, déchirante, horrible.

Elles restèrent là, toutes les deux, la femme et la
bête, jusqu'au matin.

Antoine Saverini fut enterré le lendemain, et bientôt
on ne parla plus de lui dans Bonifacio.

*

Il n'avait laissé ni frère, ni proches cousins. Aucun
homme n'était là pour poursuivre la vendetta. Seule, la
mère y pensait, la vieille.

De l'autre côté du détroit, elle voyait du matin au
soir un point blanc sur la côte. C'est un petit village
sarde, Longosardo, où se réfugient les bandits corses
traqués de trop près. Ils peuplent presque seuls ce
hameau en face des côtes de leur patrie, et ils attendent
là le moment de revenir, de retourner au maquis. C'est
dans ce village, elle le savait, que s'était réfugié Nicolas
Ravolati.

Toute seule, tout le long du jour, assise à sa fenêtre,
elle regardait là-bas en songeant à la vengeance.
Comment ferait-elle sans personne, infirme, si près de
la mort ? Mais elle avait promis, elle avait juré sur le
cadavre. Elle ne pouvait oublier, elle ne pouvait
attendre. Que ferait-elle ? Elle ne dormait plus la nuit ;
elle n'avait plus ni repos ni apaisement ; elle cherchait,
obstinée. La chienne, à ses pieds, sommeillait, et,

parfois, levant la tête, hurlait au loin. Depuis que son maître n'était plus là, elle hurlait souvent ainsi, comme si elle l'eût appelé, comme si son âme de bête, inconsolable, eût aussi gardé le souvenir que rien n'efface.

Or, une nuit, comme Sémillante se remettait à gémir, la mère, tout à coup, eut une idée, une idée de sauvage[3] vindicatif et féroce. Elle la médita jusqu'au matin ; puis, levée dès les approches du jour, elle se rendit à l'église[4]. Elle pria, prosternée sur le pavé, abattue devant Dieu, le suppliant de l'aider, de la soutenir, de donner à son pauvre corps usé la force qu'il lui fallait pour venger le fils.

Puis elle rentra. Elle avait dans sa cour un ancien baril défoncé, qui recueillait l'eau des gouttières ; elle le renversa, le vida, l'assujettit contre le sol avec des pieux et des pierres ; puis elle enchaîna Sémillante à cette niche, et elle rentra.

Elle marchait maintenant, sans repos, dans sa chambre, l'œil fixé toujours sur la côte de Sardaigne. Il était là-bas, l'assassin.

La chienne, tout le jour et toute la nuit, hurla. La vieille, au matin, lui porta de l'eau dans une jatte ; mais rien de plus : pas de soupe, pas de pain.

La journée encore s'écoula. Sémillante, exténuée, dormait. Le lendemain, elle avait les yeux luisants, le poil hérissé, et elle tirait éperdument sur sa chaîne.

La vieille ne lui donna encore rien à manger. La bête, devenue furieuse, aboyait d'une voix rauque. La nuit encore se passa.

Alors, au jour levé, la mère Saverini alla chez le voisin, prier qu'on lui donnât deux bottes de paille. Elle prit de vieilles hardes qu'avait portées autrefois son mari, et les bourra de fourrage, pour simuler un corps humain.

Ayant piqué un bâton dans le sol, devant la niche de Sémillante, elle noua dessus ce mannequin, qui semblait ainsi se tenir debout. Puis elle figura la tête au moyen d'un paquet de vieux linge.

La chienne, surprise, regardait cet homme de paille, et se taisait, bien que dévorée de faim.

Alors la vieille alla acheter chez le charcutier un long morceau de boudin noir. Rentrée chez elle, elle alluma un feu de bois dans sa cour, auprès de la niche, et fit griller son boudin. Sémillante, affolée, bondissait, écumait, les yeux fixés sur le gril, dont le fumet lui entrait au ventre.

Puis la mère fit de cette bouillie fumante une cravate à l'homme de paille. Elle la lui ficela longtemps autour du cou, comme pour la lui entrer dedans. Quand ce fut fini, elle déchaîna la chienne.

D'un saut formidable, la bête atteignit la gorge du mannequin, et, les pattes sur les épaules, se mit à la déchirer. Elle retombait, un morceau de sa proie à la gueule, puis s'élançait de nouveau, enfonçait ses crocs dans les cordes, arrachait quelques parcelles de nourriture, retombait encore, et rebondissait, acharnée. Elle enlevait le visage par grands coups de dents, mettait en lambeaux le col entier.

La vieille, immobile et muette, regardait, l'œil allumé. Puis elle renchaîna sa bête, la fit encore jeûner deux jours, et recommença cet étrange exercice.

Pendant trois mois, elle l'habitua à cette sorte de lutte, à ce repas conquis à coups de crocs. Elle ne l'enchaînait plus maintenant, mais elle la lançait d'un geste sur le mannequin.

Elle lui avait appris à le déchirer, à le dévorer, sans même qu'aucune nourriture fût cachée en sa gorge. Elle lui donnait ensuite, comme récompense, le boudin grillé pour elle.

Dès qu'elle apercevait l'homme, Sémillante frémissait, puis tournait les yeux vers sa maîtresse, qui lui criait : « Va ! » d'une voix sifflante, en levant le doigt.

*

Quand elle jugea le temps venu, la mère Saverini alla se confesser et communia[5] un dimanche matin, avec une ferveur extatique ; puis, ayant revêtu des habits de mâle, semblable à un vieux pauvre déguenillé, elle fit marché avec un pêcheur sarde, qui la conduisit, accompagnée de sa chienne, de l'autre côté du détroit.

Elle avait, dans un sac de toile, un grand morceau de boudin. Sémillante jeûnait depuis deux jours. La vieille femme, à tout moment, lui faisait sentir la nourriture odorante, et l'excitait.

Ils entrèrent dans Longosardo. La Corse allait en boitillant. Elle se présenta chez un boulanger[6] et demanda la demeure de Nicolas Ravolati. Il avait repris son ancien métier, celui de menuisier. Il travaillait seul au fond de sa boutique.

La vieille poussa la porte et l'appela :

— Hé ! Nicolas !

Il se tourna ; alors, lâchant sa chienne, elle cria :

— Va, va, dévore, dévore !

L'animal, affolé, s'élança, saisit la gorge. L'homme étendit les bras, l'étreignit, roula par terre. Pendant quelques secondes, il se tordit, battant le sol de ses pieds ; puis il demeura immobile, pendant que Sémillante lui fouillait le cou, qu'elle arrachait par lambeaux. Deux voisins, assis sur leur porte, se rappelèrent parfaitement avoir vu sortir un vieux pauvre avec un chien noir efflanqué qui mangeait, tout en marchant, quelque chose de brun que lui donnait son maître.

La vieille, le soir, était rentrée chez elle. Elle dormit bien, cette nuit-là.

COCO

Dans tout le pays environnant on appelait la ferme des Lucas « la Métairie[1] ». On n'aurait su dire pourquoi. Les paysans, sans doute, attachaient à ce mot « métairie » une idée de richesse et de grandeur, car cette ferme était assurément la plus vaste, la plus opulente et la plus ordonnée de la contrée.

La cour, immense, entourée de cinq rangs d'arbres[2] magnifiques pour abriter contre le vent violent de la plaine les pommiers trapus et délicats, enfermait de longs bâtiments couverts en tuiles pour conserver les fourrages et les grains, de belles étables bâties en silex, des écuries pour trente chevaux, et une maison d'habitation en briques rouges, qui ressemblait à un petit château.

Les fumiers étaient bien tenus ; les chiens de garde habitaient en des niches, un peuple de volailles circulait dans l'herbe haute.

Chaque midi, quinze personnes, maîtres, valets et servantes, prenaient place autour de la longue table de cuisine où fumait la soupe dans un grand vase de faïence à fleurs bleues.

Les bêtes, chevaux, vaches, porcs et moutons,

étaient grasses, soignées et propres ; et maître Lucas, un grand homme qui prenait du ventre, faisait sa ronde trois fois par jour, veillant sur tout et pensant à tout.

On conservait, par charité, dans le fond de l'écurie, un très vieux cheval blanc que la maîtresse voulait nourrir jusqu'à sa mort naturelle, parce qu'elle l'avait élevé, gardé toujours, et qu'il lui rappelait des souvenirs.

Un goujat[3] de quinze ans, nommé Isidore Duval, et appelé plus simplement Zidore, prenait soin de cet invalide, lui donnait, pendant l'hiver, sa mesure d'avoine et son fourrage, et devait aller quatre fois par jour, en été, le déplacer dans la côte où on l'attachait, afin qu'il eût en abondance de l'herbe fraîche.

L'animal, presque perclus, levait avec peine ses jambes lourdes, grosses des genoux et enflées au-dessus des sabots. Ses poils, qu'on n'étrillait plus jamais, avaient l'air de cheveux blancs, et des cils très longs donnaient à ses yeux un air triste.

Quand Zidore le menait à l'herbe, il lui fallait tirer sur la corde, tant la bête allait lentement ; et le gars, courbé, haletant, jurait contre elle, s'exaspérant d'avoir à soigner cette vieille rosse.

Les gens de la ferme, voyant cette colère du goujat contre Coco, s'en amusaient, parlaient sans cesse du cheval à Zidore pour exaspérer le gamin. Ses camarades le plaisantaient. On l'appelait dans le village Coco-Zidore[4].

Le gars rageait, sentant naître en lui le désir de se venger du cheval. C'était un maigre enfant haut sur jambes, très sale, coiffé de cheveux roux, épais, durs et hérissés. Il semblait stupide, parlait en bégayant, avec une peine infinie, comme si les idées n'eussent pu se former dans son âme épaisse de brute.

Depuis longtemps déjà, il s'étonnait qu'on gardât Coco, s'indignant de voir perdre du bien pour cette bête inutile. Du moment qu'elle ne travaillait plus, il lui semblait injuste de la nourrir, il lui semblait révoltant de gaspiller de l'avoine, de l'avoine qui coûtait si cher, pour ce bidet paralysé. Et souvent même, malgré les ordres de maître Lucas, il économisait sur la nourriture du cheval, ne lui versant qu'une demi-mesure, ménageant sa litière et son foin. Et une haine grandissait en son esprit confus d'enfant, une haine de paysan rapace, de paysan sournois, féroce, brutal et lâche.

*

Lorsque revint l'été, il lui fallut aller *remuer* la bête dans sa côte. C'était loin. Le goujat, plus furieux chaque matin, partait de son pas lourd à travers les blés. Les hommes qui travaillaient dans les terres lui criaient, par plaisanterie :

— Hé Zidore, tu f'ras mes compliments à Coco.

Il ne répondait point ; mais il cassait, en passant, une baguette dans une haie et, dès qu'il avait déplacé l'attache du vieux cheval, il le laissait se remettre à brouter ; puis, approchant traîtreusement, il lui cinglait les jarrets. L'animal essayait de fuir, de ruer, d'échapper aux coups, et il tournait au bout de sa corde comme s'il eût été enfermé dans une piste. Et le gars le frappait avec rage, courant derrière, acharné, les dents serrées par la colère.

Puis il s'en allait lentement, sans se retourner, tandis

que le cheval le regardait partir de son œil de vieux, les côtes saillantes, essoufflé d'avoir trotté. Et il ne rebaissait vers l'herbe sa tête osseuse et blanche qu'après avoir vu disparaître au loin la blouse bleue du jeune paysan.

Comme les nuits étaient chaudes, on laissait maintenant Coco coucher dehors, là-bas, au bord de la ravine, derrière le bois. Zidore seul allait le voir.

L'enfant s'amusait encore à lui jeter des pierres. Il s'asseyait à dix pas de lui, sur un talus, et il restait là une demi-heure, lançant de temps en temps un caillou tranchant au bidet, qui demeurait debout, enchaîné devant son ennemi, et le regardant sans cesse, sans oser paître avant qu'il fût reparti.

Mais toujours cette pensée restait plantée dans l'esprit du goujat : « Pourquoi nourrir ce cheval qui ne faisait plus rien ? » Il lui semblait que cette misérable rosse volait le manger des autres, volait l'avoir des hommes, le bien du bon Dieu, le volait même aussi, lui, Zidore, qui travaillait.

Alors, peu à peu, chaque jour, le gars diminua la bande de pâturage qu'il lui donnait en avançant le piquet de bois où était fixée la corde.

La bête jeûnait, maigrissait, dépérissait. Trop faible pour casser son attache, elle tendait la tête vers la grande herbe verte et luisante, si proche, et dont l'odeur lui venait sans qu'elle y pût toucher.

Mais, un matin, Zidore eut une idée : c'était de ne plus remuer Coco. Il en avait assez d'aller si loin pour cette carcasse.

Il vint cependant, pour savourer sa vengeance. La bête inquiète le regardait. Il ne la battit pas ce jour-là. Il tournait autour, les mains dans les poches. Même il fit mine de la changer de place, mais il renfonça le piquet juste dans le même trou, et il s'en alla, enchanté de son invention.

Le cheval, le voyant partir, hennit pour le rappeler ; mais le goujat se mit à courir, le laissant seul, tout seul dans son vallon, bien attaché, et sans un brin d'herbe à portée de la mâchoire.

Affamé, il essaya d'atteindre la grasse verdure qu'il touchait du bout de ses naseaux. Il se mit sur les genoux, tendant le cou, allongeant ses grandes lèvres baveuses. Ce fut en vain. Tout le jour, elle s'épuisa, la vieille bête, en efforts inutiles, en efforts terribles. La faim la dévorait, rendue plus affreuse par la vue de toute la verte nourriture qui s'étendait par l'horizon.

Le goujat ne revint point ce jour-là. Il vagabonda par les bois pour chercher des nids.

Il reparut le lendemain. Coco, exténué, s'était couché. Il se leva en apercevant l'enfant, attendant enfin d'être changé de place.

Mais le petit paysan ne toucha même pas au maillet jeté dans l'herbe. Il s'approcha, regarda l'animal, lui lança dans le nez une motte de terre qui s'écrasa sur le poil blanc, et il repartit en sifflant.

Le cheval resta debout tant qu'il put l'apercevoir encore ; puis, sentant bien que ses tentatives pour atteindre l'herbe voisine seraient inutiles, il s'étendit de nouveau sur le flanc et ferma les yeux.

Le lendemain, Zidore ne vint pas.

Quand il approcha, le jour suivant, de Coco toujours étendu, il s'aperçut qu'il était mort.

Alors il demeura debout, le regardant, content de son œuvre, étonné en même temps que ce fût déjà fini. Il le toucha du pied, leva une de ses jambes, puis la laissa retomber, s'assit dessus, et resta là, les yeux fixés dans l'herbe et sans penser à rien.

Il revint à la ferme, mais il ne dit pas l'accident, car il voulait vagabonder encore aux heures où, d'ordinaire, il allait changer de place le cheval.

Il alla le voir le lendemain. Des corbeaux s'envolèrent à son approche. Des mouches innombrables se promenaient sur le cadavre et bourdonnaient à l'entour.

En rentrant, il annonça la chose. La bête était si vieille que personne ne s'étonna. Le maître dit à deux valets :

« Prenez vos pelles, vous ferez un trou là ousqu'il est. »

Et les hommes enfouirent le cheval juste à la place où il était mort de faim.

Et l'herbe poussa drue[5], verdoyante, vigoureuse, nourrie par le pauvre corps.

LA MAIN

On faisait cercle autour de M. Bermutier, juge
d'instruction, qui donnait son avis sur l'affaire mystérieuse de Saint-Cloud [1]. Depuis un mois, cet inexplicable crime affolait Paris. Personne n'y comprenait rien [2].

M. Bermutier, debout, le dos à la cheminée, parlait,
assemblait les preuves, discutait les diverses opinions,
mais ne concluait pas.

Plusieurs femmes s'étaient levées pour s'approcher
et demeuraient debout, l'œil fixé sur la bouche rasée
du magistrat d'où sortaient les paroles graves. Elles
frissonnaient, vibraient, crispées par leur peur curieuse,
par l'avide et insatiable besoin d'épouvante qui hante
leur âme, les torture comme une faim.

Une d'elles, plus pâle que les autres, prononça
pendant un silence :

— C'est affreux. Cela touche au surnaturel. On ne
saura jamais rien.

Le magistrat [3] se tourna vers elle :

— Oui, madame, il est probable qu'on ne saura
jamais rien. Quant au mot « surnaturel » que vous
venez d'employer, il n'a rien à faire ici. Nous sommes
en présence d'un crime fort habilement conçu, fort

habilement exécuté, si bien enveloppé de mystère que nous ne pouvons le dégager des circonstances impénétrables qui l'entourent. Mais j'ai eu, moi, autrefois, à suivre une affaire où vraiment semblait se mêler quelque chose de fantastique. Il a fallu l'abandonner d'ailleurs, faute de moyens de l'éclaircir.

Plusieurs femmes prononcèrent en même temps, si vite que leurs voix n'en firent qu'une :

— Oh ! dites-nous cela.

M. Bermutier sourit gravement, comme doit sourire un juge d'instruction. Il reprit :

— N'allez pas croire, au moins, que j'aie pu, même un instant, supposer en cette aventure quelque chose de surhumain. Je ne crois qu'aux causes normales. Mais, si, au lieu d'employer le mot « surnaturel » pour exprimer ce que nous ne comprenons pas, nous nous servions simplement du mot « inexplicable », cela vaudrait beaucoup mieux. En tout cas, dans l'affaire que je vais vous dire, ce sont surtout les circonstances environnantes, les circonstances préparatoires qui m'ont ému. Enfin, voici les faits :

J'étais alors juge d'instruction à Ajaccio, une petite ville blanche, couchée au bord d'un admirable golfe qu'entourent partout de hautes montagnes.

Ce que j'avais surtout à poursuivre là-bas, c'étaient les affaires de vendetta. Il y en a de superbes, de dramatiques au possible, de féroces, d'héroïques. Nous retrouvons là les plus beaux sujets de vengeance qu'on puisse rêver, les haines séculaires, apaisées un moment, jamais éteintes, les ruses abominables, les assassinats devenant des massacres et presque des actions glorieuses. Depuis deux ans, je n'entendais parler que du prix du sang, que de ce terrible préjugé

corse qui force à venger toute injure sur la personne
qui l'a faite, sur ses descendants et ses proches. J'avais
vu égorger des vieillards, des enfants, des cousins,
j'avais la tête pleine de ces histoires.

Or, j'appris un jour qu'un Anglais venait de louer
pour plusieurs années une petite villa au fond du golfe.
Il avait amené avec lui un domestique français, pris à
Marseille en passant.

Bientôt tout le monde s'occupa de ce personnage
singulier, qui vivait seul dans sa demeure, ne sortant
que pour chasser et pour pêcher. Il ne parlait à
personne, ne venait jamais à la ville, et, chaque matin,
s'exerçait, pendant une heure ou deux, à tirer au
pistolet et à la carabine.

Des légendes se firent autour de lui [4]. On prétendit
que c'était un haut personnage fuyant sa patrie pour
des raisons politiques ; puis on affirma qu'il se cachait
après avoir commis un crime épouvantable. On citait
même des circonstances particulièrement horribles.

Je voulus, en ma qualité de juge d'instruction,
prendre quelques renseignements sur cet homme ;
mais il me fut impossible de rien apprendre. Il se
faisait appeler sir John Rowell [5].

Je me contentai donc de le surveiller de près ; mais
on ne me signalait, en réalité, rien de suspect à son
égard.

Cependant, comme les rumeurs sur son compte
continuaient, grossissaient, devenaient générales, je
résolus d'essayer de voir moi-même cet étranger, et je
me mis à chasser régulièrement dans les environs de sa
propriété.

J'attendis longtemps une occasion. Elle se présenta
enfin sous la forme d'une perdrix que je tirai et que je

tuai devant le nez de l'Anglais. Mon chien me la rapporta ; mais, prenant aussitôt le gibier, j'allais m'excuser de mon inconvenance et prier sir John Rowell d'accepter l'oiseau mort.

C'était un grand homme à cheveux rouges, à barbe rouge, très haut, très large, une sorte d'hercule placide et poli. Il n'avait rien de la raideur dite britannique et il me remercia vivement de ma délicatesse en un français accentué d'outre-Manche. Au bout d'un mois, nous avions causé ensemble cinq ou six fois.

Un soir enfin, comme je passais devant sa porte, je l'aperçus qui fumait sa pipe, à cheval sur une chaise, dans son jardin. Je le saluai, et il m'invita à entrer pour boire un verre de bière. Je ne me le fis pas répéter.

Il me reçut avec toute la méticuleuse courtoisie anglaise, parla avec éloge de la France, de la Corse, déclara qu'il aimait beaucoup *cette* pays, et *cette* rivage.

Alors je lui posai, avec de grandes précautions et sous la forme d'un intérêt très vif, quelques questions sur sa vie, sur ses projets. Il répondit sans embarras, me raconta qu'il avait beaucoup voyagé, en Afrique, dans les Indes, en Amérique. Il ajouta en riant :

— J'avé eu bôcoup d'aventures, oh ! yes.

Puis je me remis à parler chasse, et il me donna les détails les plus curieux sur la chasse à l'hippopotame, au tigre, à l'éléphant et même la chasse au gorille.

Je dis :

— Tous ces animaux sont redoutables.

Il sourit :

— Oh ! nô, le plus mauvais c'été l'homme.

Il se mit à rire tout à fait, d'un bon rire de gros Anglais content :

— J'avé beaucoup chassé l'homme aussi.

Puis il parla d'armes, et il m'offrit d'entrer chez lui pour me montrer des fusils de divers systèmes.

Son salon était tendu de noir[6], de soie noire brodée d'or. De grandes fleurs jaunes couraient sur l'étoffe sombre, brillaient comme du feu.

Il annonça :

— C'été une drap japonaise.

Mais, au milieu du plus large panneau, une chose étrange me tira l'œil. Sur un carré de velours rouge, un objet noir se détachait. Je m'approchai : c'était une main, une main d'homme. Non pas une main de squelette, blanche et propre, mais une main noire desséchée[7], avec les ongles jaunes, les muscles à nu et des traces de sang ancien, de sang pareil à une crasse, sur les os coupés net, comme d'un coup de hache, vers le milieu de l'avant-bras.

Autour du poignet une énorme chaîne de fer, rivée, soudée à ce membre malpropre, l'attachait au mur par un anneau assez fort pour tenir un éléphant en laisse.

Je demandai :

— Qu'est-ce que cela ?

L'Anglais répondit tranquillement :

— C'été ma meilleur ennemi. Il vené d'Amérique. Il avé été fendu avec le sabre et arraché la peau avec une caillou coupante, et séché dans le soleil pendant huit jours. Aoh, très bonne pour moi, cette.

Je touchai ce débris humain qui avait dû appartenir à un colosse. Les doigts, démesurément longs, étaient attachés par des tendons énormes que retenaient des lanières de peau par places. Cette main était affreuse à voir, écorchée ainsi, elle faisait penser naturellement à quelque vengeance de sauvage.

Je dis :

— Cet homme devait être très fort.

L'Anglais prononça avec douceur :

— Aoh yes, mais je été plus fort que lui. J'avé mis cette chaîne pour le tenir.

Je crus qu'il plaisantait. Je dis :

— Cette chaîne maintenant est bien inutile, la main ne se sauvera pas.

Sir John Rowell reprit gravement :

— Elle voulé toujours s'en aller. Cette chaîne été nécessaire.

D'un coup d'œil rapide j'interrogeai son visage, me demandant :

— Est-ce un fou, ou un mauvais plaisant ?

Mais la figure demeurait impénétrable, tranquille et bienveillante. Je parlai d'autre chose et j'admirai les fusils.

Je remarquai cependant que trois revolvers chargés étaient posés sur les meubles, comme si cet homme eût vécu dans la crainte constante d'une attaque.

Je revins plusieurs fois chez lui. Puis je n'y allai plus. On s'était accoutumé à sa présence ; il était devenu indifférent à tous.

*

Une année entière s'écoula. Or un matin, vers la fin de novembre, mon domestique me réveilla en m'annonçant que sir John Rowell avait été assassiné dans la nuit.

Une demi-heure plus tard, je pénétrais dans la maison de l'Anglais avec le commissaire central et le capitaine de gendarmerie. Le valet, éperdu et désespéré, pleurait devant la porte. Je soupçonnai d'abord cet homme, mais il était innocent.

On ne put jamais trouver le coupable.

En entrant dans le salon de sir John, j'aperçus du premier coup d'œil le cadavre étendu sur le dos, au milieu de la pièce.

Le gilet était déchiré, une manche arrachée pendait, tout annonçait qu'une lutte terrible avait eu lieu.

L'Anglais était mort étranglé ! Sa figure noire et gonflée, effrayante, semblait exprimer une épouvante abominable ; il tenait entre ses dents serrées quelque chose ; et le cou, percé de cinq trous [8] qu'on aurait dits faits avec des pointes de fer, était couvert de sang.

Un médecin nous rejoignit. Il examina longtemps les traces des doigts dans la chair et prononça ces étranges paroles :

— On dirait qu'il a été étranglé par un squelette.

Un frisson me passa dans le dos, et je jetai les yeux sur le mur, à la place où j'avais vu jadis l'horrible main d'écorché. Elle n'y était plus. La chaîne, brisée, pendait.

Alors je me baissai vers le mort, et je trouvai dans sa bouche crispée un des doigts de cette main disparue, coupé ou plutôt scié par les dents juste à la deuxième phalange.

Puis on procéda aux constatations. On ne découvrit rien. Aucune porte n'avait été forcée, aucune fenêtre, aucun meuble. Les deux chiens de garde ne s'étaient pas réveillés.

Voici, en quelques mots, la déposition du domestique :

Depuis un mois, son maître semblait agité. Il avait reçu beaucoup de lettres, brûlées à mesure.

Souvent, prenant une cravache, dans une colère qui semblait de la démence, il avait frappé avec fureur cette main séchée, scellée au mur et enlevée, on ne sait comment, à l'heure même du crime.

Il se couchait fort tard et s'enfermait avec soin. Il avait toujours des armes à portée du bras. Souvent, la nuit, il parlait haut, comme s'il se fût querellé avec quelqu'un.

Cette nuit-là, par hasard, il n'avait fait aucun bruit, et c'est seulement en venant ouvrir les fenêtres que le serviteur avait trouvé sir John assassiné. Il ne soup-çonnait personne.

Je communiquai ce que je savais du mort aux magistrats et aux officiers de la force publique, et on fit dans toute l'île une enquête minutieuse. On ne découvrit rien.

Or, une nuit, trois mois après le crime, j'eus un affreux cauchemar. Il me sembla que je voyais la main, l'horrible main, courir comme un scorpion ou comme une araignée le long de mes rideaux et de mes murs. Trois fois, je me réveillai, trois fois je me rendormis, trois fois je revis le hideux débris galoper autour de ma chambre en remuant les doigts comme des pattes.

Le lendemain, on me l'apporta, trouvé dans le cimetière, sur la tombe [9] de sir John Rowell, enterré là; car on n'avait pu découvrir sa famille. L'index manquait.

Voilà, mesdames, mon histoire. Je ne sais rien de plus.

*

Les femmes, éperdues, étaient pâles, frissonnantes. Une d'elles s'écria :

— Mais ce n'est pas un dénouement cela, ni une explication ! Nous n'allons pas dormir si vous ne nous dites pas ce qui s'était passé selon vous.

Le magistrat sourit avec sévérité :

— Oh ! moi, mesdames, je vais gâter, certes, vos rêves terribles. Je pense tout simplement que le légitime propriétaire de la main n'était pas mort, qu'il est venu la chercher avec celle qui lui restait. Mais je n'ai pu savoir comment il a fait, par exemple. C'est là une sorte de vendetta.

Une des femmes murmura :

— Non, ça ne doit pas être ainsi.

Et le juge d'instruction, souriant toujours, conclut :

— Je vous avais bien dit que mon explication ne vous irait pas.

LE GUEUX

Il avait connu des jours meilleurs, malgré sa misère et son infirmité.

A l'âge de quinze ans, il avait eu les deux jambes écrasées par une voiture sur la grand'route de Varville. Depuis ce temps-là, il mendiait en se traînant le long des chemins, à travers les cours des fermes, balancé sur ses béquilles qui lui avaient fait remonter les épaules à la hauteur des oreilles. Sa tête semblait enfoncée entre deux montagnes.

Enfant trouvé dans un fossé par le curé des Billettes, la veille du jour des Morts, et baptisé pour cette raison Nicolas Toussaint, élevé par charité, demeuré étranger à toute instruction, estropié après avoir bu quelques verres d'eau-de-vie offerts par le boulanger du village, histoire de rire, et, depuis lors vagabond, il ne savait rien faire autre chose que tendre la main.

Autrefois [1] la baronne d'Avary lui abandonnait pour dormir une espèce de niche pleine de paille, à côté du poulailler, dans la ferme attenant au château : et il était sûr, aux jours de grande famine, de trouver toujours un morceau de pain et un verre de cidre à la cuisine. Souvent il recevait encore là quelques sols

jetés par la vieille dame du haut de son perron ou des
fenêtres de sa chambre. Maintenant elle était morte.

Dans les villages, on ne lui donnait guère : on le
connaissait trop; on était fatigué de lui depuis quarante ans qu'on le voyait promener de masure en
masure son corps loqueteux et difforme sur ses deux
pattes de bois. Il ne voulait point s'en aller cependant,
parce qu'il ne connaissait pas autre chose sur la terre
que ce coin de pays, ces trois ou quatre hameaux où il
avait traîné sa vie misérable. Il avait mis des frontières
à sa mendicité et il n'aurait jamais passé les limites
qu'il était accoutumé de ne point franchir.

Il ignorait si le monde [2] s'étendait encore loin
derrière les arbres qui avaient borné sa vue. Il ne se le
demandait pas. Et quand les paysans, las de le
rencontrer toujours au bord de leurs champs ou le long
de leurs fossés, lui criaient :

— Pourquoi qu' tu n' vas point dans l's autes
villages, au lieu d' béquiller toujours par ci ?

Il ne répondait pas et s'éloignait, saisi d'une peur
vague de l'inconnu, d'une peur de pauvre qui redoute
confusément mille choses, les visages nouveaux, les
injures, les regards soupçonneux des gens qui ne le
connaissaient pas, et les gendarmes qui vont deux par
deux sur les routes et qui le faisaient plonger, par
instinct, dans les buissons ou derrière les tas de
cailloux.

Quand il les apercevait au loin, reluisants sous le
soleil, il trouvait soudain une agilité singulière, une
agilité de monstre pour gagner quelque cachette. Il
dégringolait de ses béquilles, se laissait tomber à la
façon d'une loque, et il se roulait en boule, devenait

tout petit, invisible, rasé comme un lièvre au gîte,
confondant ses haillons bruns avec la terre.

Il n'avait pourtant jamais eu d'affaires avec eux.
Mais il portait cela dans le sang, comme s'il eût reçu
cette crainte et cette ruse de ses parents, qu'il n'avait
point connus.

Il n'avait pas de refuge[3], pas de toit, pas de hutte,
pas d'abri. Il dormait partout, en été, et l'hiver il se
glissait sous les granges ou dans les étables avec une
adresse remarquable. Il déguerpissait toujours avant
qu'on se fût aperçu de sa présence. Il connaissait les
trous pour pénétrer dans les bâtiments ; et le manie-
ment des béquilles ayant rendu ses bras d'une vigueur
surprenante, il grimpait à la seule force des poignets[4]
jusque dans les greniers à fourrages où il demeurait
parfois quatre ou cinq jours sans bouger, quand il
avait recueilli dans sa tournée des provisions suffi-
santes.

Il vivait comme les bêtes des bois, au milieu des
hommes, sans connaître personne, sans aimer personne, n'excitant chez les paysans qu'une sorte de
mépris indifférent et d'hostilité résignée. On l'avait
surnommé « Cloche », parce qu'il se balançait, entre
ses deux piquets de bois, ainsi qu'une cloche entre ses
portants.

Depuis deux jours, il n'avait point mangé. Personne
ne lui donnait plus rien. On ne voulait plus de lui à la
fin. Les paysannes, sur leurs portes, lui criaient de loin
en le voyant venir :

— Veux-tu bien t'en aller, manant ! V'là pas trois
jours que j' tai donné un morciau d' pain !

Et il pivotait sur ses tuteurs et s'en allait à la maison
voisine, où on le recevait de la même façon.

Les femmes déclaraient, d'une porte à l'autre :

— On n' peut pourtant pas nourrir ce fainéant toute l'année.

Cependant le fainéant avait besoin de manger tous les jours.

Il avait parcouru Saint-Hilaire, Varville et les Billettes, sans récolter un centime ou une vieille croûte. Il ne lui restait d'espoir qu'à Tournolles ; mais il lui fallait faire deux lieues sur la grand'route, et il se sentait las à ne plus se traîner, ayant le ventre aussi vide que sa poche.

Il se mit en marche pourtant.

C'était en décembre, un vent froid courait sur les champs, sifflait dans les branches nues ; et les nuages galopaient à travers le ciel bas et sombre, se hâtant on ne sait où. L'estropié allait lentement, déplaçant ses supports l'un après l'autre d'un effort pénible, en se calant sur la jambe tordue qui lui restait, terminée par un pied-bot et chaussée d'une loque.

De temps en temps, il s'asseyait sur le fossé et se reposait quelques minutes. La faim jetait une détresse dans son âme confuse et lourde. Il n'avait qu'une idée : « manger », mais il ne savait par quel moyen.

Pendant trois heures, il peina sur le long chemin ; puis quand il aperçut les arbres du village, il hâta ses mouvements.

Le premier paysan qu'il rencontra, et auquel il demanda l'aumône, lui répondit :

— Te r'voilà encore, vieille pratique ! Je s'rons donc jamais débarrassé de té ?

Et Cloche s'éloigna. De porte en porte on le rudoya, on le renvoya sans lui rien donner. Il continuait

cependant sa tournée, patient et obstiné. Il ne recueillit pas un sou.

Alors il visita les fermes, déambulant à travers les
terres molles de pluie, tellement exténué qu'il ne
pouvait plus lever ses bâtons. On le chassa de partout[5]. C'était un de ces jours froids et tristes où les
cœurs se serrent, où les esprits s'irritent, où l'âme est
sombre, où la main ne s'ouvre ni pour donner ni pour
secourir.

Quand il eut fini la visite de toutes les maisons qu'il
connaissait, il alla s'abattre au coin d'un fossé, le long
de la cour de maître Chiquet. Il se décrocha, comme
on disait pour exprimer comment il se laissait tomber
entre ses hautes béquilles en les faisant glisser sous ses
bras. Et il resta longtemps immobile, torturé par la
faim, mais trop brute pour bien pénétrer son insonda-
ble misère.

Il attendait on ne sait quoi, de cette vague attente
qui demeure constamment en nous. Il attendait au
coin de cette cour, sous le vent glacé, l'aide mystérieuse[6] qu'on espère toujours du ciel ou des hommes,
sans se demander comment, ni pourquoi, ni par qui
elle lui pourrait arriver. Une bande de poules noires
passait, cherchant sa vie dans la terre qui nourrit tous
les êtres. A tout instant, elles piquaient d'un coup de
bec un grain ou un insecte invisible, puis continuaient
leur recherche lente et sûre.

Cloche les regardait sans penser à rien ; puis il lui
vint, plutôt au ventre que dans la tête, la sensation
plutôt que l'idée qu'une de ces bêtes-là serait bonne à
manger grillée sur un feu de bois mort.

Le soupçon qu'il allait commettre un vol ne l'effleura pas. Il prit une pierre à portée de sa main, et,

comme il était adroit[7], il tua net en la lançant la volaille la plus proche de lui. L'animal tomba sur le côté en remuant les ailes. Les autres s'enfuirent, balancés sur leurs pattes minces, et Cloche, escaladant de nouveau ses béquilles, se mit en marche pour aller ramasser sa chasse, avec des mouvements pareils à ceux des poules.

Comme il arrivait auprès du petit corps noir taché de rouge à la tête, il reçut une poussée terrible dans le dos qui lui fit lâcher ses bâtons et l'envoya rouler à dix pas devant lui. Et maître Chiquet, exaspéré, se précipitant sur le maraudeur, le roua de coups, tapant comme un forcené, comme tape un paysan volé, avec le poing et avec le genou par tout le corps de l'infirme, qui ne pouvait se défendre.

Les gens de la ferme arrivaient à leur tour qui se mirent avec le patron à assommer le mendiant. Puis, quand ils furent las de le battre, ils le ramassèrent et l'emportèrent et l'enfermèrent dans le bûcher pendant qu'on allait chercher les gendarmes.

Cloche, à moitié mort, saignant et crevant de faim, demeura couché sur le sol. Le soir vint, puis la nuit, puis l'aurore. Il n'avait toujours pas mangé.

Vers midi, les gendarmes parurent et ouvrirent la porte avec précaution, s'attendant à une résistance, car maître Chiquet prétendait avoir été attaqué[8] par le gueux et ne s'être défendu qu'à grand'peine.

Le brigadier cria :

— Allons, debout !

Mais Cloche ne pouvait plus remuer ; il essaya bien de se hisser sur ses pieux, il n'y parvint point. On crut à une feinte, à une ruse, à un mauvais vouloir de malfaiteur, et les deux hommes armés, le rudoyant, l'empoignèrent et le plantèrent de force sur ses béquilles.

La peur l'avait saisi, cette peur native des baudriers jaunes, cette peur du gibier devant le chasseur, de la souris devant le chat. Et, par des efforts surhumains, il réussit à rester debout.

— En route ! dit le brigadier.

Il marcha. Tout le personnel de la ferme le regardait partir. Les femmes lui montraient le poing ; les hommes riçanaient, l'injuriaient : on l'avait pris enfin ! Bon débarras.

Il s'éloigna entre ses deux gardiens. Il trouva l'énergie désespérée qu'il lui fallait pour se traîner encore jusqu'au soir, abruti, ne sachant seulement plus ce qui lui arrivait, trop effaré pour rien comprendre.

Les gens qu'on rencontrait s'arrêtaient pour le voir passer, et les paysans murmuraient :

— C'est quéque voleux !

On parvint, vers la nuit, au chef-lieu du canton. Il n'était jamais venu jusque-là. Il ne se figurait pas vraiment ce qui se passait, ni ce qui pouvait survenir. Toutes ces choses terribles, imprévues, ces figures et ces maisons nouvelles le consternaient.

Il ne prononça pas un mot, n'ayant rien à dire, car il ne comprenait plus rien. Depuis tant d'années d'ailleurs qu'il ne parlait à personne, il avait à peu près perdu l'usage de sa langue ; et sa pensée aussi était trop confuse pour se formuler par des paroles.

On l'enferma dans la prison du bourg. Les gendarmes ne pensèrent pas [9] qu'il pouvait avoir besoin de manger, et on le laissa jusqu'au lendemain.

Mais, quand on vint pour l'interroger, au petit matin, on le trouva mort, sur le sol. Quelle surprise [10] !

UN PARRICIDE

L'avocat avait plaidé la folie. Comment expliquer
autrement ce crime étrange ?

On avait retrouvé un matin, dans les roseaux, près
de Chatou, deux cadavres enlacés[1], la femme et
l'homme, deux mondains connus, riches, plus tout
jeunes, et mariés seulement de l'année précédente, la
femme n'étant veuve que depuis trois ans.

On ne leur connaissait point d'ennemis, ils n'avaient
pas été volés. Il semblait qu'on les eût jetés de la berge
dans la rivière, après les avoir frappés, l'un après
l'autre, avec une longue pointe de fer.

L'enquête ne faisait rien découvrir. Les mariniers
interrogés ne savaient rien ; on allait abandonner
l'affaire, quand un jeune menuisier d'un village voisin,
nommé Georges Louis, dit Le Bourgeois, vint se
constituer prisonnier.

A toutes les interrogations, il ne répondit que ceci :

— Je connaissais l'homme depuis deux ans, la
femme depuis six mois. Ils venaient souvent me faire
réparer des meubles anciens, parce que je suis habile
dans le métier.

Et quand on lui demandait :

— Pourquoi les avez-vous tués ?

Il répondait obstinément :

— Je les ai tués parce que j'ai voulu les tuer.

On n'en put tirer autre chose.

Cet homme était un enfant naturel sans doute, mis autrefois en nourrice dans le pays, puis abandonné. Il n'avait pas d'autre nom que Georges Louis, mais comme, en grandissant, il devint singulièrement intelligent, avec des goûts et des délicatesses natives[2] que n'avaient point ses camarades, on le surnomma : « Le Bourgeois », et on ne l'appelait plus autrement. Il passait pour remarquablement adroit dans le métier de menuisier qu'il avait adopté. Il faisait même un peu de sculpture sur bois. On le disait aussi fort exalté[3], partisan des doctrines communistes et même nihilistes, grand liseur de romans d'aventures, de romans à drames sanglants, électeur influent et orateur habile dans les réunions publiques d'ouvriers ou de paysans.

*

L'avocat avait plaidé la folie[4].

Comment pouvait-on admettre, en effet, que cet ouvrier eût tué ses meilleurs clients, des clients riches et généreux (il le reconnaissait), qui lui avaient fait faire, depuis deux ans, pour trois mille francs de travail (ses livres en faisaient foi) ? Une seule explication se présentait : la folie, l'idée fixe du déclassé qui se venge sur deux bourgeois de tous les bourgeois ; et l'avocat fit une allusion habile à ce surnom de « Le Bourgeois », donné par le pays à cet abandonné ; il s'écriait :

— N'est-ce pas une ironie, et une ironie capable d'exalter encore ce malheureux garçon qui n'a ni père

ni mère ? C'est un ardent républicain. Que dis-je ? Il
appartient même à ce parti politique que la République fusillait et déportait naguère, qu'elle accueille
aujourd'hui à bras ouverts, à ce parti pour qui
l'incendie est un principe et le meurtre un moyen tout
simple.

Ces tristes doctrines, acclamées maintenant dans les
réunions publiques, ont perdu cet homme. Il a
entendu des républicains, des femmes même, oui, des
femmes ! demander le sang de M. Gambetta, le sang
de M. Grévy[5] ; son esprit malade a chaviré ; il a voulu
du sang, du sang de bourgeois !

Ce n'est pas lui qu'il faut condamner, messieurs,
c'est la Commune !

Des murmures d'approbation coururent. On sentait
bien que la cause était gagnée pour l'avocat. Le
ministère public ne répliqua pas.

Alors le président posa au prévenu la question
d'usage :

— Accusé, n'avez-vous rien à ajouter pour votre
défense ?

L'homme se leva.

Il était de petite taille, d'un blond de lin, avec des
yeux gris, fixes et clairs. Une voix forte, franche et
sonore sortait de ce frêle garçon et changeait brusquement, aux premiers mots, l'opinion qu'on s'était faite
de lui.

Il parla hautement, d'un ton déclamatoire, mais si
net que ses moindres paroles se faisaient entendre
jusqu'au fond de la grande salle :

— Mon président[6], comme je ne veux pas aller
dans une maison de fous, et que je préfère même la
guillotine, je vais tout vous dire.

J'ai tué cet homme et cette femme parce qu'ils étaient mes parents.

Maintenant, écoutez-moi et jugez-moi.

Une femme, ayant accouché d'un fils, l'envoya quelque part en nourrice. Sut-elle seulement en quel pays son complice porta le petit être innocent, mais condamné à la misère éternelle, à la honte d'une naissance illégitime, plus que cela : à la mort, puisqu'on l'abandonna, puisque la nourrice, ne recevant plus la pension mensuelle, pouvait, comme elles font souvent, le laisser dépérir, souffrir de faim, mourir de délaissement ?

La femme qui m'allaita fut honnête, plus honnête, plus femme, plus grande, plus mère que ma mère. Elle m'éleva. Elle eut tort en faisant son devoir. Il vaut mieux laisser périr ces misérables jetés aux villages des banlieues, comme on jette une ordure aux bornes.

Je grandis avec l'impression vague que je portais un déshonneur. Les autres enfants m'appelèrent un jour « bâtard ». Ils ne savaient pas ce que signifiait ce mot, entendu par l'un d'eux chez ses parents. Je l'ignorais aussi, mais je le sentis.

J'étais, je puis le dire, un des plus intelligents de l'école. J'aurais été un honnête homme, mon président, peut-être un homme supérieur, si mes parents n'avaient pas commis le crime de m'abandonner.

Ce crime, c'est contre moi qu'ils l'ont commis. Je fus la victime, eux furent les coupables. J'étais sans défense, ils furent sans pitié. Ils devaient m'aimer : ils m'ont rejeté.

Moi, je leur devais la vie — mais la vie est-elle un présent [7] ? La mienne, en tout cas, n'était qu'un malheur. Après leur honteux abandon, je ne leur

devais plus que la vengeance. Ils ont accompli contre
moi l'acte le plus inhumain, le plus infâme, le plus
monstrueux qu'on puisse accomplir contre un être.

Un homme injurié frappe ; un homme volé reprend
son bien par la force. Un homme trompé, joué,
martyrisé, tue ; un homme souffleté tue ; un homme
déshonoré tue. J'ai été plus volé, trompé, martyrisé,
souffleté moralement, déshonoré, que tous ceux dont
vous absolvez la colère.

Je me suis vengé[8], j'ai tué. C'était mon droit
légitime. J'ai pris leur vie heureuse en échange de la
vie horrible qu'ils m'avaient imposée.

Vous allez parler de parricide ! Étaient-ils mes
parents, ces gens pour qui je fus un fardeau abominable, une terreur, une tache d'infamie ; pour qui ma
naissance fut une calamité, et ma vie une menace de
honte ? Ils cherchaient un plaisir égoïste ; ils ont eu un
enfant imprévu. Ils ont supprimé l'enfant. Mon tour
est venu d'en faire autant pour eux.

Et pourtant, dernièrement encore, j'étais prêt à les
aimer.

Voici deux ans, je vous l'ai dit, que l'homme, mon
père, entra chez moi pour la première fois. Je ne
soupçonnais rien. Il me commanda deux meubles. Il
avait pris, je le sus plus tard, des renseignements
auprès du curé, sous le sceau du secret, bien entendu.

Il revint souvent ; il me faisait travailler et payait
bien. Parfois même il causait un peu de choses et
d'autres. Je me sentais de l'affection pour lui.

Au commencement de cette année il amena sa
femme, ma mère. Quand elle entra, elle tremblait si
fort que je la crus atteinte d'une maladie nerveuse.
Puis elle demanda un siège et un verre d'eau. Elle ne

dit rien ; elle regarda mes meubles d'un air fou, et elle ne répondait que oui et non, à tort et à travers, à toutes les questions qu'il lui posait ! Quand elle fut partie, je la crus un peu toquée.

Elle revint le mois suivant. Elle était calme, maîtresse d'elle. Ils restèrent, ce jour-là, assez longtemps à bavarder, et ils me firent une grosse commande. Je la revis encore trois fois, sans rien deviner ; mais un jour voilà qu'elle se mit à me parler de ma vie, de mon enfance, de mes parents. Je répondis : « Mes parents, Madame, étaient des misérables qui m'ont abandonné. » Alors elle porta la main sur son cœur, et tomba sans connaissance. Je pensai tout de suite : « C'est ma mère ! » mais je me gardai bien de laisser rien voir. Je voulais la regarder venir.

Par exemple, je pris de mon côté mes renseignements. J'appris qu'ils n'étaient mariés que du mois de juillet précédent, ma mère n'étant devenue veuve que depuis trois ans. On avait bien chuchoté qu'ils s'étaient aimés du vivant du premier mari, mais on n'en avait aucune preuve. C'était moi la preuve, la preuve qu'on avait cachée d'abord, espéré détruire ensuite.

J'attendis. Elle reparut un soir, toujours accompagnée de mon père. Ce jour-là, elle semblait fort émue, je ne sais pourquoi. Puis, au moment de s'en aller, elle me dit : « Je vous veux du bien, parce que vous m'avez l'air d'un honnête garçon et d'un travailleur ; vous penserez sans doute à vous marier quelque jour ; je viens vous aider à choisir librement la femme qui vous conviendra. Moi, j'ai été mariée contre mon cœur une fois, et je sais comme on souffre. Maintenant, je suis riche, sans enfants, libre, maîtresse de ma fortune. Voici votre dot. »

Elle me tendit une grande enveloppe cachetée.

Je la regardai fixement, puis je lui dis : « Vous êtes ma mère ? »

Elle recula de trois pas et se cacha les yeux de la main pour ne plus me voir. Lui, l'homme, mon père, la soutint dans ses bras et il me cria : « Mais vous êtes fou ! »

Je répondis : « Pas du tout. Je sais bien que vous êtes mes parents. On ne me trompe pas ainsi. Avouez-le et je vous garderai le secret[9] ; je ne vous en voudrai pas ; je resterai ce que je suis, un menuisier. »

Il reculait vers la sortie en soutenant toujours sa femme qui commençait à sangloter. Je courus fermer la porte, je mis la clef dans ma poche, et je repris : « Regardez-la donc et niez encore qu'elle soit ma mère. »

Alors il s'emporta, devenu très pâle, épouvanté par la pensée que le scandale évité jusqu'ici pouvait éclater soudain ; que leur situation, leur renom, leur honneur seraient perdus d'un seul coup ; il balbutiait : « Vous êtes une canaille qui voulez nous tirer de l'argent. Faites donc du bien au peuple, à ces manants-là, aidez-les, secourez-les ! »

Ma mère, éperdue, répétait coup sur coup : « Allons-nous-en, allons-nous-en ! »

Alors, comme la porte était fermée, il cria : « Si vous ne m'ouvrez pas tout de suite, je vous fais flanquer en prison pour chantage et violence ! »

J'étais resté maître de moi ; j'ouvris la porte et je les vis s'enfoncer dans l'ombre.

Alors il me sembla tout à coup que je venais d'être

fait orphelin, d'être abandonné, poussé au ruisseau. Une tristesse épouvantable, mêlée de colère, de haine, de dégoût, m'envahit ; j'avais comme un soulèvement de tout mon être, un soulèvement de la justice [10], de la droiture, de l'honneur, de l'affection rejetée. Je me mis à courir pour les rejoindre le long de la Seine qu'il leur fallait suivre pour gagner la gare de Chatou.

Je les rattrapai bientôt. La nuit était venue toute noire. J'allais à pas de loup sur l'herbe, de sorte qu'ils ne m'entendirent pas. Ma mère pleurait toujours. Mon père disait : « C'est votre faute. Pourquoi avez-vous tenu à le voir ? C'était une folie dans notre position. On aurait pu lui faire du bien de loin, sans se montrer. Puisque nous ne pouvons le reconnaître, à quoi servaient ces visites dangereuses ? »

Alors, je m'élançai devant eux, suppliant. Je balbutiai : « Vous voyez bien que vous êtes mes parents. Vous m'avez déjà rejeté une fois, me repousserez-vous encore ? »

Alors, mon président, il leva la main sur moi, je vous le jure sur l'honneur, sur la loi, sur la République. Il me frappa, et comme je le saisissais au collet, il tira de sa poche un revolver.

J'ai vu rouge, je ne sais plus, j'avais mon compas dans ma poche ; je l'ai frappé, frappé tant que j'ai pu.

Alors elle s'est mise à crier : « Au secours ! à l'assassin ! » en m'arrachant la barbe. Il paraît que je l'ai tuée aussi. Est-ce que je sais, moi, ce que j'ai fait à ce moment-là ?

Puis, quand je les ai vus tous les deux par terre, je les ai jetés à la Seine, sans réfléchir.

Voilà. — Maintenant, jugez-moi.

*

L'accusé se rassit. Devant cette révélation, l'affaire a été reportée à la session suivante. Elle passera bientôt. Si nous étions jurés, que ferions-nous de ce parricide?

LE PETIT

Lemonnier était demeuré veuf avec un enfant. Il avait aimé follement[1] sa femme, d'un amour exalté et tendre, sans une défaillance, pendant toute leur vie commune. C'était un bon homme, un brave homme, simple, tout simple, sincère, sans défiance et sans malice.

Étant devenu amoureux d'une voisine qui était pauvre, il la demanda en mariage et l'épousa. Il faisait un commerce de draperie assez prospère, gagnait pas mal d'argent et ne douta pas une seconde qu'il n'eût été accepté pour lui-même par la jeune fille.

Elle le rendit heureux d'ailleurs. Il ne voyait qu'elle au monde, ne pensait qu'à elle, la regardait sans cesse avec des yeux d'adorateur prosterné. Pendant les repas il commettait mille maladresses pour ne point détourner son regard du visage chéri, versait le vin[2] dans son assiette et l'eau dans la salière, puis se mettait à rire comme un enfant, en répétant :

— Je t'aime trop, vois-tu ; cela me fait faire un tas de bêtises.

Elle souriait, d'un air calme et résigné ; puis détournait les yeux, comme gênée par l'adoration de son mari, et elle tâchait de le faire parler, de causer de n'importe quoi ; mais il lui prenait la main à travers la table, et la gardait dans la sienne en murmurant :

— Ma petite Jeanne, ma chère petite Jeanne !

Elle finissait par s'impatienter et par dire :

— Allons, voyons, sois raisonnable ; mange, et laisse-moi manger.

Il poussait un soupir et cassait une bouchée de pain, qu'il mâchait ensuite avec lenteur.

Pendant cinq ans[3], ils n'eurent pas d'enfants. Puis tout à coup elle devint enceinte. Ce fut un bonheur délirant. Il ne la quitta point de tout le temps de sa grossesse ; si bien que sa bonne, une vieille bonne qui l'avait élevé et qui parlait haut dans la maison, le mettait parfois dehors et fermait la porte pour le forcer à prendre l'air.

Il s'était lié d'une intime amitié avec un jeune homme qui avait connu sa femme dès son enfance et qui était sous-chef de bureau à la Préfecture. M. Duretour dînait trois fois par semaine chez M. Lemonnier, apportait des fleurs à madame, et parfois une loge de théâtre ; et, souvent, au dessert, ce bon Lemonnier attendri s'écriait, en se tournant vers sa femme :

— Avec une compagne comme toi et un ami comme lui, on est parfaitement heureux sur la terre.

Elle mourut en couches. Il en faillit mourir aussi. Mais la vue de l'enfant lui donna du courage : un petit être crispé qui geignait.

Il l'aima d'un amour passionné et douloureux, d'un amour malade où restait le souvenir de la mort, mais où survivait quelque chose de son adoration pour la morte. C'était la chair de sa femme, son être continué, comme une quintessence d'elle. Il était, cet enfant, sa vie même tombée en un autre corps ; elle était disparue pour qu'il existât. — Et le père l'embrassait avec fureur. — Mais aussi il l'avait tuée, cet enfant, il avait pris, volé cette existence adorée, il s'en était nourri, il avait bu sa part de vie. — Et M. Lemonnier reposait son fils dans le berceau, et s'asseyait auprès de lui pour le contempler. Il restait là des heures et des heures, le regardant, songeant à mille choses tristes ou douces. Puis, comme le petit dormait, il se penchait sur son visage et pleurait dans ses dentelles.

*

L'enfant grandit. Le père ne pouvait plus se passer une heure de sa présence ; il rôdait autour de lui, le promenait, l'habillait lui-même, le nettoyait, le faisait manger. Son ami, M. Duretour, semblait aussi chérir ce gamin, et il l'embrassait par grands élans, avec ces frénésies de tendresse qu'ont les parents [4]. Il le faisait sauter dans ses bras, le faisait danser pendant des heures à cheval sur une jambe, et soudain, le renversant sur ses genoux, relevait sa courte jupe et baisait ses cuisses grasses de moutard et ses petits mollets ronds. M. Lemonnier, ravi, murmurait :

— Est-il mignon, est-il mignon !

Et M. Duretour serrait l'enfant dans ses bras en lui chatouillant le cou de sa moustache.

Seule, Céleste, la vieille bonne, ne semblait avoir aucune tendresse pour le petit. Elle se fâchait de ses espiègleries, et semblait exaspérée par les câlineries des deux hommes. Elle s'écriait :

— Peut-on élever un enfant comme ça ! Vous en ferez un joli singe.

Des années encore passèrent, et Jean prit neuf ans. Il savait à peine lire, tant on l'avait gâté, et n'en faisait jamais qu'à sa tête. Il avait des volontés tenaces, des résistances opiniâtres, des colères furieuses. Le père cédait toujours, accordait tout. M. Duretour achetait et apportait sans cesse les joujoux convoités par le petit, et il le nourrissait de gâteaux et de bonbons.

Céleste alors s'emportait, criait :

— C'est une honte, monsieur, une honte. Vous faites le malheur de cet enfant, son malheur, entendez-vous. Mais il faudra bien que cela finisse ; oui, oui, ça finira, je vous le dis, je vous le promets, et pas avant longtemps encore.

M. Lemonnier répondait en souriant :

— Que veux-tu, ma fille ? je l'aime trop, je ne sais pas lui résister ; il faudra bien que tu en prennes ton parti.

*

Jean était faible, un peu malade. Le médecin constata de l'anémie, ordonna du fer, de la viande rouge et de la soupe grasse.

Or, le petit n'aimait que les gâteaux et refusait toute autre nourriture ; et le père, désespéré, le bourrait de tartes à la crème et d'éclairs au chocolat.

Un soir, comme ils se mettaient à table en tête à tête, Céleste apporta la soupière avec une assurance et un air d'autorité qu'elle n'avait point d'ordinaire. Elle la découvrit brusquement, plongea la louche au milieu et déclara :

— Voilà du bouillon comme je ne vous en ai pas

encore fait ; il faudra bien que le petit en mange cette fois.

M. Lemonnier, épouvanté, baissa la tête. Il vit que cela tournait mal.

Céleste prit son assiette, l'emplit elle-même, la reposa devant lui.

Il goûta aussitôt le potage et prononça :

— En effet, il est excellent.

Alors la bonne s'empara de l'assiette du petit et y versa une pleine cuillerée [5] de soupe. Puis elle recula de deux pas et attendit.

Jean flaira, repoussa l'assiette et fit un « pouah » de dégoût. Céleste, devenue pâle, s'approcha brusquement et, saisissant la cuiller, l'enfonça de force, toute pleine, dans la bouche entr'ouverte de l'enfant.

Il s'étrangla, toussa, éternua, cracha, et, hurlant, empoigna à pleine main son verre qu'il lança contre la bonne. Elle le reçut en plein ventre. Alors, exaspérée, elle prit sous son bras la tête du moutard, et commença à lui entonner coup sur coup des cuillerées de soupe dans le gosier. Il les vomissait à mesure, trépignait, se tordait, suffoquait, battait l'air de ses mains, rouge comme s'il allait mourir étouffé.

Le père demeura d'abord tellement surpris qu'il ne faisait plus un mouvement. Puis, soudain, il s'élança avec une rage de fou furieux, étreignit sa servante à la gorge et la jeta contre le mur. Il balbutiait :

— Dehors !... dehors !... dehors !... brute !

Mais elle, d'une secousse, le repoussa, et, dépeignée, le bonnet dans le dos, les yeux ardents, cria :

— Qu'est-ce qui vous prend, à c't' heure ? Vous voulez me battre parce que je fais manger de la soupe à c't' enfant que vous allez tuer avec vos gâteries !...

Il répétait, tremblant de la tête aux pieds :

— Dehors !... va-t'en... va-t'en, brute !...

Alors, affolée, elle revint sur lui et, l'œil dans l'œil, la voix tremblante :

— Ah !... vous croyez... vous croyez que vous allez me traiter comme ça, moi, moi ?... Ah ! mais non... Et pour qui, pour qui... pour ce morveux qui n'est seulement point à vous... Non... point à vous !... Non... point à vous !... point à vous !... point à vous⁶ !... Tout le monde le sait, parbleu ! excepté vous... Demandez à l'épicier, au boucher, au boulanger, à tous, à tous...

Elle bredouillait, étranglée par la colère ; puis, elle se tut, le regardant.

Il ne bougeait plus, livide, les bras ballants. Au bout de quelques secondes, il balbutia d'une voix éteinte, tremblante, où palpitait pourtant une émotion formidable :

— Tu dis ?... tu dis ?... Qu'est-ce que tu dis ?

Elle se taisait, effrayée par son visage. Il fit encore un pas, répétant :

— Tu dis ?... Qu'est-ce que tu dis ?

Alors, elle répondit d'une voix calmée :

— Je dis ce que je sais, parbleu ! ce que tout le monde sait.

Il leva les deux mains et, se jetant sur elle avec un emportement de bête, essaya de la terrasser. Mais elle était forte, quoique vieille, et agile aussi. Elle lui glissa dans les bras et, courant autour de la table, redevenue soudain furieuse, elle glapissait :

— Regardez-le, regardez-le donc, bête que vous êtes, si ce n'est pas tout le portrait de M. Duretour ; mais regardez son nez et ses yeux, les avez-vous comme ça, les yeux ? et le nez ? et les cheveux ? les

avait-elle comme ça aussi, elle ? Je vous dis que tout le
monde le sait, tout le monde, excepté vous ! C'est la
risée de la ville ! Regardez-le...

Elle passait devant la porte, elle l'ouvrit, et disparut.

Jean, épouvanté, demeurait immobile, en face de
son assiette à soupe.

*

Au bout d'une heure, elle revint, tout doucement,
pour voir. Le petit, après avoir dévoré les gâteaux, le
compotier de crème et celui des poires au sucre,
mangeait maintenant le pot de confitures avec sa
cuiller à potage.

Le père était sorti.

Céleste prit l'enfant, l'embrassa et, à pas muets,
l'emporta dans sa chambre, puis le coucha. Et elle
revint dans la salle à manger, défit la table, rangea
tout, très inquiète.

On n'entendait aucun bruit dans la maison, aucun.
Elle alla coller son oreille à la porte de son maître. Il ne
faisait aucun mouvement. Elle posa son œil au trou de
la serrure. Il écrivait, et semblait tranquille.

Alors elle retourna s'asseoir dans sa cuisine pour
être prête en toute circonstance, car elle flairait bien
quelque chose.

Elle s'endormit sur une chaise, et ne se réveilla
qu'au jour.

Elle fit le ménage, comme elle avait coutume,
chaque matin ; elle balaya, elle épousseta, et, vers huit
heures, prépara le café de M. Lemonnier.

Mais elle n'osait point le porter à son maître, ne
sachant trop comment elle allait être reçue ; et elle

attendit qu'il sonnât. Il ne sonna point. Neuf heures, puis dix heures passèrent.

Céleste, effarée, prépara son plateau et se mit en route, le cœur battant. Devant la porte elle s'arrêta, écouta. Rien ne remuait. Elle frappa ; on ne répondit pas. Alors, rassemblant tout son courage, elle ouvrit, entra, puis, poussant un cri terrible, laissa choir le déjeuner qu'elle tenait aux mains.

M. Lemonnier pendait au beau milieu de sa chambre, accroché par le cou à l'anneau du plafond[7]. Il avait la langue tirée affreusement. La savate droite[8] gisait, tombée à terre. La gauche était restée au pied. Une chaise renversée avait roulé jusqu'au lit.

Céleste, éperdue, s'enfuit en hurlant. Tous les voisins accoururent. Le médecin constata que la mort remontait à minuit.

Une lettre adressée à M. Duretour fut trouvée sur la table du suicidé. Elle ne contenait que cette ligne[9] :

« Je vous laisse et je vous confie le petit. »

LA ROCHE
AUX GUILLEMOTS

Voici la saison des guillemots [1].

D'avril à la fin de mai, avant que les baigneurs parisiens arrivent, on voit paraître soudain, sur la petite plage d'Étretat [2], quelques vieux messieurs bottés, sanglés en des vestes de chasse. Ils passent quatre ou cinq jours à l'hôtel Hauville [3], disparaissent, reviennent trois semaines plus tard ; puis, après un nouveau séjour, s'en vont définitivement.

On les revoit au printemps suivant.

Ce sont les derniers chasseurs de guillemots, ceux qui restent des anciens ; car ils étaient une vingtaine de fanatiques, il y a trente ou quarante ans ; ils ne sont plus que quelques enragés tireurs.

Le guillemot est un oiseau voyageur fort rare, dont les habitudes sont étranges. Il habite presque toute l'année les parages de Terre-Neuve, des îles Saint-Pierre et Miquelon ; mais, au moment des amours, une bande d'émigrants traverse l'Océan, et, tous les ans, vient pondre et couver au même endroit, à la roche dite *aux Guillemots,* près d'Étretat. On n'en trouve que là [4], rien que là. Ils y sont toujours venus, on les a toujours chassés, et ils reviennent encore ; ils reviendront toujours. Sitôt les petits élevés, ils repartent, disparaissent pour un an.

Pourquoi ne vont-ils jamais ailleurs, ne choisissent-ils aucun autre point de cette longue falaise blanche et sans cesse pareille qui court du Pas-de-Calais au Havre ? Quelle force, quel instinct invincible, quelle habitude séculaire poussent ces oiseaux à revenir en ce lieu ? Quelle première émigration, quelle tempête peut-être a jadis jeté leurs pères sur cette roche ? Et pourquoi les fils, les petits-fils, tous les descendants des premiers y sont-ils toujours retournés ?

Ils ne sont pas nombreux : une centaine au plus, comme si une seule famille avait cette tradition, accomplissait ce pèlerinage annuel.

Et chaque printemps, dès que la petite tribu voyageuse s'est réinstallée sur sa roche, les mêmes chasseurs aussi reparaissent dans le village. On les a connus jeunes autrefois ; ils sont vieux aujourd'hui, mais fidèles au rendez-vous régulier qu'ils se sont donné depuis trente ou quarante ans.

Pour rien au monde, ils n'y manqueraient.

*

C'était par un soir d'avril de l'une des dernières années. Trois des anciens tireurs de guillemots venaient d'arriver ; un d'eux manquait, M. d'Arnelles.

Il n'avait écrit à personne, n'avait donné aucune nouvelle. Pourtant il n'était point mort, comme tant d'autres ; on l'aurait su. Enfin, las d'attendre, les premiers venus se mirent à table ; et le dîner touchait à sa fin, quand une voiture roula dans la cour de l'hôtellerie ; et bientôt le retardataire entra.

Il s'assit, joyeux[5], se frottant les mains, mangea de grand appétit, et, comme un de ses compagnons s'étonnait qu'il fût en redingote, il répondit[6] tranquillement :

— Oui, je n'ai pas eu le temps de me changer.

On se coucha en sortant de table, car, pour surprendre les oiseaux, il faut partir bien avant le jour.

Rien de joli comme cette chasse, comme cette promenade matinale.

Dès trois heures du matin, les matelots réveillent les chasseurs en jetant du sable dans les vitres. En quelques minutes on est prêt et on descend sur le perret. Bien que le crépuscule ne se montre point encore, les étoiles sont un peu pâlies ; la mer fait grincer les galets ; la brise est si fraîche qu'on frissonne un peu, malgré les gros habits.

Bientôt les deux barques, poussées par les hommes, dévalent brusquement sur la pente de cailloux ronds, avec un bruit de toile qu'on déchire ; puis elles se balancent sur les premières vagues. La voile brune monte au mât, se gonfle un peu, palpite, hésite et, bombée de nouveau, ronde comme un ventre, emporte les coques goudronnées vers la grande porte d'aval qu'on distingue vaguement dans l'ombre.

Le ciel s'éclaircit ; les ténèbres semblent fondre ; la côte paraît voilée encore, la grande côte blanche, droite comme une muraille.

On franchit la Manne-Porte, voûte énorme où passerait un navire ; on double la pointe de la Courtine ; voici le val d'Antifer, le cap du même nom ; et soudain on aperçoit une plage où des centaines de mouettes sont posées. Voici la roche aux Guillemots.

C'est tout simplement une petite bosse de la falaise ;

et, sur les étroites corniches du roc, des têtes d'oiseaux
se montrent, qui regardent les barques.

Ils sont là[7], immobiles, attendant, ne se risquant
point à partir encore. Quelques-uns, piqués sur des
rebords avancés, ont l'air assis sur leurs derrières,
dressés en forme de bouteille, car ils ont des pattes si
courtes qu'ils semblent, quand ils marchent, glisser
comme des bêtes à roulettes; et, pour s'envoler, ne
pouvant prendre d'élan, il leur faut se laisser tomber
comme des pierres, presque jusqu'aux hommes qui les
guettent.

Ils connaissent leur infirmité et le danger qu'elle
leur crée, et ne se décident pas à vite s'enfuir.

Mais les matelots se mettent à crier, battent leurs
bordages avec les tolets[8] de bois, et les oiseaux, pris de
peur, s'élancent un à un, dans le vide, précipités
jusqu'au ras de la vague; puis, les ailes battant à coups
rapides, ils filent, filent et gagnent le large, quand une
grêle de plombs ne les jette pas à l'eau.

Pendant une heure on les mitraille ainsi, les forçant
à déguerpir l'un après l'autre; et quelquefois les
femelles au nid, acharnées à couver, ne s'en vont point,
et reçoivent coup sur coup les décharges qui font jaillir
sur la roche blanche des gouttelettes de sang rose,
tandis que la bête expire sans avoir quitté ses œufs[9].

*

Le premier jour, M. d'Arnelles chassa avec son
entrain habituel; mais, quand on repartit vers dix
heures, sous le haut soleil radieux, qui jetait de grands
triangles de lumière dans les échancrures blanches de

la côte, il se montra un peu soucieux, rêvant parfois,
contre son habitude.

Dès qu'on fut de retour au pays, une sorte de
domestique en noir vint lui parler bas. Il sembla
réfléchir, hésiter, puis il répondit :

— Non, demain.

Et, le lendemain, la chasse recommença. M. d'Arnelles, cette fois, manqua souvent les bêtes, qui pourtant se laissaient choir presque au bout du canon de
fusil ; et ses amis, riant, lui demandaient s'il était
amoureux, si quelque trouble secret lui remuait le
cœur et l'esprit.

A la fin, il en convint.

— Oui, vraiment, il faut que je parte tantôt, et cela
me contrarie.

— Comment, vous partez ? Et pourquoi ?

— Oh ! j'ai une affaire[10] qui m'appelle, je ne puis
rester plus longtemps.

Puis on parla d'autre chose.

Dès que le déjeuner fut terminé, le valet en noir
reparut. M. d'Arnelles ordonna d'atteler ; et l'homme
allait sortir quand les trois autres chasseurs intervin-
rent, insistèrent, priant et sollicitant pour retenir leur
ami. L'un d'eux, à la fin, demanda :

— Mais, voyons, elle n'est pas si grave, cette affaire,
puisque vous avez bien attendu déjà deux jours !

Le chasseur, tout à fait perplexe, réfléchissait,
visiblement combattu, tiré par le plaisir et une obliga-
tion, malheureux et troublé.

Après une longue méditation, il murmura, hésitant :

— C'est que... c'est que... je ne suis pas seul[11] ici ;
j'ai mon gendre.

Ce furent des cris et des exclamations :

— Votre gendre ?... mais où est-il ?

Alors, tout à coup, il sembla confus, et rougit.

— Comment ! vous ne savez pas ?... Mais... mais... il est sous la remise. Il est mort.

Un silence de stupéfaction régna.

M. d'Arnelles reprit, de plus en plus troublé :

— J'ai eu le malheur de le perdre ; et, comme je conduisais le corps chez moi, à Briseville, j'ai fait un petit détour pour ne pas manquer notre rendez-vous. Mais, vous comprenez que je ne puis m'attarder plus longtemps.

Alors, un des chasseurs, plus hardi :

— Cependant... Puisqu'il est mort... il me semble... qu'il peut bien attendre [12] un jour de plus.

Les deux autres n'hésitèrent plus :

— C'est incontestable, dirent-ils.

M. d'Arnelles semblait soulagé d'un grand poids ; encore un peu inquiet pourtant, il demanda :

— Mais là... franchement... vous trouvez ?...

Les trois autres, comme un seul homme, répondirent :

— Parbleu ! mon cher, deux jours de plus ou de moins n'y feront rien dans son état.

Alors, tout à fait tranquille, le beau-père se retourna vers le croque-mort :

— Eh bien ! mon ami, ce sera pour après-demain.

TOMBOUCTOU

Le boulevard, ce fleuve de vie, grouillait dans la poudre d'or du soleil couchant. Tout le ciel était rouge, aveuglant ; et, derrière la Madeleine, une immense nuée flamboyante jetait dans toute la longue avenue une oblique averse de feu, vibrante comme une vapeur de brasier.

La foule gaie, palpitante, allait sous cette brume enflammée et semblait dans une apothéose. Les visages étaient dorés ; les chapeaux noirs et les habits avaient des reflets de pourpre ; le vernis des chaussures jetait des flammes sur l'asphalte des trottoirs.

Devant les cafés, un peuple d'hommes buvait des boissons brillantes et colorées qu'on aurait prises pour des pierres précieuses fondues dans le cristal.

Au milieu des consommateurs aux légers vêtements plus foncés, deux officiers en grande tenue [1] faisaient baisser tous les yeux par l'éblouissement de leurs dorures. Ils causaient, joyeux sans motif, dans cette gloire de vie, dans ce rayonnement radieux du soir ; et ils regardaient la foule, les hommes lents et les femmes pressées qui laissaient derrière elles une odeur savoureuse et troublante.

Tout à coup un nègre énorme, vêtu de noir, ventru, chamarré de breloques sur un gilet de coutil, la face luisante comme si elle eût été cirée, passa devant eux avec un air de triomphe. Il riait aux passants, il riait aux vendeurs de journaux, il riait au ciel éclatant, il riait à Paris entier. Il était si grand qu'il dépassait toutes les têtes ; et, derrière lui, tous les badauds se retournaient pour le contempler de dos.

Mais soudain il aperçut les officiers, et, culbutant les buveurs, il s'élança. Dès qu'il fut devant leur table, il planta sur eux ses yeux luisants et ravis, et les coins de sa bouche lui montèrent jusqu'aux oreilles, découvrant ses dents blanches, claires comme un croissant de lune dans un ciel noir. Les deux hommes, stupéfaits, contemplaient ce géant d'ébène, sans rien comprendre à sa gaieté.

Et il s'écria, d'une voix qui fit rire toutes les tables :

— Bonjou, mon lieutenant.

Un des officiers était chef de bataillon, l'autre colonel. Le premier dit :

— Je ne vous connais pas[2], monsieur ; j'ignore ce que vous me voulez.

Le nègre reprit :

— Moi aimé beaucoup toi, lieutenant Védié, siège Bézi, beaucoup raisin, cherché moi.

L'officier, tout à fait éperdu, regardait fixement l'homme, cherchant au fond de ses souvenirs ; mais brusquement il s'écria :

— Tombouctou ?

Le nègre, radieux, tapa sur sa cuisse en poussant un rire d'une invraisemblable violence et beuglant :

— Si, si, ya, mon lieutenant, reconné Tombouctou, ya, bonjou.

Le commandant lui tendit la main en riant lui-
même de tout son cœur. Alors Tombouctou redevint
grave. Il saisit la main de l'officier, et, si vite que
l'autre ne put l'empêcher, il la baisa, selon la coutume
nègre et arabe. Confus, le militaire lui dit d'une voix
sévère :

— Allons, Tombouctou, nous ne sommes pas en
Afrique. Assieds-toi là et dis-moi comment je te
retrouve ici.

Tombouctou tendit son ventre, et, bredouillant, tant
il parlait vite :

— Gagné beaucoup d'agent, beaucoup, grand'
estaurant, bon mangé, Prussiens, moi, beaucoup volé,
beaucoup, cuisine française, Tombouctou, cuisinié de
l'Empéeu, deux cent mille fancs à moi[3]. Ah ! ah ! ah !
ah !

Et il riait, tordu, hurlant avec une folie de joie dans
le regard.

Quand l'officier, qui comprenait son étrange langage, l'eut interrogé quelque temps, il lui dit :

— Eh bien, au revoir, Tombouctou ; à bientôt.

Le nègre aussitôt se leva, serra, cette fois, la main
qu'on lui tendait, et, riant toujours, cria :

— Bonjou, bonjou, mon lieutenant !

Il s'en alla, si content, qu'il gesticulait en marchant,
et qu'on le prenait pour un fou.

Le colonel demanda :

— Qu'est-ce que cette brute ?

— Un brave garçon et un brave soldat. Je vais vous
dire ce que je sais de lui ; c'est assez drôle.

*

Vous savez qu'au commencement de la guerre de
1870 je fus enfermé dans Bézières, que ce nègre appelle
Bézi. Nous n'étions point assiégés, mais bloqués. Les
lignes prussiennes nous entouraient de partout, hors
de portée des canons, ne tirant pas non plus sur nous,
mais nous affamant peu à peu.

J'étais alors lieutenant. Notre garnison se trouvait
composée de troupes de toute nature, débris de
régiments écharpés, fuyards, maraudeurs séparés des
corps d'armée. Nous avions de tout enfin, même onze
turcos [4] arrivés un soir on ne sait comment, on ne sait
par où. Ils s'étaient présentés aux portes de la ville,
harassés, déguenillés, affamés et saouls. On me les
donna.

Je reconnus bientôt qu'ils étaient rebelles à toute
discipline, toujours dehors et toujours gris. J'essayai de
la salle de police, même de la prison, rien n'y fit. Mes
hommes disparaissaient des jours entiers, comme s'ils
se fussent enfoncés sous terre, puis reparaissaient ivres
à tomber. Ils n'avaient pas d'argent. Où buvaient-ils ?
Et comment, et avec quoi ?

Cela commençait à m'intriguer vivement, d'autant
plus que ces sauvages [5] m'intéressaient avec leur rire
éternel et leur caractère de grands enfants espiègles.

Je m'aperçus alors qu'ils obéissaient aveuglément
au plus grand d'eux tous, celui que vous venez de voir.
Il les gouvernait à son gré, préparait leurs mystérieuses entreprises en chef tout-puissant et incontesté. Je le
fis venir chez moi et je l'interrogeai. Notre conversation dura bien trois heures, tant j'avais de peine à
pénétrer son surprenant charabia. Quant à lui, le
pauvre diable, il faisait des efforts inouïs pour être
compris, inventait des mots, gesticulait, suait de peine,

s'essuyait le front, soufflait, s'arrêtait et repartait brusquement quand il croyait avoir trouvé un nouveau moyen de s'expliquer.

Je devinai enfin qu'il était fils d'un grand chef, d'une sorte de roi nègre des environs de Tombouctou. Je lui demandai son nom. Il répondit quelque chose comme Chavaharibouhalikhranafotapolara. Il me parut plus simple de lui donner le nom de son pays : « Tombouctou ». Et, huit jours plus tard, toute la garnison ne le nommait plus autrement.

Mais une envie folle nous tenait de savoir où cet ex-prince africain trouvait à boire. Je le découvris d'une singulière façon.

J'étais un matin sur les remparts, étudiant l'horizon, quand j'aperçus dans une vigne quelque chose qui remuait. On arrivait au temps des vendanges, les raisins étaient mûrs, mais je ne songeais guère à cela. Je pensai qu'un espion s'approchait de la ville, et j'organisai une expédition complète pour saisir le rôdeur. Je pris moi-même le commandement, après avoir obtenu l'autorisation du général.

J'avais fait sortir, par trois portes différentes, trois petites troupes qui devaient se rejoindre auprès de la vigne suspecte et la cerner. Pour couper la retraite à l'espion, un de ces détachements avait à faire une marche d'une heure au moins. Un homme resté en observation sur les murs m'indiqua par signe que l'être aperçu n'avait point quitté le champ. Nous allions en grand silence, rampant, presque couchés dans les ornières. Enfin, nous touchons au point désigné ; je déploie brusquement mes soldats, qui s'élancent dans la vigne, et trouvent... Tombouctou voyageant à quatre pattes au milieu des ceps et mangeant du raisin, ou plutôt happant du raisin comme un chien qui mange sa soupe, à pleine bouche, à la plante même, en arrachant la grappe d'un coup de dent.

Je voulus le faire relever ; il n'y fallait pas songer, et je compris alors pourquoi il se traînait ainsi sur les mains et sur les genoux. Dès qu'on l'eut planté sur ses jambes, il oscilla quelques secondes, tendit les bras et s'abattit sur le nez. Il était gris [6] comme je n'ai jamais vu un homme être gris.

On le rapporta sur deux échalas. Il ne cessa de rire tout le long de la route en gesticulant des bras et des jambes.

C'était là tout le mystère. Mes gaillards buvaient au raisin lui-même. Puis, lorsqu'ils étaient saouls à ne plus bouger, ils dormaient sur place.

Quant à Tombouctou, son amour de la vigne passait toute croyance et toute mesure. Il vivait là-dedans à la façon des grives, qu'il haïssait d'ailleurs d'une haine de rival jaloux. Il répétait sans cesse :

— Les gives mangé tout le aisin, capules !

*

Un soir on vint me chercher. On apercevait par la plaine quelque chose arrivant vers nous. Je n'avais point pris ma lunette, et je distinguais fort mal. On eût dit un grand serpent qui se déroulait, un convoi, que sais-je ?

J'envoyai quelques hommes au-devant de cette étrange caravane qui fit bientôt son entrée triomphale. Tombouctou et neuf de ses compagnons portaient sur une sorte d'autel, fait avec des chaises de campagne, huit têtes coupées [7], sanglantes et grimaçantes. Le dixième turco traînait un cheval à la queue duquel un autre était attaché, et six autres bêtes suivaient encore, retenues de la même façon.

Voici ce que j'appris. Étant partis aux vignes, mes Africains avaient aperçu tout à coup un détachement prussien s'approchant d'un village. Au lieu de fuir, ils s'étaient cachés ; puis, lorsque les officiers eurent mis pied à terre devant une auberge pour se rafraîchir, les onze gaillards s'élancèrent, mirent en fuite les uhlans qui se crurent attaqués, tuèrent les deux sentinelles, plus le colonel et les cinq officiers de son escorte.

Ce jour-là, j'embrassai Tombouctou. Mais je m'aperçus qu'il marchait avec peine. Je le crus blessé ; il se mit à rire et me dit :

— Moi, povisions pou pays.

C'est que Tombouctou ne faisait point la guerre pour l'honneur, mais bien pour le gain. Tout ce qu'il trouvait, tout ce qui lui paraissait avoir une valeur quelconque, tout ce qui brillait surtout, il le plongeait dans sa poche ! Quelle poche ! un gouffre qui commençait à la hanche et finissait aux chevilles. Ayant retenu un terme de troupier, il l'appelait sa « profonde [8] », et c'était sa profonde, en effet !

Donc il avait détaché l'or des uniformes prussiens, le cuivre des casques, les boutons, etc., et jeté le tout dans sa « profonde » qui était pleine à déborder.

Chaque jour, il précipitait là-dedans tout objet luisant qui lui tombait sous les yeux, morceaux d'étain ou pièces d'argent, ce qui lui donnait parfois une tournure infiniment drôle.

Il comptait remporter cela au pays des autruches, dont il semblait bien le frère, ce fils de roi torturé par le besoin d'engloutir les corps brillants. S'il n'avait pas eu sa profonde, qu'aurait-il fait? Il les aurait sans doute avalés.

Chaque matin sa poche était vide. Il avait donc un magasin général où s'entassaient ses richesses. Mais où? Je ne l'ai pu découvrir.

Le général, prévenu du haut fait de Tombouctou, fit bien vite enterrer les corps demeurés au village voisin, pour qu'on ne découvrît point qu'ils avaient été décapités. Les Prussiens y revinrent le lendemain. Le maire et sept habitants notables furent fusillés sur-le-champ, par représailles[9], comme ayant dénoncé la présence des Allemands.

*

L'hiver était venu. Nous étions harassés et désespérés. On se battait maintenant tous les jours. Les hommes affamés ne marchaient plus. Seuls les huit turcos (trois avaient été tués) demeuraient gras et luisants, vigoureux et toujours prêts à se battre. Tombouctou engraissait même. Il me dit un jour :

— Toi beaucoup faim, moi bon viande.

Et il m'apporta en effet un excellent filet. Mais de quoi? Nous n'avions plus ni bœufs, ni moutons, ni chèvres, ni ânes, ni porcs. Il était impossible de se procurer du cheval. Je réfléchis à tout cela après avoir dévoré ma viande. Alors une pensée horrible[10] me vint. Ces nègres étaient nés bien près du pays où l'on mange des hommes! Et chaque jour tant de soldats tombaient autour de la ville! J'interrogeai Tombouctou. Il ne voulut pas répondre. Je n'insistai point, mais je refusai désormais ses présents.

Il m'adorait. Une nuit, la neige nous surprit aux

avant-postes. Nous étions assis par terre. Je regardais avec pitié les pauvres nègres grelottant sous cette poussière blanche et glacée. Comme j'avais grand froid, je me mis à tousser. Je sentis aussitôt quelque chose s'abattre sur moi, comme une grande et chaude couverture. C'était le manteau de Tombouctou qu'il me jetait sur les épaules.

Je me levai et, lui rendant son vêtement :

— Garde ça, mon garçon ; tu en as plus besoin que moi.

Il répondit :

— Non, mon lieutenant, pou toi, moi pas besoin, moi chaud, chaud.

Et il me contemplait avec des yeux suppliants.

Je repris :

— Allons, obéis, garde ton manteau, je le veux.

Le nègre alors se leva, tira son sabre qu'il savait rendre coupant comme une faux, et tenant de l'autre main sa large capote que je refusais :

— Si toi pas gadé manteau, moi coupé ; pésonne manteau [11].

Il l'aurait fait. Je cédai.

*

Huit jours plus tard, nous avions capitulé. Quelques-uns d'entre nous avaient pu s'enfuir. Les autres allaient sortir de la ville et se rendre aux vainqueurs.

Je me dirigeais vers la place d'Armes où nous devions nous réunir, quand je demeurai stupide d'étonnement devant un nègre géant vêtu de coutil blanc et coiffé d'un chapeau de paille. C'était Tombouctou. Il semblait radieux et se promenait, les mains dans ses poches, devant une petite boutique où l'on voyait en montre deux assiettes et deux verres.

Je lui dis :

— Qu'est-ce que tu fais ?

Il répondit :

— Moi pas pati, moi bon cuisinié, moi fait mangé colonel, Algéie ; moi mangé Pussiens, beaucoup volé, beaucoup.

Il gelait à dix degrés. Je grelottais devant ce nègre en coutil. Alors il me prit par le bras et me fit entrer. J'aperçus une enseigne démesurée qu'il allait pendre devant sa porte sitôt que nous serions partis, car il avait quelque pudeur.

Et je lus, tracé par la main de quelque complice, cet appel :

CUISINE MILITAIRE
DE
M. TOMBOUCTOU

ANCIEN CUISINIER
DE
S. M. L'EMPEREUR
Artiste de Paris. — Prix modérés.

Malgré le désespoir qui me rongeait le cœur, je ne pus m'empêcher de rire [12], et je laissai mon nègre à son nouveau commerce.

Cela ne valait-il pas mieux que de le faire emmener prisonnier ?

Vous venez de voir qu'il a réussi, le gaillard.

Bézières, aujourd'hui, appartient à l'Allemagne. Le restaurant Tombouctou est un commencement de revanche [13].

HISTOIRE VRAIE

Un grand vent soufflait au-dehors, un vent d'automne mugissant et galopant, un de ces vents qui tuent les dernières feuilles et les emportent jusqu'aux nuages.

Les chasseurs achevaient leur dîner, encore bottés, rouges, animés, allumés [1]. C'étaient de ces demi-seigneurs normands, mi-hobereaux, mi-paysans, riches et vigoureux, taillés pour casser les cornes des bœufs lorsqu'ils les arrêtent dans les foires.

Ils avaient chassé tout le jour sur les terres de maître Blondel, le maire d'Éparville, et ils mangeaient maintenant autour de la grande table, dans l'espèce de ferme-château dont était propriétaire leur hôte.

Ils parlaient comme on hurle, riaient comme rugissent les fauves, et buvaient comme des citernes, les jambes allongées, les coudes sur la nappe, les yeux luisants sous la flamme des lampes, chauffés par un foyer formidable qui jetait au plafond des lueurs sanglantes ; ils causaient de chasse et de chiens. Mais ils étaient, à l'heure où d'autres idées viennent aux hommes, à moitié gris, et tous suivaient de l'œil une forte fille aux joues rebondies qui portait au bout de ses poings rouges [2] les larges plats chargés de nourritures.

Soudain un grand diable qui était devenu vétérinaire après avoir étudié pour être prêtre, et qui soignait toutes les bêtes de l'arrondissement, M. Séjour, s'écria :

— Crébleu, maît' Blondel, vous avez là une bobonne [3] qui n'est pas piquée des vers.

Et un rire retentissant éclata. Alors un vieux noble déclassé, tombé dans l'alcool, M. de Varnetot, éleva la voix :

— C'est moi qui ai eu jadis une drôle d'histoire [4] avec une fillette comme ça ! Tenez, il faut que je vous la raconte. Toutes les fois que j'y pense, ça me rappelle Mirza [5], ma chienne, que j'avais vendue au comte d'Haussonnel et qui revenait tous les jours, dès qu'on la lâchait, tant elle ne pouvait me quitter. A la fin je m' suis fâché et j'ai prié l' comte de la tenir à la chaîne. Savez-vous c' qu'elle a fait c'te bête ? Elle est morte de chagrin.

Mais, pour en revenir à ma bonne, v'là l'histoire :

— J'avais alors vingt-cinq ans et je vivais en garçon, dans mon château de Villebon. Vous savez, quand on est jeune, et qu'on a des rentes, et qu'on s'embête tous les soirs après dîner, on a l'œil de tous les côtés.

Bientôt je découvris une jeunesse qui était en service chez Déboultot, de Cauville. Vous avez bien connu Déboultot, vous, Blondel ! Bref, elle m'enjôla si bien, la gredine, que j'allai un jour trouver son maître et je lui proposai une affaire. Il me céderait sa servante et je lui vendrais ma jument noire [6], Cocote, dont il avait envie depuis bientôt deux ans. Il me tendit la main « Topez-là, monsieur de Varnetot. » C'était marché conclu ; la petite vint au château et je conduisis moi-même à

Cauville ma jument, que je laissai pour trois cents écus.

Dans les premiers temps, ça alla comme sur des roulettes. Personne ne se doutait de rien ; seulement Rose m'aimait un peu trop pour mon goût. C't' enfant-là, voyez-vous, ce n'était pas n'importe qui. Elle devait avoir quéqu' chose de pas commun dans les veines. Ça venait encore de quéqu' fille qui aura fauté avec son maître.

Bref, elle m'adorait. C'étaient des cajoleries, des mamours, des p'tits noms de chien, un tas d' gentillesses à me donner des réflexions.

Je me disais : « Faut pas qu' ça dure, ou je me laisserai prendre ! » Mais on ne me prend pas facilement [7], moi. Je ne suis pas de ceux qu'on enjôle avec deux baisers. Enfin j'avais l'œil, quand elle m'annonça qu'elle était grosse.

Pif ! pan ! c'est comme si on m'avait tiré deux coups de fusil dans la poitrine. Et elle m'embrassait, elle m'embrassait, elle riait, elle dansait, elle était folle, quoi ! Je ne dis rien le premier jour ; mais, la nuit, je me raisonnai. Je pensais : « Ça y est ; mais faut parer le coup, et couper le fil, il n'est que temps. » Vous comprenez, j'avais mon père et ma mère à Barneville, et ma sœur mariée au marquis d'Yspare, à Rollebec, à deux lieues de Villebon. Pas moyen de blaguer.

Mais comment me tirer d'affaire ? Si elle quittait la maison, on se douterait de quelque chose et on jaserait. Si je la gardais, on verrait bientôt l' bouquet ; et puis, je ne pouvais la lâcher comme ça.

J'en parlai à mon oncle, le baron de Creteuil, un vieux lapin qui en a connu plus d'une, et je lui demandai un avis. Il me répondit tranquillement :

— Il faut la marier, mon garçon.

Je fis un bond.

— La marier, mon oncle, mais avec qui?

Il haussa doucement les épaules :

— Avec qui tu voudras, c'est ton affaire et non la mienne. Quand on n'est pas bête on trouve toujours.

Je réfléchis bien huit jours à cette parole, et je finis par me dire à moi-même : « Il a raison, mon oncle. »

Alors, je commençai à me creuser la tête et à chercher; quand un soir le juge de paix, avec qui je venais de dîner, me dit :

— Le fils de la mère Paumelle vient encore de faire une bêtise; il finira mal, ce garçon-là. Il est bien vrai que bon chien chasse de race.

Cette mère Paumelle était une vieille rusée dont la jeunesse avait laissé à désirer. Pour un écu, elle aurait vendu certainement son âme, et son garnement de fils par-dessus le marché.

J'allai la trouver, et tout doucement, je lui fis comprendre la chose.

Comme je m'embarrassais dans mes explications, elle me demanda tout à coup :

— Qué qu' vous lui donnerez, à c'te p'tite?

Elle était maligne, la vieille, mais moi, pas bête, j'avais préparé mon affaire.

Je possédais justement trois lopins de terre perdus auprès de Sasseville, qui dépendaient de mes trois fermes de Villebon. Les fermiers se plaignaient toujours que c'était loin; bref, j'avais repris ces trois champs, six acres en tout, et, comme mes paysans criaient, je leur avais remis, pour jusqu'à la fin de chaque bail, toutes leurs redevances en volailles. De cette façon, la chose passa. Alors, ayant acheté un bout de côte à mon voisin, M. d'Aumonté, je faisais construire une masure dessus, le tout pour quinze cents francs [8]. De la sorte, je venais de constituer un petit bien qui ne me coûtait pas grand'chose, et je le donnais en dot à la fillette.

La vieille se récria : ce n'était pas assez ; mais je tins bon, et nous nous quittâmes sans rien conclure.

Le lendemain, dès l'aube, le gars vint me trouver. Je ne me rappelais guère sa figure. Quand je le vis, je me rassurai ; il n'était pas mal pour un paysan ; mais il avait l'air d'un rude coquin.

Il prit la chose de loin, comme s'il venait acheter une vache. Quand nous fûmes d'accord, il voulut voir le bien ; et nous voilà partis à travers champs. Le gredin me fit bien rester trois heures sur les terres ; il les arpentait, les mesurait, en prenait des mottes qu'il écrasait dans ses mains, comme s'il avait peur d'être trompé sur la marchandise. La masure n'étant pas encore couverte, il exigea de l'ardoise au lieu de chaume parce que cela demande moins d'entretien !

Puis il me dit :

— Mais l' mobilier, c'est vous qui le donnez.

Je protestai :

— Non pas ; c'est déjà beau de vous donner une ferme.

Il ricana :

— J' crai ben, une ferme et un éfant.

Je rougis malgré moi. Il reprit :

— Allons, vous donnerez l' lit, une table, l'ormoire, trois chaises et pi la vaisselle, ou ben rien d' fait.

J'y consentis.

Et nous voilà en route pour revenir. Il n'avait pas

encore dit un mot de la fille. Mais tout à coup, il
demanda d'un air sournois et gêné :

— Mais, si a mourait, à qui qu'il irait, çu bien ?
Je répondis :

— Mais, à vous, naturellement.

C'était tout ce qu'il voulait savoir depuis le matin.
Aussitôt, il me tendit la main d'un mouvement satisfait. Nous étions d'accord.

Oh ! par exemple, j'eus du mal pour décider Rose.
Elle se traînait à mes pieds, elle sanglotait, elle
répétait : « C'est vous qui me proposez ça ! c'est vous !
c'est vous ! » Pendant plus d'une semaine, elle résista
malgré mes raisonnements et mes prières. C'est bête,
les femmes ; une fois qu'elles ont l'amour en tête, elles
ne comprennent plus rien. Il n'y a pas de sagesse qui
tienne, l'amour avant tout, tout pour l'amour !

A la fin je me fâchai et la menaçai de la jeter dehors.
Alors elle céda peu à peu, à condition que je lui
permettrais de venir me voir de temps en temps.

Je la conduisis moi-même à l'autel, je payai la
cérémonie, j'offris à dîner à toute la noce. Je fis
grandement les choses, enfin. Puis : « Bonsoir mes
enfants ! » J'allai passer six mois chez mon frère en
Touraine.

Quand je fus de retour, j'appris qu'elle était venue
chaque semaine au château me demander. Et j'étais à
peine arrivé depuis une heure que je la vis entrer avec
un marmot dans les bras. Vous me croirez si vous
voulez, mais ça me fit quelque chose de voir ce
mioche [9]. Je crois même que je l'embrassai.

Quant à la mère, une ruine, un squelette, une
ombre. Maigre, vieillie. Bigre de bigre, ça ne lui allait
pas le mariage ! Je lui demandai machinalement [10] :

— Es-tu heureuse ?

Alors elle se mit à pleurer comme une source, avec des hoquets, des sanglots, et elle criait :

— Je n' peux pas, je n' peux pas m' passer de vous maintenant. J'aime mieux mourir, je n' peux pas !

Elle faisait un bruit du diable. Je la consolai comme je pus et je la reconduisis à la barrière.

J'appris en effet que son mari la battait ; et que sa belle-mère lui rendait la vie dure, la vieille chouette.

Deux jours après elle revenait. Et elle me prit dans ses bras, elle se traîna par terre :

— Tuez-moi, mais je n' veux pas retourner là-bas.

Tout à fait ce qu'aurait dit Mirza si elle avait parlé !

Ça commençait à m'embêter, toutes ces histoires ; et je filai pour six mois encore. Quand je revins... Quand je revins, j'appris qu'elle était morte trois semaines auparavant, après être revenue au château tous les dimanches... toujours comme Mirza. L'enfant aussi était mort huit jours après.

Quant au mari, le madré coquin, il héritait. Il a bien tourné depuis, paraît-il, il est maintenant conseiller municipal.

Puis, M. de Varnetot ajouta en riant [11] :

— C'est égal, c'est moi qui ai fait sa fortune à celui-là !

Et M. Séjour, le vétérinaire, conclut gravement en portant à sa bouche un verre d'eau-de-vie :

— Tout ce que vous voudrez, mais des femmes comme ça [12], il n'en faut pas.

ADIEU

Les deux amis achevaient de dîner. De la fenêtre du café ils voyaient le boulevard couvert de monde. Ils sentaient passer ces souffles tièdes qui courent dans Paris par les douces nuits d'été, et font lever la tête aux passants et donnent envie de partir, d'aller là-bas, on ne sait où, sous des feuilles, et font rêver de rivières éclairées par la lune, de vers luisants et de rossignols [1].

L'un d'eux, Henri Simon, prononça, en soupirant profondément :

— Ah ! je vieillis. C'est triste. Autrefois, par des soirs pareils, je me sentais le diable au corps. Aujourd'hui je ne me sens plus que des regrets [2]. Ça va vite la vie !

Il était un peu gros déjà, vieux de quarante-cinq ans peut-être [3], et très chauve.

L'autre, Pierre Carnier, un rien plus âgé, mais plus maigre et plus vivant, reprit :

— Moi, mon cher, j'ai vieilli sans m'en apercevoir le moins du monde. J'étais toujours gai, gaillard, vigoureux et le reste. Or, comme on se regarde chaque jour dans son miroir, on ne voit pas le travail de l'âge s'accomplir, car il est lent, régulier, et il modifie le visage si doucement que les transitions sont insensibles. C'est uniquement pour cela que nous ne mourons pas de chagrin après deux ou trois ans seulement de ravages. Car nous ne les pouvons apprécier. Il faudrait, pour s'en rendre compte, rester six mois sans regarder sa figure — oh! alors quel coup!

Et les femmes, mon cher, comme je les plains, les pauvres êtres! Tout leur bonheur, toute leur puissance, toute leur vie sont dans leur beauté qui dure dix ans[4].

Donc, moi, j'ai vieilli sans m'en douter, je me croyais presque un adolescent alors que j'avais près de cinquante ans. Ne me sentant aucune infirmité d'aucune sorte, j'allais, heureux et tranquille.

La révélation de ma décadence m'est venue d'une façon simple et terrible qui m'a atterré pendant près de six mois... puis j'en ai pris mon parti.

J'ai été souvent amoureux[5], comme tous les hommes, mais principalement une fois.

Je l'avais rencontrée au bord de la mer à Étretat, voici douze ans environ, un peu après la guerre. Rien de gentil comme cette plage, le matin, à l'heure des bains. Elle est petite, arrondie en fer à cheval, encadrée par ces hautes falaises blanches percées de ces trous singuliers qu'on nomme les Portes, l'une énorme, allongeant dans la mer sa jambe de géante, l'autre en face, accroupie et ronde; la foule des femmes se rassemble, se masse sur l'étroite langue de galets qu'elle couvre d'un éclatant jardin de toilettes claires, dans ce cadre de hauts rochers. Le soleil tombe en plein sur les côtes, sur les ombrelles de toute nuance, sur la mer d'un bleu verdâtre; et tout cela est gai, charmant, sourit aux yeux. On va s'asseoir tout contre l'eau, et on regarde les baigneuses[6]. Elles descendent, drapées dans un peignoir de flanelle qu'elles rejettent d'un joli mouvement en atteignant la frange d'écume des courtes vagues ; et elles entrent dans la mer, d'un petit pas rapide qu'arrête parfois un frisson de froid délicieux, une courte suffocation.

Bien peu résistent à cette épreuve du bain. C'est là qu'on les juge, depuis le mollet jusqu'à la gorge. La sortie surtout révèle les faibles, bien que l'eau de mer soit d'un puissant secours aux chairs amollies.

La première fois que je vis ainsi cette jeune femme, je fus ravi et séduit. Elle tenait bon, elle tenait ferme. Puis il y a des figures dont le charme entre en nous brusquement, nous envahit tout d'un coup. Il semble qu'on trouve la femme qu'on était né pour aimer. J'ai eu cette sensation et cette secousse.

Je me fis présenter et je fus bientôt pincé comme je ne l'avais jamais été. Elle me ravageait le cœur. C'est une chose effroyable et délicieuse que de subir ainsi la domination d'une femme. C'est presque un supplice et, en même temps, un incroyable bonheur. Son regard, son sourire, les cheveux de sa nuque quand la brise les soulevait, toutes les plus petites lignes de son visage, les moindres mouvements de ses traits, me ravissaient, me bouleversaient, m'affolaient. Elle me possédait par toute sa personne, par ses gestes, par ses attitudes, même par les choses qu'elle portait qui devenaient ensorcelantes. Je m'attendrissais à voir sa voilette sur un meuble, ses gants jetés sur un fauteuil. Ses toilettes me semblaient inimitables. Personne n'avait des chapeaux pareils aux siens[7].

Elle était mariée, mais l'époux venait tous les samedis pour repartir les lundis. Il me laissait d'ailleurs indifférent. Je n'en étais point jaloux, je ne sais pourquoi [8], jamais un être ne me parut avoir aussi peu d'importance dans la vie, n'attira moins mon attention que cet homme.

Comme je l'aimais, elle ! Et comme elle était belle, gracieuse et jeune ! C'était la jeunesse, l'élégance et la fraîcheur même. Jamais je n'avais senti de cette façon comme la femme est un être joli, fin, distingué, délicat, fait de charme et de grâce. Jamais je n'avais compris ce qu'il y a de beauté séduisante dans la courbe d'une joue, dans le mouvement d'une lèvre, dans les plis ronds d'une petite oreille [9], dans la forme de ce sot organe qu'on nomme le nez.

Cela dura trois mois, puis je partis pour l'Amérique, le cœur broyé de désespoir. Mais sa pensée demeura en moi, persistante, triomphante. Elle me possédait de loin comme elle m'avait possédé de près. Des années passèrent. Je ne l'oubliais point. Son image charmante restait devant mes yeux et dans mon cœur. Et ma tendresse lui demeurait fidèle, une tendresse tranquille, maintenant, quelque chose comme le souvenir aimé de ce que j'avais rencontré de plus beau et de plus séduisant dans la vie.

*

Douze ans sont si peu de chose dans l'existence d'un homme ! On ne les sent point passer ! Elles vont l'une après l'autre, les années, doucement et vite, lentes et pressées, chacune est longue et si tôt finie ! Et elles s'additionnent si promptement, elles laissent si peu de trace derrière elles, elles s'évanouissent si complètement qu'en se retournant pour voir le temps parcouru on n'aperçoit plus rien, et on ne comprend pas comment il se fait qu'on soit vieux.

Il me semblait vraiment que quelques mois à peine me séparaient de cette saison charmante sur le galet d'Étretat.

J'allais au printemps dernier dîner à Maisons-Laffitte, chez des amis.

Au moment où le train partait, une grosse dame [10] monta dans mon wagon, escortée de quatre petites filles. Je jetai à peine un coup d'œil sur cette mère poule très large, très ronde, avec une face de pleine lune qu'encadrait un chapeau enrubanné.

Elle respirait fortement, essoufflée d'avoir marché vite. Et les enfants se mirent à babiller. J'ouvris mon journal et je commençai à lire.

Nous venions de passer Asnières, quand ma voisine me dit tout à coup :

— Pardon, Monsieur, n'êtes-vous pas monsieur Carnier ?

— Oui, Madame.

Alors elle se mit à rire, d'un rire content de brave femme, et un peu triste pourtant.

— Vous ne me reconnaissez pas ?

J'hésitais. Je croyais bien en effet avoir vu quelque part ce visage ; mais où ? mais quand ? Je répondis :

— Oui... et non... Je vous connais certainement, sans retrouver votre nom.

Elle rougit un peu :

— Madame Julie Lefèvre.

Jamais je ne reçus un pareil coup. Il me sembla en une seconde que tout était fini pour moi ! Je sentais seulement qu'un voile s'était déchiré devant mes yeux et que j'allais découvrir des choses affreuses et navrantes.

C'était elle ! cette grosse femme commune, elle ? Et elle avait pondu ces quatre filles depuis que je ne l'avais vue. Et ces petits êtres m'étonnaient autant que leur mère elle-même. Ils sortaient d'elle ; ils étaient grands déjà, ils avaient pris place dans la vie. Tandis qu'elle ne comptait plus, elle, cette merveille de grâce coquette et fine. Je l'avais vue hier, me semblait-il, et je la retrouvais ainsi ! Était-ce possible ? Une douleur violente m'étreignait le cœur, et aussi une révolte contre la nature même [11], une indignation irraisonnée, contre cette œuvre brutale, infâme de destruction.

Je la regardais effaré. Puis je lui pris la main ; et des larmes me montèrent aux yeux. Je pleurais sa jeunesse, je pleurais sa mort. Car je ne connaissais point cette grosse dame.

Elle, émue aussi, balbutia :

— Je suis bien changée, n'est-ce pas ? Que voulez-vous, tout passe. Vous voyez, je suis devenue une mère, rien qu'une mère, une bonne mère. Adieu le reste, c'est fini. Oh ! je pensais bien que vous ne me reconnaîtriez pas, si nous nous rencontrions jamais. Vous aussi, d'ailleurs, vous êtes changé ; il m'a fallu quelque temps pour être sûr de ne point me tromper. Vous êtes devenu tout blanc. Songez. Voici douze ans ! Douze ans ! Ma fille aînée a dix ans déjà.

Je regardai l'enfant. Et je retrouvai en elle quelque chose du charme ancien de sa mère, mais quelque chose d'indécis encore, de peu formé, de prochain. Et la vie m'apparut rapide comme un train qui passe.

Nous arrivions à Maisons-Laffitte. Je baisai la main de ma vieille amie. Je n'avais rien trouvé à lui dire que

d'affreuses banalités. J'étais trop bouleversé pour
parler.

Le soir, tout seul, chez moi, je me regardai longtemps dans ma glace, très longtemps. Et je finis par me
rappeler ce que j'avais été, par revoir en pensée ma
moustache brune et mes cheveux noirs, et la physionomie jeune de mon visage. Maintenant j'étais vieux [12].
Adieu.

SOUVENIR

Comme il m'en vient des souvenirs de jeunesse [1] sous la douce caresse du premier soleil ! Il est un âge où tout est bon, gai, charmant, grisant. Qu'ils sont exquis les souvenirs des anciens printemps !

Vous rappelez-vous, vieux amis, mes frères, ces années de joie où la vie n'était qu'un triomphe et qu'un rire ? Vous rappelez-vous les jours de vagabondage autour de Paris, notre radieuse pauvreté [2], nos promenades dans les bois reverdis, nos ivresses d'air bleu dans les cabarets au bord de la Seine, et nos aventures d'amour si banales et si délicieuses ?

J'en veux dire une de ces aventures. Elle date de douze ans et me paraît déjà si vieille, si vieille, qu'elle me semble maintenant à l'autre bout de ma vie, avant le tournant, ce vilain tournant d'où j'ai aperçu tout à coup la fin du voyage [3].

J'avais alors vingt-cinq ans [4]. Je venais d'arriver à Paris ; j'étais employé dans un ministère, et les dimanches m'apparaissaient comme des fêtes extraordinaires, pleines d'un bonheur exubérant, bien qu'il ne se passât jamais rien d'étonnant.

C'est tous les jours dimanche, aujourd'hui. Mais je

regrette le temps où je n'en avais qu'un par semaine. Qu'il était bon ! J'avais six francs à dépenser !

*

Je m'éveillai tôt, ce matin-là, avec cette sensation de liberté que connaissent si bien les employés, cette sensation de délivrance, de repos, de tranquillité, d'indépendance.

J'ouvris ma fenêtre. Il faisait un temps admirable. Le ciel tout bleu s'étalait sur la ville, plein de soleil et d'hirondelles.

Je m'habillai bien vite et je partis, voulant passer la journée dans les bois, à respirer les feuilles ; car je suis d'origine campagnarde, ayant été élevé dans l'herbe et sous les arbres.

Paris s'éveillait, joyeux, dans la chaleur et la lumière. Les façades des maisons brillaient ; les serins des concierges s'égosillaient dans leurs cages, et une gaîté courait la rue, éclairait les visages, mettait un rire partout, comme un contentement mystérieux des êtres et des choses sous le clair soleil levant.

Je gagnai la Seine pour prendre *L'Hirondelle* qui me déposerait à Saint-Cloud.

Comme j'aimais cette attente du bateau sur le ponton ! Il me semblait que j'allais partir pour le bout du monde, pour des pays nouveaux et merveilleux. Je le voyais [5] apparaître, ce bateau, là-bas, sous l'arche du second pont, tout petit, avec son panache de fumée, puis plus gros, plus gros, grandissant toujours ; et il prenait en mon esprit des allures de paquebot.

Il accostait et je montais.

Des gens endimanchés étaient déjà dessus, avec des

toilettes voyantes, des rubans éclatants et de grosses
figures écarlates. Je me plaçais tout à l'avant, debout,
regardant fuir les quais, les arbres, les maisons, les
ponts. Et soudain j'apercevais le grand viaduc du
Point-du-Jour qui barrait le fleuve. C'était la fin de
Paris, le commencement de la campagne, et la Seine
soudain, derrière la double ligne des arches, s'élargis-
sait comme si on lui eût rendu l'espace et la liberté,
devenait tout à coup le beau fleuve paisible qui va
couler à travers les plaines, au pied des collines
boisées, au milieu des champs, au bord des forêts.

Après avoir passé entre deux îles, *L'Hirondelle* suivit
un coteau tournant dont la verdure était pleine de
maisons blanches. Une voix annonça : « Bas-Meu-
don », puis plus loin : « Sèvres », et, plus loin encore :
« Saint-Cloud ».

Je descendis. Et je suivis à pas pressés, à travers la
petite ville, la route qui gagne les bois. J'avais emporté
une carte des environs de Paris pour ne point me
perdre dans les chemins qui traversent en tous sens ces
petites forêts où se promènent les Parisiens.

Dès que je fus à l'ombre, j'étudiai mon itinéraire qui
me parut d'ailleurs d'une simplicité parfaite. J'allais
tourner à droite, puis à gauche, puis encore à gauche et
j'arriverais à Versailles à la nuit, pour dîner.

Et je me mis à marcher lentement, sous les feuilles
nouvelles, buvant cet air savoureux que parfument les
bourgeons et les sèves. J'allais à petits pas, oublieux
des paperasses, du bureau, du chef, des collègues, des
dossiers, et songeant à des choses heureuses qui ne
pouvaient manquer de m'arriver, à tout l'inconnu
voilé de l'avenir[6]. J'étais traversé par mille souvenirs
d'enfance que ces senteurs de campagne réveillaient en

moi, et j'allais, tout imprégné du charme odorant, du
charme vivant, du charme palpitant des bois attiédis
par le grand soleil de juin.

Parfois, je m'asseyais pour regarder, le long d'un
talus, toutes sortes de petites fleurs dont je savais les
noms depuis longtemps. Je les reconnaissais toutes
comme si elles eussent été justement celles mêmes vues
autrefois au pays. Elles étaient jaunes, rouges, violettes, fines, mignonnes, montées sur de longues tiges ou
collées contre terre. Des insectes de toutes couleurs et
de toutes formes, trapus, allongés, extraordinaires de
construction, des monstres effroyables et microscopi-
ques, faisaient paisiblement des ascensions de brins
d'herbe qui ployaient sous leur poids.

Puis je dormais quelques heures dans un fossé et je
repartis reposé, fortifié par ce somme.

Devant moi, s'ouvrit une ravissante allée dont le
feuillage un peu grêle laissait pleuvoir partout sur le
sol des gouttes de soleil qui illuminaient des marguerites blanches. Elle s'allongeait interminablement, vide
et calme. Seul, un gros frelon solitaire et bourdonnant
la suivait, s'arrêtant parfois pour boire une fleur qui se
penchait sous lui, et repartant presque aussitôt pour se
reposer encore un peu plus loin. Son corps énorme
semblait en velours brun rayé de jaune, porté par des
ailes transparentes et démesurément petites.

Mais tout à coup j'aperçus au bout de l'allée deux
personnes, un homme et une femme, qui venaient vers
moi. Ennuyé d'être troublé dans ma promenade
tranquille j'allais m'enfoncer dans les taillis quand il
me sembla qu'on m'appelait. La femme en effet agitait
son ombrelle, et l'homme, en manches de chemise, la

redingote sur un bras, élevait l'autre en signe de détresse.

J'allai vers eux. Ils marchaient d'une allure pressée, très rouges tous deux, elle à petits pas rapides, lui à longues enjambées. On voyait sur leur visage de la mauvaise humeur et de la fatigue.

La femme aussitôt me demanda :

— Monsieur, pouvez-vous me dire où nous sommes? mon imbécile de mari[7] nous a perdus en prétendant connaître parfaitement ce pays.

Je répondis avec assurance :

— Madame, vous allez vers Saint-Cloud et vous tournez le dos à Versailles.

Elle reprit, avec un regard de pitié irritée pour son époux :

— Comment! nous tournons le dos à Versailles? Mais c'est justement là que nous voulons dîner.

— Moi aussi, Madame, j'y vais.

Elle prononça plusieurs fois, en haussant les épaules :

« Mon Dieu, mon Dieu, mon Dieu! » avec ce ton de souverain mépris qu'ont les femmes pour exprimer leur exaspération.

Elle était toute jeune, jolie, brune, avec une ombre de moustache sur les lèvres.

Quant à lui, il suait et s'essuyait le front. C'était assurément un ménage de petits-bourgeois parisiens. L'homme semblait atterré, éreinté et désolé.

Il murmura :

— Mais, ma bonne amie... c'est toi...

Elle ne le laissa pas achever :

— C'est moi!... Ah! c'est moi maintenant. Est-ce moi qui ai voulu partir sans renseignements en préten-

dant que je me retrouverais toujours ? Est-ce moi qui ai
voulu prendre à droite au haut de la côte, en affirmant
que je reconnaissais le chemin ? Est-ce moi qui me suis
chargée de Cachou...

Elle n'avait point achevé de parler, que son mari,
comme s'il eût été pris de folie, poussa un cri perçant[8],
un long cri de sauvage qui ne pourrait s'écrire en
aucune langue, mais qui ressemblait à « tiiitiiit ».

La jeune femme ne parut ni s'étonner, ni s'émou-
voir, et reprit :

— Non, vraiment, il y a des gens trop stupides, qui
prétendent toujours tout savoir. Est-ce moi qui ai pris,
l'année dernière[9], le train de Dieppe, au lieu de
prendre celui du Havre, dis, est-ce moi ? Est-ce moi qui
ai parié que M. Letourneur demeurait rue des Martyrs ?... Est-ce moi qui ne voulais pas croire que
Céleste était une voleuse ?

Et elle continuait avec furie, avec une vélocité de
langue surprenante, accumulant les accusations les
plus diverses, les plus inattendues et les plus accablan-
tes, fournies par toutes les situations intimes de
l'existence commune, reprochant à son mari tous ses
actes, toutes ses idées, toutes ses allures, toutes ses
tentatives, tous ses efforts, sa vie depuis leur mariage
jusqu'à l'heure présente.

Il essayait de l'arrêter, de la calmer et bégayait :

— Mais, ma chère amie... c'est inutile... devant
monsieur... Nous nous donnons en spectacle... Cela
n'intéresse pas monsieur...

Et il tournait des yeux lamentables vers les taillis,
comme s'il eût voulu en sonder la profondeur mystérieuse et paisible, pour s'élancer dedans, fuir, se cacher
à tous les regards ; et, de temps en temps, il poussait un

nouveau cri, un « tiiitiiit » prolongé, suraigu. Je pris
cette habitude pour une maladie nerveuse.

La jeune femme, tout à coup, se tournant vers moi,
et changeant de ton avec une très singulière rapidité,
prononça :

— Si monsieur veut bien le permettre, nous ferons
route avec lui pour ne pas nous égarer de nouveau et
nous exposer à coucher dans le bois.

Je m'inclinai ; elle prit mon bras et elle se mit à
parler de mille choses, d'elle, de sa vie, de sa famille,
de son commerce. Ils étaient gantiers rue Saint-
Lazare.

Son mari marchait à côté d'elle, jetant toujours des
regards de fou dans l'épaisseur des arbres, et criant
« tiiitiiit » de moment en moment.

A la fin, je lui demandai :

— Pourquoi criez-vous comme ça ?

Il répondit d'un air consterné, désespéré :

— C'est mon pauvre chien que j'ai perdu.

— Comment ? Vous avez perdu votre chien ?

— Oui. Il avait à peine un an. Il n'était jamais sorti
de la boutique. J'ai voulu le prendre [10] pour le promener dans les bois. Il n'avait jamais vu d'herbes ni de
feuilles ; et il est devenu comme fou. Il s'est mis à
courir en aboyant et il a disparu dans la forêt. Il faut
dire aussi qu'il avait eu très peur du chemin de fer ;
cela avait pu lui faire perdre le sens. J'ai eu beau
l'appeler, il n'est pas revenu. Il va mourir de faim là-
dedans.

La jeune femme, sans se tourner vers son mari,
articula :

— Si tu lui avais laissé son attache, cela ne serait

pas arrivé. Quand on est bête comme toi, on n'a pas de chien.

Il murmura timidement :

— Mais, ma chère amie, c'est toi...

Elle s'arrêta net ; et, le regardant dans les yeux comme si elle allait les lui arracher, elle recommença à lui jeter au visage des reproches sans nombre.

Le soir tombait. Le voile de brume qui couvre la campagne au crépuscule se déployait lentement ; et une poésie flottait, faite de cette sensation de fraîcheur particulière et charmante qui emplit les bois à l'approche de la nuit.

Tout à coup, le jeune homme s'arrêta, et se tâtant le corps fiévreusement :

— Oh ! je crois que j'ai...

Elle le regardait :

— Eh bien, quoi !

— Je n'ai pas fait attention que j'avais ma redingote sur mon bras.

— Eh bien ?

— J'ai perdu mon portefeuille... mon argent est dedans.

Elle frémit de colère, et suffoqua d'indignation.

— Il ne manquait plus que cela. Que tu es stupide ! Mais que tu es stupide ! Est-ce possible d'avoir épousé un idiot pareil ! Eh bien va le chercher, et fais en sorte de le retrouver. Moi je vais gagner Versailles avec monsieur. Je n'ai pas envie de coucher dans le bois.

Il répondit doucement :

— Oui, mon amie ; où vous retrouverai-je ?

On m'avait recommandé un restaurant[11]. Je l'indiquai.

Le mari se retourna, et courbé vers la terre que son

œil anxieux parcourait, criant « tiiitiiit ! » à tout moment, il s'éloigna.

Il fut longtemps à disparaître ; l'ombre, plus épaisse, l'effaçait dans le lointain de l'allée. On ne distingua bientôt plus la silhouette de son corps ; mais on entendit longtemps son « tiiit tiiit ! tiiit tiiit ! » lamentable, plus aigu à mesure que la nuit se faisait plus noire.

Moi, j'allais d'un pas vif, d'un pas heureux dans la douceur du crépuscule, avec cette petite femme inconnue qui s'appuyait sur mon bras.

Je cherchais des mots galants sans en trouver. Je demeurais muet, troublé, ravi.

Mais une grand'route soudain coupa notre allée. J'aperçus à droite, dans un vallon, toute une ville. Qu'était donc ce pays ?

Un homme passait. Je l'interrogeai. Il répondit :

— Bougival.

Je demeurai interdit :

— Comment Bougival ? Vous êtes sûr ?

— Parbleu, j'en suis !

La petite femme riait comme une folle.

Je proposai de prendre une voiture pour gagner Versailles. Elle répondit :

— Ma foi non. C'est trop drôle, et j'ai trop faim. Je suis bien tranquille au fond ; mon mari se retrouvera toujours bien, lui. C'est tout bénéfice pour moi d'en être soulagée pendant quelques heures.

Nous entrâmes donc dans un restaurant au bord de l'eau, et j'osai prendre un cabinet particulier [12].

Elle se grisa, ma foi, fort bien, chanta, but du champagne, fit toutes sortes de folies... et même la plus grande de toutes.

Ce fut mon premier adultère.

LA CONFESSION

Marguerite de Thérelles allait mourir. Bien qu'elle
n'eût que cinquante et six ans, elle en paraissait au
moins soixante et quinze. Elle haletait, plus pâle que
ses draps, secouée de frissons épouvantables, la figure
convulsée, l'œil hagard, comme si une chose horrible
lui eût apparu.

Sa sœur aînée, Suzanne, plus âgée de six ans, à
genoux près du lit, sanglotait. Une petite table appro-
chée de la couche de l'agonisante portait, sur une
serviette, deux bougies allumées, car on attendait le
prêtre qui devait donner l'extrême-onction et la communion dernière.

L'appartement avait cet aspect sinistre qu'ont les
chambres des mourants, cet air d'adieu désespéré. Des
fioles traînaient [1] sur les meubles, des linges traînaient
dans les coins, repoussés d'un coup de pied ou de
balai. Les sièges en désordre semblaient eux-mêmes
effarés, comme s'ils avaient couru dans tous les sens.
La redoutable mort était là, cachée, attendant.

L'histoire des deux sœurs était attendrissante. On la
citait au loin ; elle avait fait pleurer bien des yeux [2].

Suzanne, l'aînée, avait été aimée follement, jadis,

d'un jeune homme qu'elle aimait aussi. Ils furent fiancés, et on n'attendait plus que le jour fixé pour le contrat, quand Henry de Sampierre était mort brusquement.

Le désespoir de la jeune fille fut affreux, et elle jura de ne se jamais marier. Elle tint parole. Elle prit des habits de veuve qu'elle ne quitta plus.

Alors sa sœur, sa petite sœur Marguerite, qui n'avait encore que douze ans, vint, un matin, se jeter dans les bras de l'aînée, et lui dit : « Grande sœur, je ne veux pas que tu sois malheureuse. Je ne veux pas que tu pleures toute ta vie. Je ne te quitterai jamais, jamais, jamais ! Moi, non plus, je ne me marierai pas. Je resterai près de toi, toujours, toujours, toujours. »

Suzanne l'embrassa attendrie par ce dévouement d'enfant, et n'y crut pas.

Mais la petite aussi tint parole et, malgré les prières des parents, malgré les supplications de l'aînée, elle ne se maria jamais. Elle était jolie, fort jolie ; elle refusa bien des jeunes gens qui semblaient l'aimer ; elle ne quitta plus sa sœur.

*

Elles vécurent ensemble tous les jours de leur existence, sans se séparer une seule fois. Elles allèrent côte à côte, inséparablement unies. Mais Marguerite sembla toujours triste, accablée, plus morne que l'aînée, comme si peut-être son sublime sacrifice l'eût brisée. Elle vieillit plus vite, prit des cheveux blancs dès l'âge de trente ans et, souvent souffrante, semblait atteinte d'un mal inconnu qui la rongeait.

Maintenant elle allait mourir la première.

Elle ne parlait plus depuis vingt-quatre heures. Elle avait dit seulement, aux premières lueurs de l'aurore :

— Allez chercher monsieur le curé, voici l'instant [3].

Et elle était demeurée ensuite sur le dos, secouée de spasmes, les lèvres agitées comme si des paroles terribles lui fussent montées du cœur, sans pouvoir sortir, le regard affolé d'épouvante, effroyable à voir.

Sa sœur, déchirée par la douleur, pleurait éperdument, le front sur le bord du lit et répétait :

— Margot, ma pauvre Margot, ma petite !

Elle l'avait toujours appelée : « ma petite », de même que la cadette l'avait toujours appelée : « grande sœur ».

On entendit des pas dans l'escalier. La porte s'ouvrit. Un enfant de chœur parut, suivi du vieux prêtre en surplis. Dès qu'elle l'aperçut, la mourante s'assit d'une secousse, ouvrit les lèvres, balbutia deux ou trois paroles, et se mit à gratter son drap avec ses ongles comme si elle eût voulu y faire un trou [4].

L'abbé Simon s'approcha, lui prit la main, la baisa sur le front et, d'une voix douce :

— Dieu vous pardonne, mon enfant ; ayez du courage, voici le moment venu, parlez [5].

Alors, Marguerite, grelottant de la tête aux pieds, secouant toute sa couche de ses mouvements nerveux, balbutia :

— Assieds-toi, grande sœur, écoute.

Le prêtre se baissa vers Suzanne, toujours abattue au pied du lit, la releva, la mit dans un fauteuil et, prenant dans chaque main la main d'une des deux sœurs, il prononça :

— Seigneur, mon Dieu ! envoyez-leur la force, jetez sur elles votre miséricorde.

Et Marguerite se mit à parler. Les mots lui sortaient de la gorge un à un, rauques, scandés, comme exténués.

*

— Pardon, pardon, grande sœur, pardonne-moi ! Oh ! si tu savais comme j'ai eu peur de ce moment-là, toute ma vie !...

Suzanne balbutia, dans ses larmes :

— Quoi te pardonner, petite ? Tu m'as tout donné, tout sacrifié ; tu es un ange...

Mais Marguerite l'interrompit :

— Tais-toi, tais-toi ! Laisse-moi dire[6]... ne m'arrête pas... C'est affreux... laisse-moi dire tout... jusqu'au bout, sans bouger... Écoute... Tu te rappelles... tu te rappelles... Henry...

Suzanne tressaillit et regarda sa sœur. La fillette reprit :

— Il faut que tu entendes tout pour comprendre. J'avais douze ans[7], seulement douze ans, tu te le rappelles bien, n'est-ce pas ? Et j'étais gâtée, je faisais tout ce que je voulais !... Tu te rappelles bien comme on me gâtait ?... Écoute... La première fois qu'il est venu, il avait des bottes vernies ; il est descendu de cheval devant le perron, et il s'est excusé sur son costume, mais il venait apporter une nouvelle à papa. Tu te le rappelles, n'est-ce pas ?... Ne dis rien... écoute. Quand je l'ai vu, j'ai été toute saisie, tant je l'ai trouvé beau, et je suis demeurée debout dans un coin du salon tout le temps qu'il a parlé. Les enfants sont singuliers... et terribles... Oh ! oui... j'en ai rêvé !

Il est revenu... plusieurs fois... je le regardais de

tous mes yeux, de toute mon âme... J'étais grande pour
mon âge... et bien plus rusée qu'on ne croyait. Il est
revenu souvent... Je ne pensais qu'à lui. Je prononçais
tout bas :

— Henry... Henry de Sampierre !

Puis on a dit qu'il allait t'épouser. Ce fut un chagrin... oh ! grande sœur... un chagrin... un chagrin !
J'ai pleuré trois nuits, sans dormir. Il revenait tous les
jours, l'après-midi, après son déjeuner... tu te le
rappelles, n'est-ce pas ? Ne dis rien... écoute. Tu lui
faisais des gâteaux qu'il aimait beaucoup... avec de la
farine, du beurre et du lait... Oh ! je sais bien
comment... J'en ferais encore s'il le fallait. Il les avalait
d'une seule bouchée, et puis il buvait un verre de vin...
et puis il disait : « C'est délicieux. » Tu te rappelles
comme il disait ça ?

J'étais jalouse, jalouse !... Le moment de ton mariage approchait. Il n'y avait plus que quinze jours.
Je devenais folle. Je me disais : Il n'épousera pas
Suzanne, non, je ne veux pas !... C'est moi qu'il
épousera, quand je serai grande. Jamais je n'en
trouverai un que j'aime autant... Mais un soir, dix
jours avant ton contrat, tu t'es promenée avec lui
devant le château, au clair de lune... et là-bas... sous le
sapin, sous le grand sapin... il t'a embrassée... embrassée... dans ses deux bras..., si longtemps... Tu te le
rappelles, n'est-ce pas ? C'était probablement la première fois [8]... oui... Tu étais si pâle en rentrant au
salon !

Je vous ai vus ; j'étais là, dans le massif. J'ai eu une
rage ! Si j'avais pu, je vous aurais tués !

Je me suis dit : Il n'épousera pas Suzanne, jamais !
Il n'épousera personne. Je serais trop malheureuse...

Et tout d'un coup je me suis mise à le haïr affreusement.

Alors, sais-tu ce que j'ai fait ?... écoute. J'avais vu le jardinier préparer des boulettes pour tuer les chiens errants. Il écrasait une bouteille avec une pierre et mettait le verre pilé dans une boulette de viande.

J'ai pris chez maman une petite bouteille de pharmacien, je l'ai broyée avec un marteau, et j'ai caché le verre dans ma poche. C'était une poudre brillante... Le lendemain, comme tu venais de faire les petits gâteaux, je les ai fendus avec un couteau et j'ai mis le verre dedans... Il en a mangé trois [9]... moi aussi, j'en ai mangé un... J'ai jeté les six autres dans l'étang... les deux cygnes sont morts trois jours après... Tu te le rappelles ?... Oh ! ne dis rien... écoute, écoute... Moi seule, je ne suis pas morte... mais j'ai toujours été malade... écoute... Il est mort... tu sais bien... écoute... ce n'est rien cela... C'est après, plus tard... toujours... le plus terrible... écoute...

Ma vie, toute ma vie... quelle torture ! Je me suis dit : Je ne quitterai plus ma sœur. Et je lui dirai tout, au moment de mourir... Voilà. Et depuis, j'ai toujours pensé à ce moment-là, à ce moment-là où je te dirais tout... Le voici venu... C'est terrible... Oh !... grande sœur !

J'ai toujours pensé, matin et soir, le jour, la nuit : Il faudra que je lui dise cela, une fois... J'attendais... Quel supplice !... C'est fait... Ne dis rien... Maintenant, j'ai peur... j'ai peur... oh ! j'ai peur ! Si j'allais le revoir, tout à l'heure, quand je serai morte... Le revoir... y songes-tu ?... La première !... Je n'oserai pas... Il le faut... Je vais mourir... Je veux que tu me pardonnes [10]. Je le veux... Je ne peux pas m'en aller

sans cela devant lui. Oh! dites-lui de me pardonner,
monsieur le curé, dites-lui..., je vous en prie. Je ne
peux mourir sans ça...

*

Elle se tut, et demeura haletante, grattant toujours
le drap de ses ongles crispés...

Suzanne avait caché sa figure dans ses mains et ne
bougeait plus. Elle pensait à lui qu'elle aurait pu aimer
si longtemps! Quelle bonne vie ils auraient eue! Elle le
revoyait, dans l'autrefois disparu, dans le vieux passé à
jamais éteint. Morts chéris! comme ils vous déchirent
le cœur! Oh! ce baiser, son seul baiser! Elle l'avait
gardé dans l'âme. Et puis plus rien, plus rien dans
toute son existence!...

Le prêtre tout à coup se dressa et, d'une voix forte,
vibrante, il cria :

— Mademoiselle Suzanne, votre sœur va mourir!

Alors Suzanne ouvrant ses mains, montra sa figure
trempée de larmes, et, se précipitant sur sa sœur, elle
la baisa de toute sa force en balbutiant :

— Je te pardonne, je te pardonne, petite...

DOSSIER

CHRONOLOGIE

1684. Un Claude-Marc-Antoine Maupassant accède au grade de lieutenant de cavalerie, parce que sa mère était noble (sa mère : non son père).

1774. Mort de Jean-Baptiste Maupassant, qui aurait été anobli, le 3 mai 1752, par l'empereur du Saint-Empire.

1785. L'arrière-grand-père de Maupassant, dit Maupassant de Valmont, payeur de rentes, habite Paris. L'un des premiers pseudonymes de Guy sera, précisément, Valmont (qui nous renvoie aussi aux *Liaisons dangereuses*).

1821. Naissance de Laure Le Poittevin, fille d'un filateur rouennais, sœur d'Alfred (l'ami de Flaubert).
28 novembre : Naissance de Gustave-Albert Maupassant (sans particule), né de Louis-Pierre-Jules Maupassant.

1846. juillet : Gustave Maupassant obtient du tribunal de Rouen le droit de se nommer Gustave de Maupassant.
9 novembre : Mariage de Gustave de Maupassant et de Laure Le Poittevin.

1850. 5 août : naissance de Henry, René, Albert, Guy de Maupassant (acte dressé à la mairie de Tourville-sur-Arques). On discute encore du lieu de cette naissance : Fécamp ou le château de Miromesnil, loué pour la circonstance.
20 août : l'enfant est ondoyé dans la chapelle de Miromesnil.

1851. 17 août : baptême à Tourville-sur-Arques.

1854. Les Maupassant s'installent au château de Grainville-Ymanville (Seine-Inférieure).

1856. Naissance, en ce château, de Hervé, frère de Guy.

1857. Publication de *Madame Bovary* et de *Les Fleurs du Mal*.

1859. Gustave de Maupassant, dont la fortune a fondu, trouve un emploi à la banque Stolz à Paris. Il trompe sa femme, sans discrétion. Guy entre au lycée Napoléon (lisons : Henri IV).

1860. Vers la fin de l'année, les époux Maupassant se séparent. Laure s'installe à Étretat. Gustave est devenu caissier des titres à la banque Évrard. Il subviendra aux besoins de ses enfants dans une certaine mesure (100 francs par mois accordés à Guy). Il s'occupera de lui trouver une situation. On est peut-être injustement sévère pour ce mari volage.

1863. La justice officialise la séparation intervenue.

octobre : Guy entre, comme pensionnaire, à l'institution ecclésiastique d'Yvetot.

1866. Guy participe au sauvetage de Swinburne, qui se noyait. L'hôte du poète, lord Powell, l'accueille à Étretat, dans sa « Chaumière de Dolmancé », la bien nommée.

1868. Les Pères mettent Guy à la porte (pièce de vers indécente), en mai ou en juin. Il devient interne au lycée de Rouen et fait ainsi la connaissance de Louis Bouilhet, son correspondant.

1869. 27 juillet : bachelier ès lettres.

octobre : inscrit à la faculté de droit de Paris, il habite le même immeuble que son père.

1870. juillet : mobilisé, Maupassant est attaché, à Rouen, aux bureaux de l'Intendance divisionnaire.

1871. septembre : Maupassant, qui s'est fait remplacer, quitte l'armée.

1872. Sur la recommandation de l'amiral Saisset et après intervention de son père, Maupassant travaille, bénévolement, au ministère de la Marine (bibliothèque).

17 juillet : il passe, à titre de surnuméraire, à la Direction des colonies.

1873. 1er février : il est appointé 125 francs par mois (plus une gratification annuelle de 150 francs).

août : il couche à Argenteuil deux fois par semaine ; joyeuses parties de débauche avec ses amis canotiers.

1874. avril : il est nommé commis de 4e classe.

octobre : tout en envisageant de présenter à un concours (ouvert par le théâtre de la Gaîté) et au théâtre de l'Odéon *Histoire du vieux temps*, il demande à sa mère des sujets de nouvelles, qu'il aurait le temps de rédiger au bureau.

fin de l'année ou début de la suivante : il fait, chez Flaubert, la connaissance d'Edmond de Goncourt.

1875. février : sous la signature de Joseph Prunier, *L'Almanach lorrain de Pont-à-Mousson* publie *La Main d'écorché* (point de départ de *La Main,* dans notre recueil).

10 avril : représentation, dans l'atelier du peintre Leloir de *A la feuille de rose, maison turque,* « une pièce *absolument lubrique* », en présence de Flaubert et de Tourgueniev.

octobre : rédaction de *Héraclius Gloss* et d'une pièce intitulée

Une répétition, qui sera refusée au théâtre du Vaudeville en mars 1876.

1876. 10 mars : sous la signature de Guy de Valmont, *En canot* (*Bulletin français*), qui reparaîtra, avec de très nombreuses variantes, en 1881, dans *La Maison Tellier.* Ce même mois, il fait la connaissance de Suzanne Lagier et éprouve de violentes douleurs cardiaques. Nous ne pourrons, dans cette chronologie succincte, mentionner tous les ennuis de santé de Maupassant, qui a souffert, terriblement, presque toute sa vie.

novembre : *Balzac d'après ses lettres* (*La Nation*). Il travaille à *La Comtesse de Réthune,* pièce historique.

1877. janvier : mauvais état de santé.

2 mars : « J'ai la grande vérole, celle dont est mort François Ier » (lettre à Pinchon).

18 avril : il prend part au dîner de la brasserie Trapp, en l'honneur de Flaubert, Zola, Goncourt. Ce dernier note en son *Journal* : « Voici l'armée nouvelle en train de se former. »

mai : dissolution de la Chambre des députés.

31 mai : deuxième représentation de *A la feuille de rose, maison turque,* dans l'atelier du peintre Becker. Outre les présences de Flaubert, de Goncourt et de Suzanne Lagier, notons celle de Gustave de Maupassant.

août : congé de deux mois.

décembre : plan de *Une vie.*

1878. janvier : violentes migraines. *La Trahison de la comtesse de Rhune,* refusée au théâtre Dejazet, soumise, par Zola, au jugement de Sarah Bernhardt, sera, ultérieurement, refusée au Théâtre-Français.

mars : il travaille à la *Vénus rustique,* long poème.

mars-avril : on lui propose d'entrer au *Gaulois* comme chroniqueur.

mai : début de sa collaboration au *Gaulois.*

décembre : grâce à l'intervention de Flaubert, il quitte le ministère de la Marine pour celui de l'Instruction publique.

1879. 19 février : première représentation, de *Histoire du vieux temps,* chez Ballande, avec succès (texte publié en mars, chez Tresse).

31 décembre : Maupassant, qui a multiplié les travaux et les publications, est nommé officier d'Académie ! Il refusera, ultérieurement, avec une juste discrétion, d'être nommé dans l'ordre de la Légion d'honneur.

1880. Durant cette année, début des relations avec la soi-disant Gisèle d'Estoc, qui dureront, avec des intermèdes, six ans.

11 janvier : il est cité à comparaître devant le tribunal d'Étampes en raison de la publication de *Une fille* dans la

Revue Moderne. Flaubert interviendra en sa faveur. Non-lieu. Quelle réclame pour *Des Vers,* qui vont paraître chez Charpentier !

février-mars : troubles oculaires et cardiaques. Chute partielle des cheveux.

17 avril : publication des *Soirées de Médan.*

8 mai : mort de Flaubert (enterrement : le 11).

1er juin : congé de trois mois avec traitement, qu'un autre suivra, avec demi-traitement, puis d'autres, sans traitement.

septembre-octobre : voyage en Corse, avec sa mère ; migraines violentes.

1881. janvier : première lettre à Gisèle d'Estoc.

mai : publication de *La Maison Tellier* (Havard) ; il se remet à la rédaction de *Une vie.*

29 octobre : premier article, signé Maufrigneuse, au *Gil Blas.*

1882. 5 mai : achevé d'imprimer de *Mademoiselle Fifi,* publié par Kistmaeckers, à Bruxelles.

10 décembre : publication de *Les Tireurs au pistolet,* du baron de Vaux, avec une préface de Maupassant.

1883. janvier : douleur des yeux ; soins.

27 février : naissance de Lucien Litzelmann, « né de père inconnu ». Début de la publication de *Une vie,* dans le *Gil Blas.*

17 mars : publication, chez Quantin et sur sa demande, du *Émile Zola* de Maupassant.

avril : publication de *Une vie* (Havard).

juin : période militaire à Rouen et publication des *Contes de la bécasse* (Rouveyre et Bloud).

1er novembre : François Tassart entre au service de Maupassant. N'est-ce pas le signe d'une remarquable aisance financière ?

25 novembre : achevé d'imprimer de *Clair de lune* (Édouard Monnier).

Dans cette même année, préface à *Fille de fille,* de Jules Guérin, et à *Celles qui osent,* de Maizeroy.

Durant cette année, Maupassant, qui est en relation avec la comtesse Potocka, fait partie de l'étrange cercle des Macchabées.

1884. janvier : publication de *Au soleil* (Havard).

2 février : publication des *Lettres de G. Flaubert à G. Sand,* avec une préface importante de Maupassant.

mars : début d'une brève correspondance avec Marie Bashkirtseff.

début mai : en yole, en quatre jours, de Maisons-Laffitte à Rouen.

28 mai : publication de *Miss Harriet* (Havard).

1884. juillet : publication de *Les Sœurs Rondoli* (Ollendorff).

30 août : publication de *L'Amour à trois,* de Paul Ginesty, avec une préface de Maupassant.

1885. fin janvier : la rédaction de *Bel-Ami* s'achève. Maupassant souffre des yeux.

mars : publication des *Contes du jour et de la nuit* (Havard).

4 avril : départ pour l'Italie. Il ne rentrera à Paris qu'en juin.

6 avril : début de la publication de *Bel-Ami* (dont le commencement a paru, à Saint-Pétersbourg, dans *Le Messager de l'Europe*).

11 mai : publication de *Bel-Ami* (Havard).

25 novembre (selon Fr. Tassart) : il prend possession d'un nouveau bateau, le *Bel-Ami* I.

décembre : publication de *Monsieur Parent* (Ollendorff). En 1885, Charpentier publie un volume de *Contes et nouvelles,* choisis parmi les œuvres de Maupassant.

Durant cette année, Maupassant entretient des rapports avec Marie Kann (sœur de Mme Cahen d'Anvers) et avec Geneviève Strauss, fille de Fromental Halévy, veuve de Georges Bizet, épouse de l'avocat Strauss.

1886. janvier : Maupassant souffre des yeux.

mai : il figure, sous le nom de Beaufrilan, dans *Très russe* (republié sous le titre : *Villa mauresque*) de Jean Lorrain. Un duel faillit s'ensuivre.

août : invité en Angleterre par le baron Ferdinand de Rotschild.

Publication, à *La Librairie illustrée,* de *Contes choisis* (de Maupassant).

1887. 21 janvier : *Mont-Oriol* (Havard).

17 mai : *Le Horla* (Ollendorff).

8-9 juillet : deux vols en ballon ; le second s'achève au nord de la Belgique.

29 juillet : naissance de Marthe-Marie Litzelmann.

août : la santé mentale de Hervé de Maupassant, qui s'était marié le 19 janvier 1886, donne de sérieuses inquiétudes.

octobre-novembre : voyage en Algérie.

décembre : séjour en Tunisie. Ces déplacements illustrent la *dromomanie* de Maupassant (Louis Forestier).

1888. 9 janvier : la préface de *Pierre et Jean* irrite Goncourt.

fin janvier : Maupassant achète le bateau qui devient le *Bel-Ami* II.

juin : publication de *Sur l'eau* (Marpon et Flammarion).

novembre-décembre : nouveau voyage en Algérie, qui se termine à Tunis.

1889. 11 mars : sur la sollicitation, entre autres, de Mallarmé, Maupassant promet de donner 200 francs pour Villiers de l'Isle-Adam.

mai : publication de *Fort comme la mort* (Ollendorff).

11 août : internement de Hervé de Maupassant dans un hôpital psychiatrique.

août-octobre : longue croisière à bord du *Bel-Ami*.

12 novembre : mort de Hervé.

1890. 17 mars : Maupassant refuse de laisser paraître son portrait : « La vie privée d'un homme et sa figure n'appartiennent pas au public » (cité par Louis Forestier, *sub datam*).

mars : *La Vie errante* (Ollendorff).

avril : *L'Inutile Beauté*.

mai : visites de la « dame en gris ».

juin : *Notre cœur* (Ollendorff).

octobre : voyage, bref, en Algérie.

23 novembre : inauguration, à Rouen, du monument à la mémoire de Flaubert.

1891. janvier : très mauvais état de santé. Maupassant, parfois, ne trouve plus ses mots. Douleurs violentes, presque ininterrompues. Consultation, jusqu'à son internement. de nombreux médecins.

2 décembre : il écrit : « Je serai mort dans quelques jours. »

31 décembre : « Je suis mourant. »

1892. nuit du 1er au 2 janvier : il essaie, trois fois, de se trancher la gorge.

7 janvier : il est admis dans la maison de santé du docteur Blanche.

1893. 2 juillet : mort de Guy de Maupassant.

8 juillet : obsèques à Saint-Pierre de Chaillot.

BIBLIOGRAPHIE

I. ŒUVRES COMPLÈTES :

Œuvres complètes de Guy de Maupassant, Conard, 1907-1910, 29 volumes.

Œuvres complètes illustrées de Guy de Maupassant (sous la direction de René Dumesnil), Librairie de France, 1934-1938, 15 volumes.

Œuvres complètes (publiées par Gilbert Sigaux), Lausanne (Éditions Rencontre), 1969-1971, 16 volumes.

Œuvres complètes (publiées par Pascal Pia), Évreux (Le Cercle du Bibliophile), 17 volumes.

A ces œuvres, il faut joindre, chez le même éditeur, les trois précieux volumes de la *Correspondance,* publiée par Jacques Suffel.

II. CONTES ET NOUVELLES :

Contes et nouvelles (publiés par Albert-Marie Schmidt, avec la collaboration de Gérard Delaisement), Albin Michel, 1964-1967, 2 volumes.

Contes et nouvelles (publiés par Louis Forestier, avec une préface d'Armand Lanoux, dans l'ordre chronologique), Bibliothèque de la Pléiade, 2 volumes, l'un de 1 668 pages, l'autre de 1 766 pages. Cette édition critique, savamment annotée, est devenue la *vulgate* des contes et des nouvelles.

Parmi les éditions séparées, on se limite aux *Contes du jour et de la nuit* (publiés par Roger Bismut), Garnier-Flammarion, 1977. Mais on doit signaler les précieux recueils procurés par Marie-Claire Bancquart : *Boule de suif et autres Contes Normands,* Garnier, 1971. *Le Horla et autres Contes cruels et fantastiques,* Garnier, 1976.

III. BIBLIOGRAPHIES GÉNÉRALES :

Vial (André) : *Guy de Maupassant et l'art du roman*, Nizet, 1954. Cette thèse magistrale contient, pp. 617-627, une bibliographie que l'on peut considérer comme complète, à la date.

Artinian (Artine) : *Maupassant criticism in France 1880-1940; with an inquiry into his present fame and a bibliography*, New York, 1969.

Forestier (Louis) : Le tome II de l'édition des *Contes et nouvelles* (Bibliothèque de la Pléiade), pp. 1727-1743, poursuit la bibliographie de Vial jusqu'en 1979.

Le Bel-Ami signale toutes les publications intéressantes.

IV. TRAVAUX PORTANT SUR L'ENSEMBLE DE L'ŒUVRE OU DE LA VIE :

On ne retient pas, ici, les grands travaux anciens, toujours utiles, mais en partie périmés, non plus que les études de détail, biographiques et autres, qui ne paraissent pas immédiatement nécessaires à une approche des *Contes du jour et de la nuit*.

Castex (Pierre-Georges) : *Actualité de Maupassant « Le Bel-Ami »*, 1953. Repris dans *Horizons romantiques*, José Corti, 1983.

Togeby (Krud) : *L'Œuvre de Maupassant*, Copenhague (Danish Science Press) et Presses Universitaires de France, 1954.

Vial (André) : *Guy de Maupassant et l'art du roman*, Nizet, 1954. Cette thèse demeure l'ouvrage fondamental de référence.

Sullivan (Edward D.) et Steegmuller (Francis) : *Maupassant : the short stories*, Londres (Edward Arnold), 1962.

Schmidt (Albert-Marie) : *Maupassant*, Seuil, 1962. Le rapport qualité/quantité fait de ce petit livre perspicace l'ouvrage peut-être le plus précieux.

Lanoux (Armand) : *Maupassant le Bel-Ami*, Fayard, 1967. Une somme précisément informée, riche de « sympathie » et agréable à lire.

Savinio (Alberto) : *Maupassant et « l'Autre »*, Gallimard, 1967.

Cogny (Pierre) : *Maupassant l'homme sans Dieu*, Bruxelles (La Renaissance du livre), 1968. L'un des livres, assez rares, où Guy de Maupassant est pris au sérieux.

Castella (Charles) : *Structures romanesques et vision sociale chez Maupassant*, Lausanne (L'Age d'homme), 1972. Livre attentivement pensé et écrit, qui demeure utile et précieux, même si on n'en adopte pas les principes ni les conclusions.

Buisine (Alain) : *Tel Père, quel fils ?* Colloque de Cerisy, Collection 10-18, 1978.

Bonnefis (Philippe) : *Trois figures de l'amateur de propre. Zola, Maupassant, Vallès,* Lille (Service de reproduction des thèses), 1982. La partie relative à Maupassant a été reprise, en 1983, dans la collection Objet, des Presses Universitaires de Lille.

A ces travaux, il convient d'ajouter :

Europe, numéro spécial, juin 1969.
Colloque de Cerisy, Collection 10-18, 1978.

V. TRAVAUX PORTANT SUR DES ASPECTS DE L'ŒUVRE :

Castex (Pierre-Georges) : *Le Conte fantastique en France de Nodier à Maupassant,* José Corti, 1951.

Delaisement (Gérard) : *Maupassant chroniqueur,* thèse complémentaire dactylographiée, Lille, 1954.

Delaisement (Gérard) : « Maupassant et la tentation du théâtre », *Le Bel-Ami,* mars 1957.

Sagnes (Guy) : *L'Ennui dans la littérature française de Flaubert à Laforgue (1843-1884),* Armand Colin, 1969.

Artinian (Robert W.) : *La Technique descriptive chez Guy de Maupassant,* Saint-Pieters-Kapelle (Belgique), Éd. Lettera amorosa, 1973.

Besnard-Coursodon (Micheline) : *Etude thématique et structurale de l'œuvre de Maupassant : le piège,* Nizet, 1975.

Grivel (Charles) : « L'entre-jeu de la représentation : Maupassant, la science et le désir », *Revue des sciences humaines,* 1975.

Bancquart (Marie-Claire) : *Maupassant conteur fantastique,* Minard (Lettres modernes), 1976.

VI. TRAVAUX PORTANT SUR DES CONTES ET NOUVELLES :

Ebert (Johannes) : « Et cette vie dura dix ans (Maupassant : *La Parure*) », *Neueren Sprachen,* 1966.

Mac Namara (Matthew) : « *Miss Harriet* » *de Guy de Maupassant,* Thèse d'université dactylographiée, Aix-en-Provence, 1970.

Bismut (Roger) : *Maupassant,* « *Sur l'eau* », « *La Parure* », « *Le Gueux* », *Die französische Novelle,* Düsseldorf, 1976.

Mac Namara (Matthew) : *A critical stage in the evolution of Maupassant's story-telling,* The Modern Language Review, 1976. Article particulièrement attentif et précis.

NOTICES ET NOTES

Page 43. LE CRIME AU PÈRE BONIFACE (*G.B.*, 24 juin 84)

Repris dans *La Vie populaire* (28 mai 85), *La Lune troyenne* (25 mars 88), et dans *Histoire d'une fille de ferme* (1890).

Ce conte peut avoir pour origine une anecdote réellement rapportée à Maupassant, comme le suggère Louis Forestier : les histoires de plaisir bruyant ne manquent pas. On les situe, en général, plutôt dans des chambres d'hôtel ou des appartements que dans une maison isolée. C'est pour des raisons de vraisemblance que Maupassant a fait de la maison de ce percepteur nouvellement arrivé dans cette bourgade normande une toute petite demeure : pas d'étage (le père Boniface n'aurait pas eu l'ouïe assez fine). L'histoire elle-même pose des problèmes : le facteur n'a guère de raison, à 7 heures du matin, de tant s'inquiéter (d'autant moins que, en huit jours à peine, il n'a pas pu acquérir des certitudes sur les us et coutumes du percepteur) ; les distances indiquées (un kilomètre) font admirer soit la performance sportive du facteur et des gendarmes, soit la maîtrise parfaite de M. Chapatis dans la pratique de l'amour, soit, enfin, les dons durables de sa jeune épousée. Maupassant a dissimulé telle ou telle de ces invraisemblances en donnant au facteur l'habitude (depuis huit jours ?) de lire le journal du percepteur et d'y découvrir, tout en marchant (autre invraisemblance : l'indiscrétion serait, alors, évidente, puisque la bande et le journal lui-même risqueraient d'être abîmés), un horrible crime qui le conduit à émettre l'idée d'un assassinat. Cette anecdote présenterait peu d'intérêt si Maupassant ne l'avait *encadrée* dans une belle campagne normande, resplendissante au mois de juin, s'il ne l'avait accompagnée, en quelques phrases rapportées, d'une évocation banale, mais savoureuse de la gendarmerie et si, enfin, ne se trouvait tacitement posé le problème du plaisir pris par la femme dans les rapports amoureux : la jeune Mme Chapatis a la jouissance extrême, longue et indiscrète ; mais la femme du facteur, elle, « all' n' dit rien ». Supériorité des percepteurs sur les facteurs ? Non, bien sûr : problème, simplement, posé...

1. *Trois heures de relevée :* il est sept heures quand Boniface arrive chez le percepteur ; il a dû commencer son travail peu après six heures. Ses journées habituelles doivent être longues...

2. *Enseveli jusqu'aux épaules :* cette notation se retrouvera à la fin du conte ; elle suffirait à *dater* cette œuvre. Les sentiers frappés de servitude, franchissant les champs, les prés ou les vergers, ont disparu depuis quelques décennies.

3. *Le Petit Normand :* bizarrement, ce journal n'a commencé à paraître que cinq mois après la publication de ce conte (Louis Forestier). Il n'est pas exclu, comme le remarque aussi Louis Forestier, que Maupassant ait connu ce projet et fasse une sorte de réclame au futur journal.

4. *Piéton :* désignation habituelle du facteur (Louis Forestier).

5. *M. Chapatis :* Maupassant ne prête guère attention aux noms de ses personnages et ne fait pas preuve d'une grande puissance d'invention. Serait-il audacieux d'évoquer, ici, le *chat,* dont les amours avec la chatte ne sont guère discrètes non plus ?

6. *Parfois :* depuis une semaine, cela n'a pas dû se produire souvent...

7. *Essaya d'ouvrir la porte :* il n'y a pas d'indiscrétion : en l'absence de toute boîte à lettres, il aurait déposé le courrier *derrière* la porte, mais on se demandera pourquoi il avait (à sept heures du matin) cette habitude, alors qu'à la fin du conte, il pourra glisser le courrier *sous* la porte.

8. *Aurait dû être debout :* ce *n'importe* dissimule (ou révèle ?) une invraisemblance. Admettons que cette phrase, ainsi que la suivante, s'explique par la lecture du fait divers.

9. *Auvent :* Littré signale cet emploi, fautif, à la place de persienne ou d'abat-jour (ici : de volet, comme le montre la suite).

10. *Connaissance de ce fait :* Maupassant a merveilleusement saisi le ton et le vocabulaire des rapports de police ou de gendarmerie. Ce jargon souligne la différence qui sépare ce *piéton* paysan des défenseurs de l'ordre public. Mais, à dire vrai, le piéton répond dans le même style, franchement comique : « Je craignais de n'être pas en nombre suffisant. »

11. *Pas gymnastique :* expression militaire, selon Pierre Larousse.

12. *La porte demeurait fermée :* ce simple fait aurait dû ruiner les hypothèses de Boniface.

Page 51. ROSE (*G.B.,* 29 janvier 84)

Conte repris dans *Le Bon Journal* (31 oct. 86), *La Vie populaire* (19 janv. 88), ainsi que dans *L'Héritage* (1888).

Je ne sais si le nom, banal, de cette « femme de chambre » a déterminé cette bataille de fleurs ou si la bataille de fleurs a poussé Maupassant à choisir ce prénom. Le conte commence comme une chronique, se poursuit par une conversation de casuistique amoureuse entre deux femmes du monde et se termine par un *telling with audience* (une audience limitée à une personne), c'est-à-dire par l'histoire de cette Rose — qui avait des épines, puisqu'il s'agit d'un forçat évadé, condamné pour assassinat précédé de viol. Ce conte est l'un des plus variés, des plus légers, des mieux protégés par son atmosphère. Cette variété permet des lectures différentes. On peut privilégier ces gendarmes à cheval, qui interdisent aux *vilains* l'accès de ces jeux de *riches* (tout en laissant passer les gamins, il est vrai). A partir de cela, le bavardage immoral de Simone et de Marguerite prend une valeur sociale, qu'on ne peut, d'ailleurs, lui ôter totalement : ces femmes du monde, Marguerite surtout, paraissent bien légères. Margot (ce diminutif fait-il allusion à la reine ?) paraît manquer de prudence ; un domestique utile peut, aussi, avoir une langue et... parler. Légère invraisemblance, imperceptible au fil de la lecture. Comme on l'a signalé p. 38, il est, sans doute, invraisemblable que ce garçon, coupable d'un viol, entre si bien dans la peau d'une femme de chambre délicate et raffinée. De même, le commissaire de police n'a pas un rôle tout à fait vraisemblable. Dans la scène finale, inspirée du *Père Goriot*, il en sait trop ou trop peu : en bonne logique, il devrait venir chercher « Rose », sans avoir besoin d'examiner toute la domesticité. Mais qu'importe ? De la chronique, *Rose* conserve cette possibilité de sauter, sans grande transition de ceci à cela, un je ne sais quoi de délicieusement primesautier. Du conte, de l'*œuvre d'art*, *Rose* a retenu, essentiellement, cette *atmosphère* en quoi Maupassant voyait l'un des ingrédients primordiaux du récit. Selon Louis Forestier, ce conte consignerait le souvenir immédiat de la bataille de fleurs qui avait eu lieu à Cannes, boulevard de la Foncière (lyonnaise), l'actuel boulevard Carnot, le 24 janvier 1884. Comme il parut le 29 janvier, je dois proclamer mon admiration pour les P.T.T. de ce temps-là. Ajoutons que Mme Marguerite présente l'un des rares exemples de femme presque totalement *libérée* : il n'en est que plus intéressant d'observer que, dans le conte, le point de départ de cette révélation de sa liberté réside dans une phrase délicieusement ambiguë : « il manque toujours quelque chose. [...] nous désirons toujours quelque chose de plus... pour le cœur ». Les libertés que prend Margot résulteraient de cette insatisfaction, qui ressemble à une coquetterie. Être aimée, plutôt qu'aimer. Un domestique, pris et renvoyé, peut faire l'affaire. Mais s'agit-il vraiment du cœur ? Chair et vanité, semble-t-il.

    1. *Un monsieur qui ressemble aux portraits d'Henri IV* : le duc de Chartres ? Maupassant mentionne sa présence lors de la fête des fleurs du 6 avril 1888, selon François Tassart.

2. *Les deux boutons de métal* : exemple précis de ce qui tient lieu de psychologie chez Maupassant ; les mots prononcés : « par mon cocher » sont appelés par l'aboutissement d'une errance panoramique du regard. La « vision de myope », signalée par Albert-Marie Schmidt, détermine une pensée.

3. *Mme Margot* : comme, plus loin, *Mme Simone,* ce recours au *Madame* provoque un effet de *distanciation,* tout en rappelant le cadre social.

4. *La police est utile* : Maupassant note le mépris de l'aristocratie pour ses protecteurs.

5. *Lecapet* : Rose... Louis XVI, en somme !

6. *Il a le bras droit tatoué* : le souvenir du *Père Goriot* est flagrant.

7. *Mme Simone* : nous corrigeons la version de l'édition (qui est aussi celle du *Gil Blas*), qui est *Mme Margot.*

Page 61. LE PÈRE (*G.B.,* 20 nov. 83)

Conte repris dans *La Vie populaire* (2 fév. 88), ainsi que dans *L'Héritage* (1888).

Le 27 février 1883, Joséphine Litzelmann avait donné naissance à un garçon, Lucien, déclaré « de père inconnu ». Maupassant fut, presque certainement, cet inconnu. Il n'avait pas attendu cette naissance pour se préoccuper du sort des enfants naturels — l'un des sujets sur lesquels il revient avec prédilection. Dans notre recueil même, *Un parricide* (29 sept. 82) avait, en quelque sorte, accompagné la gestation. Avant tout rapport avec Mlle Litzelmann, *Le Papa de Simon* (1ᵉʳ déc. 79) traitait le sujet de l'enfant dépourvu de père qui, d'ailleurs, comme ici (mais plus tardivement), en trouvait un en la personne du charpentier Rémy. Même solution, en somme heureuse, dans *Histoire d'une fille de ferme* (26 mars 81), où le fermier épouse la fille préalablement engrossée par un valet. *Un fils* (19 avril 82), que nous retrouverons, p. 67, n. 10, pour un détail, pose le problème en d'autres termes : la mère, violée, meurt en couches et le fils — que le père retrouve longtemps après, sans avoir jamais su qu'il était né — est un individu sinistre de médiocrité. *Histoire vraie* (18 juin 82) figure dans notre recueil : une mère, qu'on ne veut pas épouser, mariée d'autorité avec un paysan intéressé. Également en pleine grossesse de Joséphine, *L'Enfant* (24 juil. 82) repose le même problème en termes un peu mélodramatiques : la maîtresse abandonnée accouche (et meurt opportunément) durant la nuit de noces de son ancien amant, qu'elle fait venir. Elle lui confie l'enfant, de qui la jeune épousée propose de s'occuper... Dans un autre conte portant le même titre (18 sept. 83), un infanticide fait l'économie d'un bâtard. Chacun de ces contes (et ceux qui ont suivi) est l'une des variations, limitées en nombre, qu'on peut faire sur ce motif.

On l'a souligné dans l'introduction : *Le Père* constitue un diptyque dont une dizaine d'années séparent les deux volets. Le héros travaille, comme fit Maupassant, dans un ministère ; il accomplit, chaque jour, le même déplacement qu'avait accompli l'auteur. Il demeure identique à lui-même dans les deux volets, avec, en plus, dix années et ce besoin de revoir un enfant qu'il avait abandonné avant qu'il fût né. L'héroïne, au point de vue de laquelle le narrateur ne se place pas, a changé. La jeune employée pauvre est devenue une sorte de bourgeoise. Les notations, brèves, sur son vêtement et sa tenue, évoquent des tableaux du temps. Fidèle à ses principes, Maupassant ne dit rien ou presque rien des états de l'âme : les faits et gestes, les paroles, invitent à les imaginer. L'impression de tristesse ne provient pas de ce besoin tardif de paternité, mais de la monotonie, de la médiocrité d'une vie manquée. Rien n'est dit : tout se devine. Plus, peut-être, que la fin, un peu pénible dans son honorabilité (mais c'est, sans doute, ce qu'a voulu Maupassant), me séduit le premier volet : une demoiselle cesse de l'être, sans l'avoir voulu, dans une connivence inconsciente avec le printemps de la nature, avec le parfum des lilas. La vertu, qu'on voulait conserver, la virginité (non explicitement notée, mais certaine), qu'on ne voulait pas perdre — tout s'en va, dans un désespoir de huit jours. Que de *non-dit* dans ce texte (il suffit de le revivre pour s'en apercevoir) ! Il acquiert ainsi, à travers son exactitude réaliste, une évidence surréelle.

1. *Chaque matin :* de même que, au paragraphe suivant (« tous les jours, à la même heure »), cette monotonie que Maupassant stigmatise souvent. Elle constitue l'un des fils de la trame du texte. L'héroïne l'exprime, plus loin, avec précision : « c'est si triste, tous les jours la même chose », etc. Au début du deuxième volet, Maupassant l'accentue, à propos du héros vieilli. Dans cette vie plate du « bureaucrate », l'amour (ou, du moins, une aventure) peut seul introduire, en fin de semaine, une hasardeuse compensation.

2. *Elle se mettait à courir :* notation plus sociale qu'il ne paraît : une femme *bien* ne court pas...

3. *Lui plaisait :* Maupassant commence ici l'historique du « il devint amoureux » du premier paragraphe — un historique minutieux, délicieux, délicat.

4. *La faible pression de ces petits doigts :* cf. « Sitôt qu'ils touchent une main qui répond à leur pression, leur âme s'envole dans l'invisible songe loin de la charmante réalité » (*L'Amour des poètes*, *G.B.*, 22 mai 83). François Tessier n'a rien d'un poète mais qui n'a pas chance de le devenir, dans le désir et le souvenir immédiat ?

5. *Elle aussi l'aimait, sans doute :* Maupassant a choisi son point de vue : celui de l'homme. Le « sans doute » introduit un « effet de réel », si, comme je le crois, le réel est ce sur quoi on s'interroge — ainsi qu'il apparaît chez Proust.

6. *Oh ! monsieur François :* inadvertance de Maupassant : l'héroïne connaît le prénom de son compagnon qui, quelques lignes plus bas, lui demande le sien. D'ordinaire, on fait l'échange.

7. *Au Petit-Havre :* lieu-dit, en bordure de Seine (proche du château de Maisons), où se trouvait un restaurant (Louis Forestier).

8. *C'était un bois violet :* dans *Le Gaulois* (*Propriétaires et lilas*, 29 avril 81), Maupassant avait, longuement, décrit ce bois. Si précises que soient, dans notre conte, les notations descriptives, l'auteur a écarté toute description « en forme ». Il ne retient que ce qui accompagne ou provoque la « faute » de Louise. Pour nous, le narrateur est un historien : où sont les lilas et les vignes d'autrefois ?

9. *Sans comprendre même qu'elle s'était livrée à lui :* soit ! c'est la faute aux lilas... Observons cependant que le narrateur (situé au point de vue d'homme) laisse dans l'ombre bien des détails de cette première « faute ».

10. *Le neuvième, au soir, on sonna chez lui :* donc un délai d'une semaine entre la première faute et la récidive. Il en va de même dans *Un fils* (*G.B.*, 19 avril 82). Le narrateur y raconte qu'il a, à Pont-l'Abbé, violé une servante d'auberge qui, d'ailleurs, ignorait le français. Pendant huit jours, elle l'a évité, puis « je la vis entrer, la veille de mon départ, à minuit, nu-pieds, en chemise, dans ma chambre où je venais de me retirer. Elle se jeta dans mes bras, m'étreignit passionnément, puis, jusqu'au jour, m'embrassa, me caressa, pleurant, sanglotant, me donnant enfin toutes les assurances de tendresse et de désespoir qu'une femme peut nous donner quand elle ne sait pas un mot de notre langue ».

11. *Il déménagea :* dans *Vains Conseils* (*G.B.*, 26 fév. 84), une vieille dame donne la maxime de ce comportement : « Il n'existe en réalité, pour rompre avec une maîtresse, qu'un bon procédé : c'est le plongeon. On disparaît et on ne reparaît plus. » Je ne suis pas sûr qu'il convienne d'invoquer, ici, une répugnance spécifique pour la femme enceinte. La grossesse ne fait qu'ajouter à l'usure, notée un peu plus haut, banale dans l'œuvre de Maupassant, qui avait traité de *L'Art de rompre* (*L.G.*, 31 janv. 81).

12. *C'était son fils :* Maupassant n'explique pas cette préoccupation paternelle — un peu tardive. On pourrait supposer qu'il ne s'agit pas de l'idée d'une responsabilité, mais de l'égoïsme d'une reconnaissance de soi (la photographie évoquée par l'apparence de l'enfant).

Page 75. L'AVEU (*G.B.*, 22 juil. 84 ; signé Guy de Maupassant)

Repris dans *La Vie populaire* (9 févr. 88), dans *La Lune troyenne* (6 mai 88) et dans *L'Héritage* (Flammarion, 1888).

Ce qui compte, selon Maupassant, ce n'est pas l'histoire racontée, c'est la *manière :* l'arrangement des informations successives et l'écriture. L'histoire ici racontée est normande. Elle manifeste, comme la plupart des autres contes normands, les traits du paysage, la rudesse du travail (ici féminin) et la rustique avarice de gens pour qui *un sou est un sou*. La *manière* est si bonne qu'on ne s'aperçoit guère de l'impossibilité du conte : tout se passe comme si Polyte, le conducteur de la diligence, n'avait jamais que cette Céleste (nom bien choisi) comme cliente. Voilà une diligence qui ne doit pas rapporter gros, même si d'autres clients montent ensuite. Ajoutons que dix sous, pour trois kilomètres, c'est beaucoup. Le conte commence par une longue description qui, discrètement, contribue à créer une *atmosphère* : travail, certes ; mais aussi la sauvagerie d'une vie usée par le soleil et par la pluie. Les notations sociales sont brèves, mais pertinentes.

1. *Le ventre nu de la terre :* le mot et l'adjectif préparent la suite (le ventre de Céleste ne sera, cependant, jamais nu dans ce *vite fait* en... diligence).

2. *Qué qu' t'as ? :* L'un des éléments de langage, assez rares pour ne pas gêner, qui situent le conte, localement et socialement.

3. *Manante :* injure fréquente chez Maupassant, que sa drôlerie paradoxale doit séduire. La mère Malivoire passera à *roulure,* puis à *salope.*

4. *Une rigolade, fille et garçon :* la grossièreté du cocher permet à Maupassant d'épurer son conte ; il n'est pas question d'amour ni de tendresse, mais de dix sous...

Page 83. LA PARURE (*L.G.,* 17 fév. 84)

Louis Forestier a retrouvé et publié cette note d'Ernest Renan : « Histoire de Maupassant, ils étaient faux. » Cela nous invite à quelque anachronique modestie : nous pouvons, comme Renan, retenir de ce conte, ce qu'il raconte, et qui en constitue l'histoire et la surprise finale : les diamants empruntés par Mme Loisel à Mme Forestier étaient faux. Si l'anecdote nous frappe et s'installe dans notre mémoire, elle vaut surtout par tout ce qui la prépare : une vie médiocre dont le *bovarysme* de l'héroïne accentue les désagréments. Ce n'est pas un hasard si *La Parure* figurait dans mon livre de lectures à l'école primaire (le Mironneau) : la lecture la plus simple de ce conte est profondément morale (il n'est pas sage de désirer un autre sort que le sien ; il faut faire attention ; il est triste, mais beau de consacrer toute une vie à réparer une sottise). Les lecteurs du *Gaulois* durent être apitoyés, mais satisfaits. Le « Ils étaient faux » renvoie à toute cette vie — de désirs amers dans la médiocrité ; puis de sacrifices ininterrompus.

Dans le deuxième paragraphe, Maupassant expose, succincte- ment, une théorie de la femme. L'homme, lui, est défini par son origine, son activité ou sa fortune. Il ne vaut, semble-t-il *ici,* que ce

que le fait valoir son milieu, où il demeure engoncé, le plus souvent
satisfait. La femme, objet particulier, vaut par ses formes et la
délicatesse de son esprit. De là qu'elle est, souvent, *déclassée*, car sa
beauté, sa souplesse d'esprit, son instinct d'élégance la destinaient à
une autre classe. Bref, Mme Bovary ne pouvait qu'être femme.

Mme Loisel (quel pauvre oiseau que son mari !) souffre de la
médiocrité de son train de vie. Elle rêve, assez sottement, à la vie
d'un grand monde ignoré — alors que son mari n'est que commis au
ministère de l'Instruction publique (comme l'avait été Maupassant). Cela n'empêche pas que, après la perte de la parure, elle va
cesser de rêver et donner l'exemple d'un travail acharné, épuisant.
Pris par l'*atmosphère* du conte (par ses trois atmosphères successives),
le lecteur ne songe pas à observer que Maupassant jongle avec les
chiffres, sans grand souci de la réalité. Pour être invité au bal par le
ministre, Loisel occupe des fonctions point trop basses. Disons qu'il
gagne dans les deux mille francs par an. Je ne pense pas que, en une
dizaine d'années, il puisse rembourser, fût-ce en faisant de la copie à
cinq sous la page, les dix-huit mille francs qu'il a empruntés — à
quoi s'ajoutent des intérêts usuraires. Du moins est-ce extrêmement
difficile. Cette parure stupidement perdue (bizarrement, aussi)
coûterait, de nos jours, à peu près, quatre cent mille francs... Plus
grave, peut-être : Mathilde Loisel estime à quatre cents francs le
prix d'une toilette convenable. Je pense qu'elle eût pu se débrouiller
à plus bas prix — jolie comme elle était ! Il est vrai que M. Loisel
n'est pas pauvre : il a hérité de dix-huit mille francs (soit cent
quatre-vingt mille francs d'aujourd'hui...).

Maupassant situe la médiocrité presque misérable beaucoup plus
haut que je ne ferais. C'est qu'il a un sens beaucoup plus aigu que
nous des besoins d'argent. On observera, de même, qu'il est, en
somme, déshonorant de faire la vaisselle et ses courses. C'est tout un
monde presque disparu qu'évoque Maupassant.

1. *Une erreur du destin :* Maupassant mentionne rarement le destin.
Il m'amuse que la beauté paraisse incompatible avec un milieu (quel
que soit ce milieu).

2. *Petit commis :* sur le traitement de M. Loisel, cf. *Les Employés*
(*L.G.*, 4 janv. 82) : « Quinze ou dix-huit cents francs au début !
Puis, de trois ans en trois ans, ils obtiennent une augmentation de
trois cents francs, jusqu'au maximum de quatre mille, auquel ils
arrivent vers cinquante ou cinquante-cinq ans. » Même si Loisel est
bien plus âgé que sa femme, il n'a pas atteint l'âge des quatre mille
francs.

3. *Un sourire de sphinx :* Louis Forestier (qui renvoie à Beardsley)
observe que c'est là un des éléments du discours du temps sur la
beauté féminine et il y a déjà un « sourire de sphinx » à la fin de

Rose. Mme Loisel rêve d'être un sphinx, que, Dieu merci ! elle n'est pas.

4. *Elle se sentait faite pour cela :* le bovarysme de Mme Loisel est condensé en une formule simple.

5. *Tu vas au théâtre :* la vie des Loisel n'est peut-être pas aussi démunie qu'on pouvait le croire.

6. *Je te donne quatre cents francs :* cette formule résume tout un rapport odieux entre le seigneur et maître et... la femme. Cela dit, quatre mille francs d'aujourd'hui...

7. *Avoir l'air pauvre au milieu de femmes riches :* Maupassant ne commente jamais. Mais cette humiliation (que je crois répandue...) constitue la faute de Mme Loisel — qu'elle expiera, la pauvre !

8. *Mme Forestier :* Maupassant emprunte au *Bel-Ami*, à quoi il travaille, le nom de ce personnage.

9. *Elle dansait avec ivresse :* le rapprochement avec le bal dans *Madame Bovary* s'impose.

10. *Modestes vêtements :* voilà encore un de ces « petits faits vrais » qui font que, à la lecture, on croit reconnaître le personnage (douleur du vestiaire, quand on reprend un manteau banal).

11. *J'ai dû seulement fournir l'écrin :* le mot de la fin est glissé dans cette phrase, où nul ne le discerne.

12. *Semblable à celui qu'ils cherchaient :* nulle vérité ici. Impossible de se tromper, sur une pièce de cette importance. C'est pourquoi, plus loin, il sera précisé que Mme Forestier n'ouvre pas l'écrin. On est amené à supposer qu'elle n'a plus jamais porté cette parure...

13. *Qui sait ? qui sait ? :* cette philosophie est à double détente, puisque ce « peu de chose » est moins encore que Mme Loisel ne le croit.

14. *Elle valait au plus cinq cents francs :* c'était donc une imitation de grande qualité. Le conte s'arrête ici, parce que Maupassant le veut. Je me réjouis à penser que Mme Loisel va récupérer trente-cinq mille cinq cents francs. Elle aura une vieillesse heureuse. Mais j'ai tort : le conte s'arrête ici, parce que *il le faut.*

Page 95. LE BONHEUR (*L.G.*, 16 mars 84)

Ce conte a été repris dans *Le Bon Journal* (7 mars 86), dans les *Annales politiques et littéraires* (9 oct. 87), dans *La Vie populaire* (26 juil. 88) et dans le supplément du *Petit Parisien* (8 fév. 91).

Maupassant avait, en compagnie de sa mère, voyagé en Corse, en septembre et en octobre 1880 : Ajaccio, Vico, Bastelica, Piana, monastère de Corbara. Dès le 5 octobre, *Le Gaulois* publiait une chronique : *Le Monastère de Corbara. Une visite au Père Didon.* Juste après, il donne *Bandits corses* (*L.G.*, 12 oct. 80), histoire d'Antoine Bellacoscia, honnête chef de bande de qui « raffole une jeune Parisienne », « avec cette facilité d'enthousiasme bête qui rend le

mariage si dangereux ». Ce qui la séduit, c'est la sauvagerie :
« Songez donc ! un garçon qui couche à la belle étoile, ne se
déshabille jamais, tue les hommes à la douzaine, vit hors la loi et fait
des pieds de nez aux carabines gouvernementales. » Cette sauvagerie, cette fois plus bucolique, nous la retrouvons dans *Le Bonheur* —
ce titre unique dans l'œuvre de Maupassant. C'est, d'ailleurs, la
même situation que dans *Bandits corses* (une jeune fille du monde
amoureuse d'un simple ou d'un « sauvage »), mais poussée jusqu'au
bout, mieux amenée et plus vraisemblable. La Corse, qui a permis,
dans *Une vie*, de magnifiques descriptions de Piana, prend figure
d'un mythe — celui d'une sauvagerie innocente, dont la rusticité
condamne les amours (voire les débauches) des « brutes civilisées »
du continent. Ce conte dégage un parfum exceptionnel : celui d'un
retour à une primitivité calme, qui est le lieu du bonheur. Que la
campagne normande paraît pauvre et brutale, à côté de cette
paisible innocence ! L'héroïne, Mlle de Surmont, est le contraire de
Mathilde Loisel, de *La Parure*. Celle-là désirait autre chose que ce
qu'elle avait ; celle-ci a renoncé à son luxe, pour accomplir ses désirs,
ses rêves, ses espérances dans une vie commune avec ce sous-officier,
redevenu un rustre. Ce conte est, comme dit Philippe Bonnefis,
merveilleusement *cadré* : une conversation mondaine sur la Côte
d'Azur, sur l'amour (vaste sujet) et, pour finir, un retour au *cadre*, à
la conversation, avec deux paroles contradictoires.

Comme le signale Louis Forestier, Maupassant a repris ce sujet
dans *Sur l'eau*, en 1888, en le situant dans les environs de Saint-
Tropez. Il est, de fait, notable qu'en changeant de lieu, le récit
change de sens : l'homme a une maîtresse (il est, peut-être, un peu
moins décrépit que notre héros) et la femme se suicide ; le bonheur
n'est viable que dans la Corse sauvage. Maupassant avait brièvvé-
ment rapporté cette même anecdote dans le *Gil Blas* du 26 août
1884.

1. *Les montagnes dentelées :* celles de l'Esterel, déjà ainsi qualifiées
avec plus de bonheur, dans *Rose*.

2. *C'est la Corse :* ce qu'écrit Maupassant est exact ; on aperçoit
parfois la Corse, avec, même, les neiges du mont Cinto. Cette vue
prend des allures de vision, de mirage.

3. *Voilà cinq ans :* à un an près, cela nous renvoie au voyage de
Maupassant.

4. *Figurez-vous :* ces mots introduisent une description beaucoup
plus synthétique et interprétée que celles qu'on trouve dans *Une vie*,
Bandits corses ou *Le Monastère de Corbara*. L'épithète *sauvage* en livre
l'essentiel. Citons ces lignes de *Le Monastère de Corbara* (*L.G.*, 5 oct.
80) : « Les montagnes de Corse, moins hautes [que les Alpes], ont
un caractère tout différent. Elles sont plus familières, faciles d'accès,
et, même dans leurs parties les plus sauvages, n'ont point cet aspect

de désolation sinistre qu'on trouve partout dans les Alpes. [!]. Puis, sur elles flambe sans cesse un éclatant soleil. La lumière ruisselle comme de l'eau le long de leurs flancs, tantôt vêtus d'arbres immenses, qui de loin semblent une mousse, tantôt nus, montrant au ciel leur corps de granit. Même sous l'abri des forêts de châtaigniers, des flèches de lumière aiguë percent le feuillage, vous brûlent la peau, rendent l'ombre chaude et toujours gaie. »

5. *Cinquante ans :* l'anecdote remonte donc à la Restauration puisque cinq ans séparent ce discours du voyage. Il faut que Henri de Sirmont, pour être encore général, ait été bien plus jeune que l'héroïne.

6. *Je suis de Nancy :* ce détail justifie la confidence.

7. *Comme pour raconter elle-même :* la simplicité du conte devient fantastique, cette rare apparition de l'île prend la responsabilité du récit...

Page 105. LE VIEUX (*L.G.*, 6 janv. 84)

Repris dans les *Annales politiques et littéraires* (5 avril 85), *Le Voleur* (23 avril 85), la *Revue des journaux et des livres* (10 et 16 mai 85). Ces reprises sont destinées à favoriser le lancement du livre. Repris encore dans *La Vie populaire* (8 mars 88).

Dans notre recueil, ce conte est l'un des plus « normands ». Paysage et langage le localisent avec précision. Louis Forestier y voit « une farce, et une farce macabre, que le Vieux joue à ses enfants ». C'est du moins (et au plus...) l'idée de maître Chicot et de sa femme : « Ils restaient debout, au chevet du père, le considérant avec méfiance, comme s'il avait voulu leur jouer un mauvais tour, les tromper, les contrarier par plaisir. » Le mot *farce* appartient trop au vocabulaire de Maupassant pour que j'ose, ici, l'employer. Le conte apparaît comme le récit et le tableau de la vie paysanne, rude, pauvre, laborieuse, intéressée. Malgré le souci des usages, une sorte de brutalité, d'insignifiance du cœur (des larmes, parce que le vieux n'est pas mort, et non parce qu'il va mourir). Des *brutes* à peine *civilisées,* quoique Maupassant emploie le terme *sauvage,* souvent plus noble chez lui. L'auteur relate cette anecdote (non pas impossible, mais peu vraisemblable) avec une minutie féroce, sans jamais s'attarder, sans dissimuler les difficultés du récit, mais en les gommant, par le fait même qu'il en tient compte. Quoique maître Chicot ne soit pas pauvre (en ce temps où il n'y a pas de machines, il utilise les services de gens de journée — ces ouvriers de la terre qui ont presque disparu de nos campagnes), il se décide, en cette affaire, en fonction des « cossarts » à repiquer. Ce qui pourrait n'être que le « mauvais tour » joué par un agonisant, devient le tableau naïf et féroce d'une vie paysanne, dont les détails sont en quelque sorte *grossis* par la sécheresse du ton, l'étrangeté du langage, la froideur du rapport et leur rareté même. Le réalisme aboutit à une façon de poésie que souligne, à la fin des paragraphes, l'isolement inattendu d'une phrase courte : « Les rats couraient dans le grenier. » Peu de contes paysans appellent, pour moi, aussi fortement, une illustration cinématographique en noir et blanc — avec le talent d'un Eisenstein.

1. *Un tiède soleil d'automne :* cette notation lumineuse (adaptée au sujet) commence deux paragraphes d'une description elliptique et efficace. Maupassant a *soigné* cette description, jusqu'à y introduire un je ne sais quoi d'*écriture artiste* : « Les volailles mettaient un mouvement coloré sur le fumier. » Ce *mettaient* souligne l'aspect pictural de ces deux paragraphes, qui se terminent par une évocation précise de la vie, alors que, à l'intérieur de la ferme, le vieux meurt.

2. *Indienne normande :* coton imprimé (une spécialité de l'industrie rouennaise). Ce paragraphe, lui aussi, fait concurrence à la peinture. On songe à des tableaux hollandais ou à... un Théodule Ribot.

3. *Pompe brisée :* maître Chicot reprendra l'image plus loin.

4. *Enténébrée :* le contraste entre *gargouillement* et *enténébrée,* qui n'appartiennent pas au même registre de vocabulaire, est, sans doute, sinon voulu, du moins conscient.

5. *J'y pouvons rien :* formule de la sagesse (stoïcienne ou, plutôt, populaire). Elle nous rappelle que c'est pour y avoir manqué que maître Chicot et sa femme auront des ennuis : faire deux fois des *douillons.*

6. *C'est dérangeant :* à ce mot du mari, correspond, plus loin, le *c'est-i contrariant* de la femme. Deux expressions populaires — que j'ai entendues dans mon enfance, à la campagne.

7. *Cossarts :* colza (dialectal). Pierre Larousse précise que l'on peut repiquer le colza...

8. *Anuit :* archaïsme populaire pour *aujourd'hui.*

9. *Loche,* de *locher :* « secouer un arbre. Se dit en Normandie » (Pierre Larousse). Phémie, plus attentive, cueillera les pommes, au lieu de les gauler. Maupassant aurait-il pris *locher* dans le sens de *gauler* ?

10. *Douillons :* pommes entourées de pâte et cuites au four (local).

11. *Pour ne rien perdre :* ce tableau minutieux de maître Chicot se faisant une tartine donne la clef du comportement du ménage : un esprit rigoureux d'économie.

12. *Résoudre :* cette phrase, prise en compte par l'auteur, l'emploi populaire du *que résoudre,* en fait une sorte de style indirect libre.

13. *J'avions fait des douillons :* toujours, en public, cette prédominance de l'homme qui a, il est vrai, donné l'ordre, mais qui, dans les difficultés, consulte sa femme.

14. *Une prière :* cette mention souligne, dans ce conte, une omission commode. Le curé donne un avis médical, mais il n'est pas

question de la messe d'enterrement. La présence du prêtre et de l'enfant de chœur, cependant inévitable, eût gêné le narrateur : il les supprime...

15. *Ça n' serait pas à r'faire tous les jours :* formule délicieuse, comme un douillon. Elle contient la leçon du conte (avarice de paysans insensibles) — une leçon qui n'en fait pas la valeur.

Page 115. UN LÂCHE (*L.G.*, 27 janv. 84)

Repris dans *La Vie populaire* (19 juil. 88).

En mai 1886, la publication de *Très russe* faillit entraîner un duel entre l'auteur, Jean Lorrain, et Maupassant, qui figure dans le roman sous le nom de Beaufrilan, « l'étalon modèle, littéraire et plastique, du grand haras Flaubert, Zola et Cie (Goncourt) ». Ce duel n'eut pas lieu. Maupassant, qui s'entraînait au tir au pistolet et qui tirait l'épée (qui, aussi, savait manier la canne), aurait pu se battre, mais ne s'est jamais battu. Sa chronique *Le Duel* (*G.B.*, 8 déc. 81 — cf. notre *Introduction*, p. 13) manifeste une hostilité au duel, dans une période où le mot *honneur* n'a plus de sens et où se battre est une manière de « se refaire une virginité d'occasion ». Comme on l'a vu, Maupassant, en 1883, avait rédigé une longue préface pour *Les Tireurs au pistolet,* du pseudo-baron de Vaux, dans laquelle il insiste sur le courage qu'exige un duel au pistolet ; celui-ci présente « des dangers qui font souvent reculer des hommes d'une bravoure incontestée ». C'est là-dessus que compte le héros de *Un lâche* : l'autre reculera... Mais il se trouve que son adversaire n'est pas prêt à *reculer* et que, lui, prend peur avant même le combat. Je n'aime pas beaucoup le titre, parce que la lâcheté n'est pas caractérielle, mais occasionnelle (même si elle est fréquente). Mais Maupassant n'avait nulle possibilité de tenir compte des travaux de l'École de Groningue... Le conte se divise selon les phases naturelles de l'histoire : la provocation, la première nuit, les conciliabules avec les témoins, la deuxième nuit et le suicide. Ce dernier avait fait le sujet du conte *Suicides* (*L.G.*, 29 août 80). *La Peur* serait un meilleur titre, mais Maupassant l'avait utilisé en 1882 (contre repris dans les *Contes de la bécasse* en 1883 : cette reprise était trop proche ; ajoutons cependant que Maupassant a repris ce titre dans *Le Figaro,* le 25 juillet 1884...). L'heureuse bizarrerie du conte tient dans le contraste entre son écriture, apparemment objective, réaliste, neutre et l'impression du lecteur, de plus en plus *fantastique* au fur et à mesure qu'il avance dans sa lecture. Je ne crois pas, en ce qui me concerne, que *Un lâche* soit le moins du monde un conte fantastique, en ce sens qu'aucun surnaturel n'intervient. Mais il y a bien « une confusion pénible et enfiévrante comme un cauchemar » (*Le Fantastique,* dans *L.G.,* 7 oct. 83). Le récit est *positif*, précis, mais le personnage, parmi cette rationalité indiscutable, découvre en lui un je ne sais quoi d'irrationnel, à quoi il obéit et dont il meurt. L'*atmosphère* du conte fait place à ce glissement du comportement délibéré, fidèle à un style de vie, à ce je ne sais quoi — la peur de mourir et, plus encore, la peur d'avoir peur : le trac tue. Le succès, l'efficacité du conte est là, dans ce *lapsus* où on laisse tomber son masque habituel, judicieusement décrit, d'homme qui a toujours vécu pour le regard des autres, pour n'apercevoir plus, dans un miroir, que sa tête d'agonisant solitaire, effaré. Maupassant a repris l'essentiel de notre conte dans *Bel-Ami* (1ʳᵉ partie, ch. VII).

Il a traité de nouveau du suicide dans *L'Endormeuse* (16 sept. 89) où on lit : « c'est la force de ceux qui n'en ont plus. »

1. *À de l'esprit :* le « beau Signoles » n'est qu'un bellâtre ; son esprit tient tout dans sa *parole,* dans sa conversation, banale, rodée, usée.

2. *Tortoni :* situé à l'angle de la rue Taitbout et du boulevard des Italiens, ce café, lieu de rendez-vous des « turfistes » et des « sportsmen » (Louis Forestier), disparut en 1894.

3. *C'était à lui que l'injure s'adressait :* « point d'honneur » tout à fait discutable. Je dirais même que Signoles insulte le mari de la dame regardée.

4. *Leurs noms porteraient dans les journaux :* le vicomte vit pour l'apparence.

5. *Il avait chance de faire reculer son adversaire :* cf. plus haut la citation de la préface des *Tireurs au pistolet.*

6. *Malgré soi :* nous pataugeons, déjà, dans l'irrationnel ; on n'a jamais peur volontairement.

7. *Épouvante :* de *doute* à *épouvante,* redoutable progression.

8. *Cet homme va s'apercevoir que j'ai peur :* cette formule résume le trait essentiel du caractère du beau Signoles (l'opinion d'autrui compte plus que la réalité des faits que, du même coup, il ne peut pas prendre à bras-le-corps). Dans la conversation qui suit, avec les témoins, Signoles, se trouvant « en représentation », réussit, non sans mal, à jouer son rôle. Dans la suite, Maupassant n'analyse pas la peur : il en note les signes physiques (impossibilité de manger ; boire du rhum).

9. *Il voulait se battre :* tout le conte repose sur cette vanité de la volonté, dans certains cas.

10. *Baron de Vaux :* Ludovic de Vaux avait obtenu une préface de Maupassant (citée plus haut) pour *Les Tireurs au pistolet* (1883).

11. *Gastinne Renette :* célèbre armurier.

Page 127. L'IVROGNE (*L.G.*, 20 avril 84)

Repris dans *Le Bon journal* (5 déc. 86), *La Vie populaire* (1ᵉʳ mars 88), *Histoire d'une fille de ferme* (1890) et *La Semaine politique et littéraire* (6 déc. 91).

On ne s'étonne pas que ce conte ait paru dans *Le Gaulois,* puis dans *Le Bon Journal* : il donne une idée pénible des mœurs populaires. Louis Forestier a retrouvé, dans *Le Gaulois* du 9 avril 1884, un fait divers qui peut avoir attiré l'attention de Maupassant : un employé jaloux tue sa femme à coups de chaise. Cette origine éventuelle manifeste la distance qui sépare une œuvre écrite d'un simple fait divers. Maupassant a ajouté une *atmosphère* (marquée, ici, par des conditions... atmosphériques en accord avec le meurtre), l'idée d'une dissimulation de l'adultère avec l'aide d'un cafetier et de Mathurin et, enfin, l'ivrognerie qui fournit le titre. Je ne suis pas sûr que la vraisemblance demeure parfaite : cela fait cher, avec tous ces petits verres d'alcool, sans aucune certitude (le pochard pourrait abandonner plus tôt...). Il y a une allure de réalité plutôt qu'une réalité assurée : cette « farce » (le mot figure dans le texte) ne peut pas se renouveler tous les jours. De même, on ne sait pas, par ce jour de tempête, ce qu'a fait Jérémie jusque-là. Un grossissement, que je n'ose dire épique, à peine héroï-comique, se termine par un massacre ignoble, dégoûtant. Mais le texte se tient en lui-même et par lui-même, dans cette ivresse du ciel, cet abrutissement de l'ivrogne et ce déchaînement d'une obscure tempête en son crâne de mari, trompé certes, mais surtout, dirait-on, à qui sa femme ne répond pas : si Mélina, sa femme, lui avait répondu, rien peut-être ne se serait passé. Mais c'eût été *an other tale...*

1. *Yport :* cf. la description d'Yport dans *Une vie* (ch. VI).

2. *Auvents :* dans *Le Crime au père Boniface,* Maupassant emploie *auvent* dans le sens de *volet.*

3. *Affolé :* Jérémie le sera, à la fin, comme l'océan ; les deux tempêtes se répondent.

4. *Dominos :* jeu alors populaire (Louis Forestier renvoie au *Dupont et Durand* de Musset).

5. *Tu payes toujours :* Maupassant note souvent, chez ses héros du peuple, cette rapacité sordide.

6. *Bassiner ton lit :* le lecteur devine de quelle bassinoire elle use ; mais Jérémie ne comprend pas cette amphibologie. Aspect de la « farce »...

7. *Pochard :* vulgaire.

8. *Pleine de matelots, de fumée et de cris :* dans cette description simple, les effets de rhétorique ne manquent pas.

9. *Mathurin versait toujours :* apparemment, il supporte l'alcool mieux que Jérémie.

10. *Farce :* se jouer d'un mari trompé, c'est la meilleure des farces ; une chaise suffit à la transformer en fait divers, quand souffle une tempête équinoxiale.

11. *Il tenait ses dominos :* on ne tient pas ses dominos comme des cartes.

12. *Il est au chaud* : même aspect de farce que, note 6, dans l'emploi de *bassiner*. Éléments habituels qu'on retrouve, par exemple, dans *La Femme du boulanger,* d'Alphonse Daudet.

13. *V'là le syndic* : le responsable de l'inscription maritime dans un quartier déterminé (Louis Forestier).

14. *Y en a pour vingt sous à bord* : langage de marin, bien sûr. Ce franc Germinal (mille centimes d'aujourd'hui, environ) correspondrait à ce qui reste dans la bouteille... A mon sens, cela fait cher à la fin du mois.

15. *Décaniller* : mot, de nouveau, populaire.

16. *Sa femme ne répondit pas* : comme on l'a noté plus haut, elle a tort.

17. *Je sieus-ti bu* : à quel point suis-je ivre.

18. *Comma* : comme ça.

Page 135. UNE VENDETTA (*L.G.,* 14 oct. 83)

Repris dans *La Semaine populaire* (17 mai 85), la *Revue des journaux et des livres* (27 sept. et 3 oct. 85), les *Annales politiques et littéraires* (18 sept. 87), *La Vie populaire* (26 janv. 88) et le supplément du *Petit Parisien* (13 sept. 91). Ce conte figure dans *L'Héritage* (1888).

Le voyage accompli en Corse en septembre et octobre 1880 a laissé de nombreuses traces dans *Une vie,* dans les contes, nouvelles et chroniques. Aux textes qu'on a cités dans la notice de *Le Bonheur,* ajoutons *Histoire corse* (*G.B.,* 1er déc. 81), *La Patrie de Colomba, Un échec* et, ici même *La Main.* La rédaction de *Une vie* avait, en 1881, réactivé les souvenirs de l'année précédente. La Corse, pour Maupassant, est le pays de la sauvagerie, avec tout ce que le mot implique d'excès, mais aussi d'innocence. Dans *Une vendetta,* il donne un exemple de l'une des caractéristiques de la vie corse, connue depuis toujours et, en particulier, grâce à Mérimée. L'anecdote est si peu vraisemblable qu'elle a chance d'avoir, dans la réalité, une origine plus ou moins précise. Le conte n'a pas d'autre fin que cette sauvage illustration d'une vengeance primitive.

1. « *Sémillante* » : comme le soulignent les guillemets, le nom de la chienne évoque le naufrage de la *Sémillante,* pendant la guerre de Crimée. C'est aussi un coup de chapeau à Alphonse Daudet qui avait fait paraître ses *Contes du lundi* en 1866. Le choix de ce nom annonce une catastrophe. Maupassant n'a pas un mot de commentaire : le nom parle encore à ses lecteurs et, surtout, l'auteur déteste se commenter.

2. *Des caillots de sang* : normalement, on fait la toilette des morts... Mais la mère d'Antoine Severini « ne voulut point qu'on restât avec elle ». De là, ce corps souillé et l'absence des vociférations — déjà traitées dans *Colomba.*

3. *Une idée de sauvage* : le mot clef.

4. *Elle se rendit à l'église :* Maupassant n'abuse pas des lieux de culte, mais il faut, ici, que la prière (que Dieu exaucera) accompagne cette sauvagerie. De même, plus loin, la confession et la communion : l'Église comprend.

5. *Alla se confesser et communia :* cf. note précédente.

6. *Elle se présenta chez un boulanger :* elle a très bien dressé la chienne qui, quoique affamée, ne se jette pas au cou du commerçant... Les détails embarrassent souvent ; mais l'écrit seul compte.

Page 143. COCO (*L.G.*, 21 janv. 84)

Ce conte a été repris dans *Le Voleur* (15 janv. 85), *La Vie populaire* (28 juin 85), *Le Bon Journal* (25 avril 86), les *Annales politiques et littéraires* (29 juil. 88), ainsi que dans le supplément de *La Lanterne* (12 fév. 93). Il a figuré dans *L'Héritage* (1888). Louis Forestier a eu le manuscrit sous les yeux et en donne les variantes dans son édition de la Pléiade.

Ce beau conte donne, de la campagne normande, une idée plus riante, plus heureuse, moins brutale que la plupart des contes qui lui sont consacrés. Ces fermiers sont à leur aise, honnêtes, gentils : ils conservent un vieux cheval qui ne peut plus travailler. On a la révélation d'une ferme patriarcale, avec une grande table et une soupière décorée de fleurs bleues. Mais le goujat (le valet de ferme), un adolescent, chargé de soigner le vieux cheval, réagit, lui, comme un paysan normand des contes noirs : cet argent gaspillé, la peine qu'il prend pour un vieillard inutile, le scandalisent. Le bon Dieu lui-même intervient, dans la pensée confuse de cette petite brute, pour condamner ce manquement à une économie saine et rapace. Dans *La Pitié* (*L.G.*, 22 déc. 81), Maupassant, grand chasseur cependant, oppose la sensiblerie à la sensibilité : de bons écologistes hurlent contre la vivisection, mais on fait tuer des hommes en Afrique et on maltraite les bêtes : « La commisération pour les bêtes est d'ailleurs un des sentiments les plus respectables qui soient. Elle est la marque certaine des civilisations avancées. Le paysan confine à la brute ; son cœur est dur aux animaux, sa main féroce. » La chronique, au titre schopenhauérien, se termine par l'évocation d'une caravane, dans le Sud algérien, guidée par les os des chameaux morts. Un chameau agonisant a bouleversé l'esprit de Maupassant : « Jamais, jamais, je n'ai eu le cœur aussi profondément remué qu'à la vue du triste chameau laissé derrière nous dans le désert. » Ce *jamais* répété nous surprend. Mais il explique la tacite indignation de *Coco*.

1. « *La Métairie* » : mot préférable à ferme, dans l'opinion publique, parce qu'il impliquerait une présence plus directe du grand propriétaire, un investissement plus considérable. Mais, ici, il s'agit bien d'une grande et belle ferme.

2. *Cinq rangs d'arbres :* parmi les descriptions de ces fermes de la haute Normandie, l'une des plus prestigieuses. Notons la présence, caractéristique, des silex. Les cinq premiers paragraphes ont une allure de début d'un conte merveilleux.

3. *Goujat :* valet de ferme.

4. *Coco-Zidore :* sans un mot d'explication, Maupassant dispose les éléments qui expliquent le comportement de cette brute stupide.

5. *Et l'herbe poussa drue :* plutôt qu'à *La Charogne,* je pense à la fin de *Miss Harriet* (*L.G.,* 9 juil. 83) : « Elle allait maintenant se décomposer et devenir plante à son tour. Elle fleurirait au soleil, serait broutée par les vaches, emportée en graine par les oiseaux et, chair des bêtes, elle redeviendrait de la chair humaine. [...] Elle avait changé sa vie contre d'autres vies qu'elle ferait naître. »

Page 149. LA MAIN (*L.G.,* 23 déc. 83)

Repris dans *La Vie populaire* (10 mai 85), *La Semaine populaire* (11 oct. 85), le supplément de *La Lanterne* (8 nov. 85), les *Annales politiques et littéraires* (15 janv. 88), le supplément du *Petit Journal* (28 nov. 90).

Maupassant reprend ici, en le transposant, un sujet qu'il avait traité dans *La Main d'écorché,* son premier conte publié, sous la signature de Joseph Prunier (*Almanach lorrain de Pont-à-Mousson :* 1875). Cette histoire bizarre est liée à la vie même de Maupassant, qui, entre 1865 et 1868, s'était jeté à l'eau à Étretat pour sauver un inconnu (le poète Swinburne) en train de se noyer. Celui-ci était l'hôte de Lord Powell, qui habitait là « La chaumière de Dolmancé », une étrange demeure au nom significatif (*La Philosophie dans le boudoir*). Maupassant a raconté cet incident dans *L'Anglais d'Étretat* (*L.G.,* 29 nov. 82), puis, de nouveau, dans les *Notes sur Algernon Charles Swinburne* (1891). Pour le remercier de son courage, Lord Powell l'avait invité en cette maison, où figurait une main écorchée — parmi d'autres objets bizarres ou pornographiques. Dans le premier de ces articles, Maupassant affirme que la maison a été vendue en 1868.

La Main d'écorché situe son action à Paris, mais fait référence à la Normandie, d'où un étudiant, qui vient de la rapporter, est, apparemment, étranglé par ladite main (les termes décrivant les trous dus aux cinq doigts sont les mêmes que dans *La Main*). Ajoutons que Maupassant raconte avoir acheté cette main lors de la vente aux enchères qui suivit, deux ans après. *La Main* est située en Corse, dans le golfe d'Ajaccio, que l'on ne décrit pas, sans doute parce que Maupassant venait de le décrire, p. ex. dans *Le Monastère de Corbara.* Comme il arrive si souvent, l'histoire est racontée dans une réunion mondaine préalablement décrite, à laquelle, dans les derniers paragraphes, on revient. Le narrateur explique de façon *naturelle* ces faits surprenants ; une auditrice, au moins, ne le croit pas. L'explication importe peu. Le conte s'inscrit dans le registre de l'inexpliqué, qui est celui du fantastique, selon Maupassant. L'article du *Gaulois*, le 7 octobre 1883 (cf. notre introduction, p. 34), signale la fin du mystérieux « qui n'est plus pour nous que de l'inexploré ». Il lie également le passage du merveilleux au fantastique au doute (disons : scientifique) qui a pénétré dans les esprits : « L'écrivain a cherché les nuances, a rôdé autour du surnaturel plutôt que d'y pénétrer. Il a trouvé des effets terribles en demeurant sur la limite du possible. Le lecteur indécis ne savait plus, perdait pied comme en une eau dont le fond manque à tout instant, se raccrochait brusquement au réel pour s'enfoncer encore tout aussitôt, et se débattre de nouveau dans une confusion pénible et enfiévrante comme un cauchemar. L'extraordinaire puissance terrifiante d'Hoffmann et d'Edgar Poe vient de cette habileté savante, de cette façon particulière de coudoyer le fantastique et de troubler, avec des faits naturels où reste pourtant quelque chose d'inexpliqué et de presque impossible. »

Dans ce bel article, heureusement commenté par Pierre-Georges Castex dans son livre sur *Le Conte fantastique en France de Charles Nodier à Maupassant,* l'auteur donne la recette de *La Main*. Il me paraît bon de rappeler *Adieu mystère* (*L.G.*, 8 nov. 81) et ces quelques mots, cités déjà dans notre introduction : « Il me semble qu'on a dépeuplé le monde. On a supprimé l'Invisible. Et tout me paraît muet, vide, abandonné. » Y a-t-il ou non progrès de Joseph Prunier à Maupassant ? La première nouvelle était fort bonne. Ici, l'auteur a su introduire de l'*à peine dit,* un *à peine dit* qui soutient le récit : cette étrangeté d'un Anglais courtois, qu'on devine cruel, et cette revanche d'un Noir sauvage, qui apparaît légitime.

1. *Saint-Cloud :* Louis Forestier a retrouvé une affaire à Saint-Ouen.

2. *Personne n'y comprenait rien :* n'est-ce pas, déjà, notre conclusion ?

3. *Le magistrat :* M. Bermutier ne croit pas au surnaturel. C'est là une habileté du récit : nous subissons, *malgré* le narrateur, une impression de surnaturel. Au demeurant, selon un procédé technique banal chez Maupassant, le récit est *cadré* (cette introduction, puis les dernières lignes).

4. *Des légendes se firent autour de lui :* cf. *L'Anglais d'Étretat,* à propos de Lord Powell (non nommé) : « Il vivait là, toujours seul, d'une manière bizarre, disait-on, et il soulevait l'étonnement hostile des indigènes, le peuple étant sournois et niaisement malveillant comme tout peuple de petite ville. »

5. *Sir John Rowell :* ce nom ne dissimule guère Lord Powell.

6. *Son salon était tendu de noir :* souvenir du marquis de Sade...

7. *Une main noire desséchée :* cf. *L'Anglais d'Étretat :* « Je remarquai

surtout une affreuse main d'écorché qui gardait sa peau séchée, ses muscles noirs mis à nu, et sur l'os, blanc comme de la neige, des traces de sang ancien. » Cf. également *La Main d'écorché*. « Cette main était affreuse, noire, sèche, très longue et comme crispée, les muscles, d'une force extraordinaire, étaient retenus à l'intérieur et à l'extérieur par une lanière de peau parcheminée, les ongles jaunes, étroits, étaient restés au bout des doigts. »

8. *Le cou, percé de cinq trous :* cf. *La Main d'écorché*. « Il portait au cou les marques de cinq doigts qui s'étaient profondément enfoncés dans la chair, quelques gouttes de sang maculaient sa chemise. » Dans cette première version, le héros ne meurt pas tout de suite, mais devient fou avant de succomber.

9. *Sur la tombe :* dans la première version, c'est dans la tombe qu'on est en train de creuser et où, bizarrement on la trouve sur un cercueil — celui, sans doute, du reste du corps.

Page 159. LE GUEUX (*L.G.*, 9 mars 84)

Ce conte a été repris dans *La Vie populaire* (17 mai 85), *Le Bon Journal* (26 sept. 86), *La Semaine populaire* (25 sept. 87), ainsi que dans *La Semaine politique et littéraire* (3 janv. 92). Il figure dans *Histoire d'une fille de ferme* (1890).

La touchante perfection de ce conte interdit presque toute présentation. On renverra à *La Pitié* (*L.G.*, 22 déc. 81), déjà cité à propos de *Coco*. Point de *sensiblerie,* mais une *sensibilité,* d'un ton si juste qu'elle appelle, chez le lecteur, une révolte. Le malheur de ce gueux n'est pas dû à la « fatalité ». Ce n'est pas un invalide de naissance : la « société » a fait son destin. Enfant abandonné, victime d'un accident provoqué par une ivresse où le précipita la sotte plaisanterie d'un boulanger, déformé et abruti, pour finir, roué de coups dans une ferme et mort de faim, dans une gendarmerie. Même les mouvements d'un bon cœur prennent une allure rébarbative, féodale (dans un mauvais sens du terme) : la baronne d'Avary, qui l'a protégé, logé, nourri, lui jetait quelques sols (l'archaïsme du terme critique cette charité), « du haut de son perron ou des fenêtres de sa chambre ». C'était le bon temps... Paysans et paysannes lui refusent tout secours. Cet abruti va payer de sa vie un poulet tué, comme Jean Valjean avait payé, de cinq ans de bagne, un pain volé. Le conte, implacablement, sans émotion apparente, le conduit jusqu'à une mort sans *agonie,* sans combat. Le *quelle surprise !* final qui paraît reprendre le *quel étonnement !* d'une première version de *Madame Bovary* condense tout un message, sans qu'on sache clairement lequel. Il semble condamner plus encore la bêtise des gendarmes, leur absence d'imagination, que le train dont va le monde. C'est au détour de chaque paragraphe qu'une indignation presque tacite se communique au lecteur.

1. *Autrefois :* un peu plus loin, « on était fatigué de lui depuis quarante ans », etc. Le gueux a donc environ cinquante-cinq ans au moment de sa mort.

2. *Il ignorait si le monde :* la pitié ne doit pas camoufler la politique ; ce gueux, qui ne sait rien, n'est pas l'égal des autres hommes. L'idée qu'il ait le droit de voter et que cela soit bien ne vient pas à Maupassant.

3. *Pas de refuge :* cette énumération constitue ici une trace de pathétique.

4. *A la seule force des poignets :* je ne parviens pas à imaginer comment il procède ni, moins encore, ce qu'il fait de ses béquilles, si le trou est situé un peu haut.

5. *On le chassa de partout :* tout se passe comme si ces paysans n'avaient aucune idée de leur foi chrétienne.

6. *L'aide mystérieuse :* Maupassant mentionne cet espoir chevillé à tous nos corps, espoir qui, avec une féroce discrétion, met le Ciel en accusation...

7. *Il était adroit :* soit ! mais comment et pourquoi ? Maupassant s'en tient aux faits qu'il rapporte. Libre au lecteur d'imaginer un roman pour les expliquer !

8. *Maître Chiquet prétendait avoir été attaqué :* la mention de ce mensonge met en accusation police, justice et société.

9. *Les gendarmes ne pensèrent pas :* sottise, absence d'imagination plutôt que méchanceté.

10. *Quelle surprise ! :* cf. la notice liminaire. C'est, bien sûr, la surprise des gendarmes (ah ! si seulement ils avaient lu le conte, avant...).

Page 167. UN PARRICIDE (*L.G.*, 23 sept. 82)

Maufrigneuse a repris, dans le *Gil Blas* du 19 août 84, ce conte qui reparut dans *La Vie populaire* (16 août 88), ainsi que dans *Histoire d'une fille de ferme* (1890).

Lucien Litzelmann étant né le 27 février 1883, on ne peut pas ne pas établir un rapport entre la grossesse de sa mère et la... conception de ce conte. Il est vrai que ce rapprochement n'éclaire pas notre lecture : nulle ressemblance entre Mlle Litzelmann et cette jeune femme riche qui a abandonné son enfant dans des conditions que l'auteur n'éclaire pas (sans que cela soit dit, tout donne à penser qu'elle était déjà mariée ; elle aurait donc eu la délicatesse de ne pas infliger à son mari un enfant qui n'était pas de lui — mais qu'en savait-elle ? comment a-t-elle pu dissimuler sa grossesse ?). Il y a, dans un immense *non-dit*, tout un roman caché. Au niveau des idées, tout se réduit au fait de la procréation et à la responsabilité des géniteurs. D'ailleurs les morts ne parlent pas : Maupassant est réduit aux informations que donne le héros, dans sa prise de parole aux assises.

J'admire, une fois de plus, la faculté d'accueil du *Gaulois* qui a publié ce conte, l'un des plus *révolutionnaires* de Maupassant. Il est vrai que la *révolution* était d'actualité : sans parler du congrès de Marseille (1879), les communards condamnés avaient été amnistiés en 1880 et, cette même année, les articles de Jules Guesde dans *Le Cri du peuple* de Vallès et les grandes grèves d'Anzin faisaient du bruit (André Vial, *Faits et significations*, 1973). De là, l'habile plaidoirie de l'avocat, pour qui l'accusé est innocent et la Commune (qu'on vient d'amnistier...) coupable. A la limite, pour les bourgeois siégeant au jury, le vrai coupable serait le ministère et la majorité des élus qui, par l'amnistie, ont donné droit de cité au crime « social ». On comprend que l'accusé préfère la guillotine à un asile de fous d'où (à la date) on ne sortait guère. Sa longue déclaration demeure sociale et politique. Ce menuisier, surnommé « le bourgeois » (quel hommage aux lois supposées de l'hérédité !), n'admet pas sa bâtardise, n'admet pas la société qui l'a imposée et prononce, contre ces parents qu'il a tués, un réquisitoire : ils l'ont abandonné, ils ont cessé de payer pour son entretien ; c'est la nourrice, une femme du peuple, qui l'a sauvé. Au demeurant, il ne sait plus précisément ce qui s'est passé : « l'inconscient a repris ses droits » (Louis Forestier). L'absence de tout recours à toute explication, à la moindre psychologie, me frappe et me séduit : nous ne saurons pas comment et pourquoi les parents l'ont retrouvé. Mieux : nous ne saurons pas pourquoi il s'est dénoncé. Sur un fond noir de *non-dit*, les faits et les dits retenus prennent une valeur presque mythique. En dépit de certaines apparences, l'essentiel n'est pas politique et social : il se tient dans cette effrayante responsabilité des parents.

1. *Enlacés :* comme ils étaient morts avant d'être jetés successivement à l'eau, ce conjugal enlacement ne laisse pas de surprendre.

2. *Des délicatesses natives :* Notons cette confiance dans l'hérédité. Dans *Un fils* (19 avril 82) l'enfant est un abruti (mais le père seul est de bonne souche). Dans *L'Abandonné* (15 août 84), quoiqu'on se trouve dans la même situation sociale qu'ici, l'enfant est aussi un abruti.

3. *Fort exalté :* cet *engagement* politique permet la plaidoirie.

4. *La folie :* la reprise, ici, de la phrase initiale du conte donne au texte un je ne sais quoi de poétique. Cette répétition, en tout cas, met en lumière l'essentiel : le refus, par Le Bourgeois, de cette folie et de l'asile.

5. *M. Grévy :* président de la République depuis 1879. Gambetta allait mourir peu après la publication de ce conte.

6. *Mon président :* cette incorrection tire Le Bourgeois vers le

peuple — un peuple auquel son langage ne devrait pas faire ce sacrifice.

7. *La vie est-elle un présent :* l'accusé a des formules qui vont loin. On ajouterait, volontiers, que, dans ces conditions, la prendre n'est pas toujours un crime.

8. *Je me suis vengé :* la notion de vengeance est, chez Maupassant, fondamentale. Peut-être, ici, ôte-t-elle au conte ce qu'il pourrait comporter de politiquement abstrait.

9. *Je vous garderai le secret :* à cet engagement répond le « Vous êtes une canaille qui voulez nous tirer de l'argent ». J'avoue n'être pas sûr de la vraisemblance de cette parole du père, ni, moins encore, de celle de la phrase qui suit.

10. *Un soulèvement de la justice :* il y a contradiction entre cette expression (et toute la phrase) et le « Mon président » initial.

Page 177. LE PETIT (*L.G.*, 19 août 83)

Repris dans *La Vie populaire* (9 août 88), ce conte a figuré dans *Histoire d'une fille de ferme* (1890).

Rappelons la naissance de Lucien Litzelmann, le 27 février 1883, que suivit, d'ailleurs, celle de Lucienne en 1884. Sur le thème du bâtard, cf. la notice du *Père* (p. 61). Maupassant, dans ces contes et dans ceux qui ont suivi, multiplie les variations. Il reprendra les données du *Petit* dans *Monsieur Parent* (1886), plus longuement, et avec un changement notable : Monsieur Parent (au nom si bien choisi) n'est pas veuf et ne met pas fin à ses jours, mais, sa femme l'ayant quitté, s'installe dans une solitaire déchéance. C'est, sans doute, que Monsieur Parent s'aime lui-même à travers son fils, tandis que, dans *Le Petit*, c'est sa femme qu'aime le mari à travers l'enfant. En « perdant » son fils, M. Parent, ne perd que lui-même, tandis que M. Lemonnier, perdant sa femme, perd toute raison de vivre : sa stupide idolâtrie de son fils prolonge l'idolâtrie aveugle de sa femme. Dans l'ensemble de son œuvre (sans oublier *Pierre et Jean*), Maupassant a, me semble-t-il, envisagé tous les cas possibles, en cette époque où le divorce (qui n'a pas tout résolu, Dieu sait !) n'existait pas ou commençait à peine d'exister. Peut-être ce récit contient-il un réquisitoire tacite contre un amour trop entier : si Lemonnier n'avait pas aimé ainsi sa femme volage (« Aimer, c'est mourir en soi pour renaître en autrui », lit-on dans *L'Astrée*), apprenant son infortune, il eût dit : « Bah ! »

1. *Follement :* prenons l'adverbe au pied de la lettre : ce fut un amour fou, absurde.

2. *Versait le vin* [...] *l'eau :* ces détails matérialisent l'exagération de l'amour de M. Lemonnier. C'est, presque, une séquence de film de Charlot.

3. *Pendant cinq ans :* je comprends que Lemonnier était stérile et que M. Duretour se surveillait.

4. *Ces frénésies de tendresse qu'ont les parents :* amphibologie plus comique que tragique. M. Lemonnier ne comprend pas ce que tout lecteur devine. M. Duretour *se* retrouve dans le bébé : « Est-il mignon ! »

5. *Cuillerée de soupe :* lisons *louche* (il s'agit, sans doute, d'une *cuiller à pot,* nommée *louche* plus haut).

6. *Point à vous :* la répétition correspond au jeu de scène de M. Lemonnier. Maupassant est, ici, un bon auteur dramatique.

7. *L'anneau du plafond :* destiné à retenir la lampe ou le lustre.

8. *La savate droite :* Maupassant a le sens du détail. Une « vision de myope », écrivait Albert-Marie Schmidt. Une imagination minutieuse, qui fait vrai.

9. *Que cette ligne :* admirable discrétion finale de M. Lemonnier : il dit tout, sans rien dire, sans accuser quiconque, sans revenir sur la déclaration qu'il avait faite à l'état civil.

Page 185. LA ROCHE AUX GUILLEMOTS (*L.G.,* 14 avril 82)

Conte repris dans *Le Bon Journal,* le 26 avril 1885 ; *La Vie populaire,* le 16 février 1888 ; dans le supplément du *Petit Parisien,* le 12 avril 1891, et dans le supplément du *Petit Journal,* le 25 juillet 1891.

Maupassant, un grand chasseur, passait, quand rien ne s'y opposait, le mois de septembre à chasser. Il a consacré, à la chasse et, surtout, aux chasseurs, un grand nombre de contes. Dans *La Roche aux Guillemots* (le plus ancien conte du recueil) il y a une belle description d'Etretat (où il se trouvait lors de la rédaction), l'esquisse du milieu et le récit d'une chasse, avec une interrogation sur l'instinct migrateur et, enfin, un cas extraordinaire de passion, une surprenante impossibilité de résister à son désir. *Surprenante* est trop faible. *Impossible* serait plus juste. Je ne sais pas si, à la date, il était légal de promener ainsi un cadavre. Point de description de la voiture : il ne me paraît pas certain qu'un cercueil entrât aisément dans une voiture. Il n'est pas non plus prudent de promener longuement un cadavre par un beau soleil d'avril. Les domestiques de l'hôtel eussent bien fini par le sentir. Enfin la fille de M. d'Arnelles (on ne parle pas d'elle...) doit attendre à Briseville une inhumation dont la date doit bien avoir été fixée, à supposer qu'elle n'ait pas voulu voyager dans le même véhicule que son défunt mari. L'auteur est, à bon droit, avare de renseignements : toute explication attirerait l'attention sur une impossibilité majeure, qui n'importe pas, puisque le conte est bâti sur un *suspens* qui dure jusqu'à la fin et qu'il s'agit seulement d'illustrer un cas extrême de la passion.

1. *Guillemots :* sorte de petit pingouin des mers boréales qui vient pondre en Normandie ou en Bretagne.

2. *Étretat :* dans la chronique portant ce titre (*L.G.*, 20 oct. 80), Maupassant célèbre ce nom : « Ce petit nom d'Étretat, nerveux et sautillant, sonore et gai, ne semble-t-il pas né de ce bruit de galets roulés par les vagues ? » — bruit auquel il sera fait allusion un peu plus bas. Une autre fois, Maupassant s'intéresse à la sonorité d'un nom propre. Il s'agit, cette fois, de Zola : « De tous les noms littéraires, il n'en est point peut-être qui saute plus brusquement aux yeux et s'attache plus fortement au souvenir que celui de Zola. Il éclate comme deux notes de clavecin, violent, tapageur, entre dans l'oreille, l'emplit de sa brusque et sonore gaieté. Zola ! quel appel au public ! quel cri d'éveil ! et quelle fortune pour un écrivain de talent que de naître doté par l'état civil » (*Émile Zola* I, dans la collection des *Célébrités Contemporaines*, 1883).

3. L'hôtel Hauville existait.

4. *On n'en trouve que là :* sans doute inexact ; on n'en trouve plus, aujourd'hui, qu'au nord de la Bretagne. Ces migrations et la précision de l'instinct séduisent l'esprit de Maupassant. Comme souvent, les feuillets liminaires du conte tiennent de la chronique.

5. *Joyeux :* la saveur de l'adjectif n'apparaîtra qu'à la fin.

6. *Il répondit :* Maupassant, fidèle à ses principes, n'explique pas cette réponse. J'imagine que M. d'Arnelles aurait honte de faire allusion au décès de son gendre ou, mieux, craindrait que la vérité, une fois dite, ne le privât de chasse.

7. *Ils sont là :* la description, courte et précise, des guillemots souligne cette barbarie de la tuerie, dont on a cependant écrit, plus haut, « rien de joli comme cette chasse ».

8. *Tolets :* « Chevilles enfoncées sur le bord d'une embarcation pour recevoir l'aviron ou pour servir d'appui pendant la manœuvre » (Louis Forestier).

9. *La bête expire sans avoir quitté ses œufs :* sans un mot de commentaire, par l'énoncé de simples faits, Maupassant manifeste à la fois la barbarie et la stupidité de cette jolie chasse.

10. *J'ai une affaire :* délicieux euphémisme.

11. *Je ne suis pas seul ici :* tous les procédés sont bons pour retarder le mot de l'énigme. Celui-ci relève d'une parfaite comédie.

12. *Il peut bien attendre :* discutable (cf. notre notice).

Page 191. TOMBOUCTOU (*L.G.*, 2 août 83)

Ce conte a été repris dans *Le Bon Journal* (17 mai 85), dans le supplément de *La Lanterne* (20 déc. 85 et 6 mars 90), *La Vie populaire* (1er janv. 88) et dans les *Annales politiques et littéraires* (22 sept. 89). On le trouve aussi dans *Histoire d'une fille de ferme* (1890).

Le nom de Tombouctou était célèbre depuis longtemps, puisque la Société royale de géographie avait promis dix mille francs au premier qui y pénétrerait et... en reviendrait. Ce fut, en 1818, le cas

de René Caillé, qui mourut en 1828. Ses notes de voyage avaient été
publiées en 1830 et souvent rééditées depuis.

Le secret de cette ville interdite, qui ne fut conquise par les
troupes françaises qu'en 1890, lui prêtait une valeur mythique. Il est
donc naturel qu'un *turco* noir ait été surnommé ainsi. Notre conte
manifeste une complexe habileté et une grande diversité d'arrière-
plans. Le *cadre* de ce récit me paraît plus soigné et, d'ailleurs, plus
agité, plus remuant que la plupart des autres. C'est tout *le boulevard*,
auquel Maupassant toujours s'intéressa, « ce fleuve de vie », dans la
gloire d'un crépuscule et du luxe. Cette gloire éclate partout, jusque
sur les souliers soigneusement vernis. Il est probable que Maupassant a pris ce soin pour ménager un contraste avec l'apparition de
Tombouctou et avec un récit de misères et d'horreurs. Ce n'est pas à
dire que ce conte résiste mieux que d'autres à une critique vétilleuse
et, sans doute, inopportune. Le groupe de *turcos* arrivés dans
Bézières, en 1870, est composé d'Africains ; Tombouctou est, lui, un
prince noir des environs de la ville interdite. Le mot *africain* est
ambigu, on l'employait certes pour désigner les Algériens (mais
ceux-ci, me semble-t-il, n'auraient guère eu tendance à obéir à un
géant noir). Or les *turcos* (ainsi nommés par les Russes, pendant la
guerre de Crimée, parce qu'ils les prenaient pour des Turcs) étaient
des tirailleurs algériens, engagés volontaires. Tout un roman est, ici,
sous-entendu : comment ce prince noir est-il arrivé dans l'Algérie
française ? Si le héros vient des environs de Tombouctou, ce
musulman devrait répugner à l'ivresse, en particulier pendant les
combats sporadiques où la mort le guette. Enfin, comme on l'a
signalé dans l'introduction, on ne peut pas s'enivrer à manger des
raisins. Le rire joue, dans ce conte, un rôle exceptionnel. Tombouctou ne cesse pas de rire : « Il riait aux passants, il riait aux vendeurs
de journaux, il riait au ciel éclatant, il riait à Paris entier. » Quand
l'officier le reconnaît, il pousse « un rire d'une invraisemblable
violence ». Quand on l'a pris dans la vigne et qu'on le ramène, « il
ne cessa de rire tout le long de la route ». Charles Castella note dans
ses *Structures romanesques et vision sociale chez Guy de Maupassant*
(p. 213) : « On se rappelle [...] le rôle que, dès *Une vie*, le rire joue
dans la vision romanesque de Maupassant : celui d'un véritable
révélateur d'authenticité. » Si l'on admet cette interprétation (qui
paraît juste, en effet), de quelle *authenticité* s'agit-il ici ? On pourrait
croire que, à la facticité du boulevard, de la vie moderne, s'oppose
une sauvagerie authentique ; aux mensonges de notre société,
l'éclatante et riante vérité d'un sauvage, capable de voler systémati-
quement, de manger de la viande humaine et de jouer les saint
Martin auprès de son lieutenant.

1. *En grande tenue :* l'expression ne paraît pas juste.
2. *Je ne vous connais pas :* le défaut de mémoire de l'ancien

lieutenant ne laisse pas de surprendre (il n'y avait pas beaucoup de Noirs dans l'armée française).

3. *Deux cent mille fancs :* je suppose que Tombouctou exagère (deux millions de francs actuels...).

4. *Turcos :* cf. la notice, plus haut.

5. *Sauvages :* le terme paraît plus juste que celui de *brute* utilisé plus haut par le colonel.

6. *Gris :* peut être drôle pour un Noir (mais je ne crois pas que Maupassant y ait songé).

7. *Huit têtes coupées :* voilà la sauvagerie en action.

8. *Sa « profonde » :* je comprends que les *turcos* avaient des culottes analogues à celles des *spahis.*

9. *Par représailles :* Maupassant n'en dit pas plus, mais on s'interroge sur l'utilité de prouesses, d'ailleurs sauvages, qu'on paye un tel prix.

10. *Une pensée horrible :* réconfortant cannibalisme...

11. *Pésonne manteau :* j'ai dans la notice comparé Tombouctou à saint Martin. Il est, en fait, bien supérieur, puisqu'il donne tout.

12. *Je ne pus m'empêcher de rire :* ce rire, « révélateur d'authenticité », fait écho à ceux de Tombouctou. Mais l'authenticité, ici, c'est la farce de cette enseigne.

13. *Commencement de revanche :* allusion sarcastique au thème de la revanche.

Page 201. HISTOIRE VRAIE (*L.G.*, 8 juin 82)

Repris dans le *Gil Blas* (20 janv. 85) et *La Vie populaire* (7 juin 85). Ce conte figure dans *Histoire d'une fille de ferme* (1890).

Ce récit est l'un des plus horribles de notre recueil. Lucien Litzelmann devait naître le 27 février 1883. Il se peut que la grossesse de sa mère ait préoccupé Maupassant. L'histoire ici rapportée ne correspond pas du tout à la situation dans laquelle se trouvaient Maupassant et Mlle Litzelmann. Le même problème se pose dans *Une vie* et obtient la même solution. Mais le *traitement* est tout à fait différent, puisque le père est marié, d'une part, et que, d'autre part, Maupassant s'intéresse, dans *Une vie*, plus à l'enfant qu'à la mère. L'*atmosphère* du conte est primordiale : cette vulgarité cruelle est préparée par un dîner de chasse, qui réunit des chasseurs de classe assez basse, « mi-hobereaux, mi-paysans ». Tous « buvaient comme des citernes ». Le héros du conte est « un vieux noble déclassé tombé dans l'alcool ». Autant de précautions pour faire passer un récit, peu vraisemblable en tant que *récit* : il y a des choses qu'on ne raconte pas. Il fallait la grossièreté de ce repas peu aristocratique pour que, dans la chaleur et l'ivresse, une telle confidence fût, à la lecture, presque possible — une confidence sans le moindre repentir, sans la plus vague tendresse pour l'héroïne, comparée à la chienne Mirza...

Cela dit, la morale du conte, indépendamment de l'art du texte, est simple : méfiez-vous des filles qui aiment et sachez, toujours, vous libérer — coûte que coûte (ici : de l'argent et une vie).

1. *Allumés :* « On dit figurément qu'*une personne a le visage allumé, le teint allumé,* pour dire qu'elle a le visage, le teint d'un rouge très vif » (Napoléon Landais). L'adjectif portant sur la personne paraît négligé, vulgaire (dans le sens de : un peu gris).

2. *Au bout de ses poings rouges :* le poing, étant la main fermée, ne paraît pas utile pour servir à table.

3. *Bobonne :* cette phrase de M. Séjour ne trahit pas l'ancien séminariste...

4. *Une drôle d'histoire :* tout le conte est construit sur cette opposition entre les faits et leur écho dans la pensée du narrateur.

5. *Mirza :* la « jeunesse » en question (dont il ne donne même pas le nom) n'est, pour Varnetot, qu'un animal affectueux (*trop*). La comparaison avec la chienne revient plus bas : « ce qu'aurait dit Mirza si elle avait parlé ! » et « toujours comme Mirza ». L'amour est une animalité...

6. *Il me céderait sa servante et je lui vendrais ma jument noire :* Maupassant insiste sur l'aspect commercial, l'aspect *marchand d'esclaves.* M. de Varnetot a touché, pour sa jument, trois cents écus (soit neuf mille francs d'aujourd'hui).

7. *On ne me prend pas facilement :* personne n'a jamais pris Maupassant. A dire le vrai, on se demande comment cette jeune bonne pouvait aimer M. de Varnetot.

8. *Quinze cents francs :* si l'on ajoute les six acres et le mobilier, c'est une somme. Ces tractations campagnardes ont quelque chose de juste et d'affreux.

9. *Ça me fit quelque chose de voir ce mioche :* M. de Varnetot n'est pas *Le Père;* il a cependant quelque souci de sa race.

10. *Machinalement :* peut-être le mot le plus atroce de ce conte.

11. *En riant :* l'odieux du conte réside moins dans les faits que dans les attitudes du narrateur et de la tablée.

12. *Des femmes comme ça :* n'est-ce pas la morale du conte ? conforme à une « idéologie » que contredit notre lecture.

Page 209. ADIEU (G.B., 18 mars 84)

Conte repris dans *La Vie populaire* (16 juil. 85), *La Lune troyenne* (16 juin 88) et le supplément du *Petit Parisien* (27 oct. 89).

On veut bien que ce conte se réfère, dans la description d'une baigneuse d'Étretat, aux charmes d'Hermine Lecomte du Nouy, qui avait accouché, en décembre 83, de son fils Pierre. Mais il me paraît difficile que ce *quia pulvis es* lui soit adressé : la leçon du conte (jeune et belle femme, tu deviendras, dans dix ans, une mère de famille obèse) me paraîtrait discourtoise. C'est la chanson *Valentine...* S'il y a allusion à la belle Hermine, je veux croire que celle-ci ne l'a pas comprise. Le conte est presque *encadré* : commencé par une conversation à deux, dans un restaurant, il se termine par un « adieu » qui met fin à la conversation. Le thème est double : celui du vieillissement, éprouvé par les deux dîneurs (de façon d'ailleurs différente), constaté sur le corps et le visage d'une femme jadis aimée et le souvenir délicat, gracieux, d'un amour de plage (une femme pour l'été, en quelque sorte) qui a enchanté la mémoire. Cette représentation de l'amour (de ses fétichismes, de son égarement de myope dans les détails vestimentaires ou physiques, de sa tendre fidélité vague dans la séparation) est, dans l'œuvre de Maupassant, l'une des plus heureuses qui soient. Une grâce de primesaut, simple et fine. On peut se demander pourquoi le héros n'éprouve aucune jalousie à l'égard du mari — qui revient cependant toutes les fins de semaine. C'est, j'imagine, que la jalousie eût introduit une fêlure dans ce bonheur charmant. C'est, aussi, que cet amour ne vise pas et n'atteint pas l'unité propre de la personne aimée, mais une collection de détails physiques et de plaisirs. Le souvenir conservé n'est pas celui d'une personne, mais celui d'apparences délicieuses. De là, la surprise et l'indignation quand elle se nomme, douze ans après, dans un train, « mère poule très large, très ronde ». La conclusion du narrateur, qui avait, d'abord, parlé du rapide vieillissement des femmes (qui n'auraient, pour elles, que leur beauté), se fait générale : « Et la vie m'apparut comme un train qui passe » (image adaptée à la situation). L'homme aussi, vieillit. De là que ce dîner n'aura pas de suite et que « Adieu » termine, brutalement, le conte. Nul doute que Maupassant, qui souffrait beaucoup, n'ait été, malgré tant de succès et de *performances*, effrayé par le vieillissement. L'implacable temps s'inscrit dans un miroir, si l'on ne s'y regarde pas trop souvent.

1. *Rossignols* : il est rare qu'un paragraphe descriptif de Maupassant atteigne ce degré d'impalpable poésie. Le plaisir de voir devient un désir de partir « on ne sait où », le refus de devenir un « provincial de Paris », fût-il un provincial des boulevards. On rejoint ce que Louis Forestier nomme la *dromomanie* de Maupassant.

2. *Des regrets* : la conversation entre les deux amis donne le thème du conte. Vers quarante-cinq ans, le diable quitterait notre corps (quel pessimisme !) et ne nous laisserait que des désirs rétrospectifs. Henri Simon n'est plus, tout à fait, « vivant ». Maupassant avait trente-quatre ans : encore dix ou vingt ans à « vivre ».

3. *Peut-être* : Maupassant a souvent de ces habiletés (que Proust a systématisées) : l'interrogation ou l'incertitude sur le réel fictif produit un effet de réel.

4. *Leur beauté qui dure dix ans* : c'est un homme qui parle (et qui,

dès lors, se trompe). Le récit qu'il va faire va retourner ce jugement, comme un *boomerang*.

5. *Souvent amoureux :* les hommes sont, pour Maupassant, naturellement polygames.

6. *Les baigneuses :* il m'amuse que Pierre Garnier ne songe pas que les femmes, elles, regardent les hommes, qui ne supportent pas tous cette « épreuve du bain »... Il vit dans un temps où la beauté est une profession dont la femme a le monopole.

7. *Des chapeaux pareils aux siens :* la *possession* amoureuse est décrite, avec discrétion, mais avec une minutie fétichiste dans les détails.

8. *Je ne sais pourquoi :* on pourrait dire : c'est qu'il est possédé, non possesseur. C'est surtout, me semble-t-il, que Mme Julie Lefèvre est un objet, non une personne — un objet qui peut passer entre quatre mains, comme un piano.

9. *Une petite oreille :* dans tout ce paragraphe, la même amoureuse myopie.

10. *Une grosse dame :* il faut, vraiment, qu'elle ait beaucoup changé, pour qu'il ne la reconnaisse pas. Quatre naissances : certes, mais enfin une femme aisée parvient à se conserver un peu mieux. Notons que, dans sa délicieuse description, Pierre Garnier n'avait pas mentionné les yeux...

11. *Une révolte contre la nature même :* le narrateur n'admet pas les parturitions ni le temps, qui détruisent la beauté. Que sera-ce quand Mme Lefèvre lui dira : « Vous aussi, d'ailleurs, vous êtes changé » ?

12. *Maintenant j'étais vieux :* le vieillissement de la jeune femme d'Étretat a servi de révélateur à la vieillesse du narrateur.

Page 217. SOUVENIR (G.B., 20 mai 84)

Repris dans *La Vie populaire* (22 janv. 88).

Ce conte reprend, avec d'importantes modifications, le deuxième des *Dimanches d'un bourgeois de Paris,* intitulé *Première Sortie* (*L.G.*, 7 juin 80). C'est, pour une part, la même histoire : « le bourgeois » (M. Patissot) s'est égaré dans le bois ; il rencontre un couple qui s'est également perdu ; le mari appelle de même son chien qui a disparu ; de même il constate qu'il a laissé tomber son portefeuille. Patissot part avec la femme, avec qui, finalement, il déjeune et à qui il donne un louis, puisqu'elle n'a plus d'argent. Donc un cadre et des éléments identiques de l'histoire. Mais Patissot est un employé stupide, au lieu que le héros de *Souvenir* est un jeune homme séduisant, qui profite de l'occasion. On trouve encore des allusions à ce thème dans *Au printemps* (*La Maison Tellier,* 1881), à quoi, sans la faire mienne, j'emprunte cette maxime : « En amour, monsieur, nous sommes tous des naïfs, et les femmes des commerçantes. » Notre conte est une merveille heureuse : la jeunesse, la joie, l'humour des erreurs, ce mari qui perd tout (chemin, portefeuille, femme et chien) et cette femme, férocement légère. L'auteur assume la responsabilité de la narration qui conserve son *oralité*, puisqu'il s'adresse à ses *amis*, à ses *frères*, c'est-à-dire à ses lecteurs, à nous, comme racontant une histoire qui lui est, à peu près, arrivée : « J'étais employé dans un ministère. » Les douze ans du souvenir conviennent à peu près.

1. *Souvenirs de jeunesse :* à la date de la publication de *Première Sortie*, Maupassant avait vingt-neuf ans ; à celle de *Souvenir*, trente-quatre.

2. *Notre radieuse pauvreté :* pauvreté est excessif, mais *radieuse* est de trop. D'ailleurs le héros de l'histoire n'est pas démuni, même d'argent.

3. *La fin du voyage :* dirons-nous, après tant d'autres, l'obsession de la mort chez Maupassant ? Non ! il y a pis : on peut être un mort vivant ...

4. *Vingt-cinq ans :* cela donnerait, à la date, trente-sept ans au narrateur. A trois ans près...

5. *Je le voyais :* Maupassant reprend, non sans l'écrire de nouveau, le texte de *Première Sortie*.

6. *L'inconnu voilé de l'avenir :* de même que dans le début d'*Adieu,* la pensée vole *au-delà* du spectacle.

7. *Mon imbécile de mari :* toute vérité n'est pas bonne à dire. Le conte insinue, ainsi, une critique de la femme, quand on l'a épousée.

8. *Un cri perçant :* technique du *suspens* (nous ne saurons que beaucoup plus loin la raison objective du comportement ridicule de ce malheureux mari).

9. *L'année dernière :* querelle familiale typique, avec invocation des souvenirs...

10. *J'ai voulu le prendre,* etc. : de même que le cri poussé, ce paragraphe est emprunté à *Première Sortie*.

11. *On m'avait recommandé un restaurant :* dans *Première Sortie*, Patissot mentionne « Les Réservoirs ». Maupassant a pensé que six francs n'auraient pas suffi.

12. *Cabinet particulier :* sauf erreur, il avait plus de six francs...

Page 227. LA CONFESSION (*L.G.,* 21 oct. 83)

Repris dans *Le Bon Journal* (17 nov. 87), *La Vie populaire* (6 sept. 88) et le supplément du *Petit Parisien* (18 nov. 1889). Dans *Le Gaulois,* le conte portait comme titre *L'Aveu* (la publication de *La Confession de Théodule Sabot,* dans le *Gil Blas,* le 9 octobre de la même année, explique sans doute que Maupassant ait préféré *L'Aveu* douze jours après. Mais la nature même de l'histoire exigeait bien *La Confession*).

Ce conte s'inspire, en le modifiant, de *Un drame vrai* (*L.G.,* 6 août 82). Dans la première version, très succincte, il s'agit de deux frères qui aiment la même jeune fille. Le préféré est tué avant le mariage. Le survivant, deux ans après, épouse celle qu'il aimait. Deux ans plus tard, son beau-père, un magistrat, découvre que son gendre a tué le premier fiancé de sa fille. Ce rapprochement, déjà fait, révèle assez bien les procédés de composition de Maupassant. Nous l'avons vu déjà (à propos du bâtard, par exemple) épuiser tous les cas de figure possibles d'un même sujet. Ici, vous changez le sexe du meurtrier et vous obtenez un récit tout neuf. Du même coup, vous éliminez la justice et substituez un prêtre au beau-père magistrat. Les âges choisis par Maupassant pour ses deux héroïnes donnent aux faits — qu'on apprend vers la fin — un caractère plus extraordinaire. C'est à l'âge de douze ans que Marguerite de Thérelles a tué, avec du poison, le fiancé de sa sœur, âgée de dix-huit ans. Elles ont ensuite vécu l'une avec l'autre, sans que la vérité fût connue de personne — sinon de l'abbé Simon, comme on l'apprend de façon très discrète. Elle avoue son crime juste avant de mourir et obtient le pardon de sa sœur.

Dans les *Contes du jour et de la nuit,* c'est le seul récit où l'Église joue un rôle assez important. C'est aussi, malgré la rigueur de l'écriture, le plus *pathétique.* La justesse des détails (elle « se mit à gratter le drap de ses ongles »), leur minutie (une recette de gâteau), l'heureuse retenue du prêtre — tout fait échapper ce *pathétique* au *mélo* du roman populaire que condamnait Maupassant dans *Un drame vrai.* Je cite le début de ce dernier : « Je disais l'autre jour, à cette place, que l'école littéraire d'hier se servait, pour ses romans, des aventures ou vérités exceptionnelles rencontrées dans l'existence ; tandis que l'école actuelle, ne se préoccupant que de la vraisemblance, établit une sorte de moyenne des événements ordinaires. Voici qu'on me communique toute une histoire, arrivée, paraît-il, et qui semble inventée par quelque romancier populaire ou quelque dramatique en délire. » Ce *chapeau* convient aussi bien à *L'Aveu* qu'à notre *Confession.*

1. *Traînaient :* je ne suis pas certain que ce désordre soit naturel dans ces conditions.

2. *Elle avait fait pleurer :* dans un premier temps, c'est à la fin de la vie d'une sainte touchante que nous assistons.

3. *Voici l'instant :* heureuse époque où l'on savait la mort proche — une mort en famille.

4. *Y faire un trou :* Maupassant n'abuse pas des images, mais elles ont toujours, chez lui, une exactitude rigoureuse.

5. *Parlez :* Marguerite s'est donc confessée à l'abbé Simon, qui a accepté qu'elle vécût sans se dénoncer, sans avouer, jusqu'à cette heure ultime.

6. *Laisse-moi dire :* la mourante retrouve, opportunément, ses forces.

7. *Douze ans :* l'auteur éprouve, vis-à-vis de l'enfance, une grande inquiétude. C'est capable de tout : d'aimer, de tuer...

8. *La première fois :* Suzanne le pensera vers la fin : « Oh! ce baiser, son seul baiser ! »

9. *Il en a mangé trois :* je ne conseillerais pas ce procédé, qui ne me paraît pas sûr... Une question reste posée : pourquoi, si elle voulait mourir, Marguerite n'en a-t-elle mangé qu'un ? Une autre question : comment se fait-il que Suzanne n'en ait pas mangé ?

10. *Je veux que tu me pardonnes :* de tous ces contes, le dernier est le seul où paraisse une intelligence sympathique du christianisme.

DOSSIER

Impression Bussière à Saint-Amand (Cher),
le 24 avril 1984.
Dépôt légal : avril 1984.
Numéro d'imprimeur : 3007.
ISBN 2-07-037558-7/ Imprimé en France

Composition Firmin-Didot à Saint-Amand (Cher).
Impression ...
Dépôt légal : avril 1995.
Numéro d'imprimeur : ...
Imprimé en France (Printed in France).